講談社選書メチエ

707

月下の犯罪

一九四五年三月、レヒニッツで起きたユダヤ人虐殺、そして或るハンガリー貴族の秘史

サーシャ・バッチャーニ

伊東信宏［訳］

MÉTIER

月下の犯罪◉目次

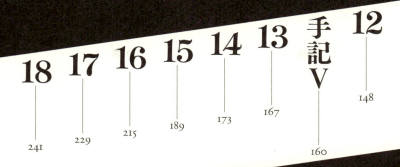

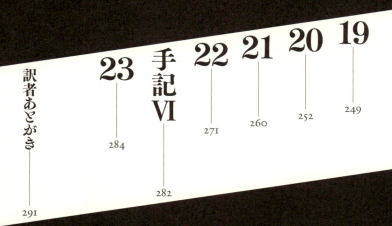

プロローグ

アグネスが寝室から出てきた。彼女は口紅をつけ、髪をとかし、私のために少しおめかしをしてくれていたようだ。彼女の娘たちがまわりに集まって、母親がそんなふうにおめかししたのを嬉しそうに見ていた。

「ヨーロッパからのお客さんよ、知り合いのお孫さんなんだって」と娘たちがアグネスに言う。

「誰なの？」とアグネスは、心持ち大きすぎる声で尋ねた。

「お孫さん、わかってるでしょ？」いや、アグネスはわかっていない。そのことは彼女の様子から見て取れた。

私たちは互いに挨拶をし、居間の丸いテーブルのまわりに座った。ブエノスアイレスのとある場所。私は、アグネスのことを、鞄に入れてきた祖母の手記を通して知っている。祖母とアグネスは西ハンガリーの小さな村で、同じ時期に育った。子供の頃、二人は毎日のように顔を合わせていたが、彼女たちの人生はまったく違うものになった。アグネスの両親は食料品店を経営しており、そして私の祖母の両親は小さな城館を持っていた。砂利を敷きつめ、中庭にはマロニエの樹が立っていた。「田舎の静かな暮らしを送っていた」と祖母は自分の子供時代について書いている。そう、「四季で区切られた静かな暮らし」だった、戦争までは。

一九四四年春のある日、何世紀も続いてきたこの村の秩序ある暮らしは消え失せ、それとともにある一つの世界が消えた。最初にドイツ人たちがやってきて、その後でロシア人たちが来た。城館が焼け落ち、祖母の家族はすべての地所を失い、その地位も、社会における立場も失った。

そしてアグネスはアウシュヴィッツに送られる。

家族たちが、アグネスと私の面会を準備したいきさつを説明していた。そして私が手記の中で、彼女に関することが書かれているのを発見したのだ、という話が彼女に語りかけられる。「お父さん、お母さんのことが書かれてるんだって」と娘たちが話しかける。七〇年前のことだ。そして、その一部を読み上げるために私が来たのだ、と彼女たちは告げる。

「まあ素敵」と彼女は言った。

アグネスの隣に座っていると、アウシュヴィッツの看守が彼女に刻んだ番号の入墨が見て取れた。それはもう彼女の皮膚の皺の中に消えていこうとしていて、ほとんど読み取れない。802……6？それとも、8だろうか？

「シュトゥルーデル〔中欧の層状のお菓子〕はアップルにする？　それともチーズ？」と尋ねられた。

「何ですって？」

アグネスは収容所に送られたとき、一八歳だった。今、彼女は九〇歳を超えている。彼女の歩行器が椅子から手の届くところに置かれている。小さな本棚には写真が何枚か置かれている。彼女の亡き夫、娘の結婚式——人生のすべてだ。

「アップルのほうを」と私は皿を差し出して言った。そして私たち皆がシュトゥルーデルを食べ終わった後、私は朗読を始めた。ブダペストから来る列車について。汽車が噴き上げる煙のせいで、遠くからでも列車がやってきたことがわかった、ということについて。アグネスはここでうなずく。村の入り口にいたクロヅルたちについて。彼女の両親の店のレジスターの横に置かれていたシロップ漬けのサクランボのこと。彼女のお父さんだった赤い頬をしたマンドル氏のこと。

「そう、そうだった」と彼女は嬉しそうに私の話を遮《さえぎ》って、私たちは彼女と一緒に笑ったが、まわりは誰も嬉しい気持ちにはならなかった。私たちは何が起こったのかを知っていたからだ。

＊＊＊

次の日、空港の出発ロビーで、私は自分に問いかけていた。私たちは正しいことをしたのだろうか？　空港の片方の端からもう一方の端まで、絨毯に明暗の縞を残して走る清掃車に乗っている男を除けば、まわりには誰一人いなかった。

私はただの配達人だ、出発前には私は自分にそう言い聞かせていた。私はアグネスに関わるあるものを持っている。だからここに来たのだ。でも今ではあまり自信がない。私は本当にただの使者だったのだろうか？

私が自分の家族の戦争期の秘密について追いかけ始めてから七年が経つ。ハンガリーに何度か出かけ、オーストリアにも行き、モスクワにも飛び、そして今、ブエノスアイレスまで来た。だが、何よりも私は三人の子供の父親で、彼らのゆえに日常は大変だ。私はオムツも替えられるようになったし、ベビーフードをまぜることも覚えた。その一方で、自分のルーツについて学んだ。私はレヒニッツと呼ばれる小さな村で、一八〇人以上のユダヤ人が殺された件について調べるために何日か過ごし、強制収容所の痕跡を探してシベリアの雪を踏みしめ、そしてついには南米まで来てしまった。これらすべての成り行きを、私は毎週チューリヒの精神分析医に話していた。他の人たちが昼食にピザを食べているときに、私たちはスターリンについて、ホロコーストについて、大量虐殺について語り合ってきたのだ。最近になって彼に尋ねてみたことがある。「そもそも私は病気なんでしょうか？」これに彼はこう答えた。「そんなことどうやってわかるっていうんだい？」

まるでタイムマシーンに乗っているかのようで、昨日と今日の境目が消えてしまっていた。私は過去から現在に飛び、私自身を上から見下ろし、自分の伝記の上を漂《ただよ》っているようだった。七年間。それは、およそヨーロッパモグラの寿命に相当する。私はこの動物について、祖母の手記の中でさまざまなことが書かれているのを読んでいた。というのも、彼女は自分のことを繰り返しこの動物に比していたからだ。

私は出発ロビーに座り、外を見ていた。滑走路に黒いタイヤの跡が残り、その向こうにはアルゼンチンのくすんだ草原が限りなく広がっていた。

アグネスの娘たちは、別れに際して薄いノートを手渡してくれた。それは戦争の頃のアグネスの回想を書きつけたものだ。今、それは祖母の手記と並んで私の鞄に入っている。まったく異なる二人の女性の生涯。それがお互いに絡まり合い、現在まで影を落としている。私はそれらをパラパラとめくってみた。欠けているのは私自身の物語だ、と思った。そして私はジャケットから自分のノートを取り出し、新しいページを開けて、左上に日付を書きつけた。二〇一三年一〇月。

プロローグ

何を書きつけようとしているのだろう？　手紙なのか？　でも誰に向けて？　自分への手紙？　そんなものをどうやって書き始めたらいいのだろう？

そのとき、私の搭乗便の呼び出しが始まった。

1

すべてはブエノスアイレスへの旅から約七年前の四月のある木曜日に始まった。当時、私は『新チューリヒ新聞』の日曜版で働いていた。早朝、オフィスにはほとんど人影はなく、あたりは静まりかえっていた。私はオランダ出身の精子提供者についての話を書いていたのだが、そこに年配の女性の同僚がやってきた。あまり話をしたこともない同僚なのだが、彼女は新聞の一ページを私の机に置き、そして言った。「あなたの家族の話よね？」

私は彼女を見上げ、そして微笑んだ。それからようやく彼女が私のために破りとったページの記事を見た。私はきっと一九世紀のなにやらと関係のある記事だろう、と思っていた。フリルの多い服の話とか、あるいは馬の話題とか。どこかの橋が、私の先祖の名を冠していた。アーダーム・バッチャーニ、ジグムント・バッチャーニ、あるいはラディスラウス・バッチャーニ。私の苗字は、ハンガリーでは有名だ。バッチャーニ家の人間は、男爵であったり、伯爵夫人だったり、司教だったりした。一人は一八四八年当時の首相で、そしてもう一人、ラディスラウス・バッチャーニ＝シュトラットマンは、二〇〇三年にローマで法王ヨハネ・パウロ二世によって、侍医に選任されている。家系は、一四世紀のトルコ戦争まで遡ることができる。だが西側ではその苗字を知る人は少ない。どうしてそんなものを知る必要があるだろう？　人々はよくそれをタミール系の名前だと勘違いしていた。そこにはyの字がいっぱいあって、スリランカ風に聞こえるからだ。そして私がこの名について尋ねられるのは、クリスマスのときだけだ。その日には、午前一一時にテレビで「シシィ」三部作の映画が放送されていて、ロミー・シュナイダー演じるエリザベートが、空色の制服を着て髪に大量のポマードをつけたバッチャーニ伯爵と踊るのだ。

だから私は、新聞記事もその種のものだろう、と考えていた。その種のたわいないものだ、と。だが、見出しには「地獄の招待主」と書いてある。なんのことかわからなかったが、そこに添えてあった写真は、すぐに誰のものかわかった。マルギット伯母。記事は、一九四五年三月、オーストリア国境の街、レヒニッツで彼女が一八〇人のユダヤ人虐殺に関わった、としている。彼女はダンスや酒をふるまうパーティを開催し、そして深夜、戯れに、裸のユダヤ人男女たちの頭に銃を向け、引き金を引いた。

「ありがとう」と私は言って、その新聞を置き、ディスプレイで点滅しているカーソルに再び目を戻した。オランダの精子提供者に関する記事の出稿までには、まだ二時間ある。

マルギット伯母？　あの尖《とが》った舌を持つ私の大伯母？

子供の頃、私たちは年に三度、マルギット伯母と一緒に、いつもチューリヒの一番高いレストランで昼食を食べるならわしだった。父は、そこに行く前からイライラしていて、私たちの白いオペルの中で次から次へと煙草を吸っていた。そして母は私の髪をプラスチックの櫛《くし》で撫でつけた。私たちはいつも彼女のことを伯母《タンテ・》のマルギットと呼んだ。「マルギット」とだけ呼びかけるなどということは決してなかった。まるで「伯母《タンテ》」というのが称号ででもあるかのように。彼女は、父の伯父と結婚していたが、この結婚は最初から災厄と言っていいものだった。マルギットはドイツのきわめて裕福な家族、ティッセン家の出で、伯父はハンガリーの斜陽伯爵家の出身だった。彼女は背が高く、細い脚に肉づきのよい上背が乗っていた。私の記憶の中では、彼女はいつも喉元までボタンがとめてある上着を着ていて、そこに馬のモチーフの絹のスカーフが巻かれている。深紅の鰐革に、金色の留め具がついたバッグ。そして鹿の発情期やエーゲ海のクルージングなどについて語るとき、彼女は文の切れ目でトカゲのように舌なめずりした。私はできるだけ彼女から離れて座っていた。マルギット伯母は子供が嫌いだった。そして私は皿の中の刻んだ仔牛のレバーを選り分けながら、ずっと彼女を見ていた。私は彼女のあの舌が見たかったのだ。

彼女が亡くなってから、私たちは彼女についてほとんど話をしたりしなかったし、あの昼食会の記憶もだんだん薄れていった。あの日までは。あのオーストリアの村での出来事について新聞で読むまでは。レヒニッツについて。あのパーティについて。撃たれる前に、より早く土に還るよう自分で裸にならなくてはならなかった一八〇人ほどのユダヤ人たちについて。そしてマルギット伯母について？　彼女がその真ん中にいた。

1

私は父に電話をかけ、このことを知っていたか尋ねてみた。父はしばらく黙り、ワインの栓を開ける音が聞こえてきた。父がブダペストの居間で私が大好きだった古びたソファに座っているのが目に浮かぶ。

「マルギットはナチと二、三の関わりがあった。家庭で話されていたのは、そのことだけだ」

「新聞には彼女はパーティを主催し、そのクライマックスでデザート代わりに、一八〇人のユダヤ人が牛舎に閉じ込められ、そして銃が客たちに配られた。彼らはみんなひどく酔っ払っていた。全員が手を下した。マルギットも。彼女は地獄の招待主と書かれていたよ。英語の新聞は彼女のことを『皆殺しの伯爵夫人』と呼んでた。そして彼女の写真には『ティッセン家の伯爵夫人は二〇〇人のユダヤ人をナチスのパーティで撃ち殺した』というキャプションがついてたんだ」

「たわごとだ。確かに犯罪が行われた。でも、そこにマルギットが関わっていたとは私には思えないね。彼女は怪物だった。だけど、そんなことができるとは思えない」

「マルギットはどんなふうに怪物だったの？」

＊＊＊

このレヒニッツとマルギット伯母の話を新聞で読むまで、私は自分の家族の歴史については特に興味がなかった。私はそんなものとはほとんど関わらずに生きてきたのだ。もし私がハンガリーに生まれていたら、話は違っていただろう。私の祖先の名を冠した広場やら記念碑やらがいろいろあるからだ。だが私はブダペストで育ったわけではなく、チューリヒ近郊の四部屋しかないアパートで育った。そして八歳のとき、そこから数百メートル離れたところに建っていたルービックキューブみたいな形をした灰色の家に引っ越した。八〇年代には、みんなあんな形のおもちゃをくるくる回していたものだ。庭には卓球台があり、そして家の中には前の住人が残していったアメリカ人たちが使うような巨大な冷蔵庫があった。その扉を開けて、冷凍エンドウよりもっと奥まで頭を突っ込むと、冷蔵庫の中はとてもいい匂いがした。匂いといえば、ガソリン・スタンドの匂いのことはもっとよく覚えている。私たちは日曜ごとに訪ねる両親の友人たちのところからの帰り道に、よくそこに立ち寄った。二人の弟たちと私は後部座席にぎゅうぎゅう詰めに並んで座り、そして私はいつも、今日もガソリンを入れるといいなあ、と思っていた。そして給油するときには、窓をあけて、目を閉じ、そして思いっきり息を吸い込んだ。帰り道の車の中で、ガソリンの匂いと冷たい空気と、そして私たち家族がみんな一緒になり、私はこの上なく安心できた。そして家に着くと、私は眠ったふりをする。すると父が私を部屋まで運んでくれた。父のシャツは、ワインと煙草と夏の匂いがした。それが私の子供時代だった。

クジラが子を産むときに静かな海に戻ってくるように、私の両親も外界からひきこもって、ここにやってきた。ただ、やがてまた海の底に戻っていくクジラとは違って、両親はこの街の郊外にそのままとどまった。

おそらく彼らは過去から身を隠したかったのだろう。ハンガリーでの記憶、戦争の記憶、そして逃走と潜伏の記憶から。

あるいは彼らはただ単にこの汚れのない場所で再出発したかっただけなのかもしれない。過去を思い煩《わずら》うのではなく、このどん詰まりのような場所で、自分たちの家を一から作りたかったのかもしれない。そして、それはほとんど成功したと言ってよかった。

スイスというのは、はじめからやり直し、過去の重荷を下ろすには適した場所なのだ。そこにはヒトラーやスターリンのことを思い出させるものは何もない。前世紀の二つの全体主義システム、すなわちナチズムと共産主義、そして強制収容所や捕虜収容所は、ここでは学校の歴史の教科書の一節に出てくるだけだ。戦争の犠牲者のための記念碑もほとんどないし、そんなおぞましい出来事に巻き込まれてしまった家族も、移民を除けばほとんどいない。「おじいちゃん、あなたは戦争でいったい何をしてきたの？」と孫が尋ねたりもしない。誰も強制送還されたり、ガス室送りになったりはしなかった。スイスには、新聞で他の国が問題になるときにいつも語られているように、「それと共存していかねばならない」ものはないし、「明るみに出さねばならない」ものもない。ここには集団的な過ちはなかったし、銀行の世界の外には「危機」もない。スイスは、ただ繁栄と安全と安心の年月を積み重ねてきた。とりわけ私の子供時代、九〇年代の初頭には。当時はなにもかもが以前よりいっそう華やいでいて、郊外の人々は週末には自転車にまたがり、どこかの湖に出かけたりしていたのだ。

この牧歌的な情景が人々に影響を与えても不思議ではないし、そんなふうに呑気にしていられれば家族によい作用をもたらしてくれそうなものだ。どこにでもあるものではないのだから。

だが、父も母も、スイスというこのヨーロッパで最も手厚く保護された国にいても、本当の意味では安心できなかった。彼らはスイス訛りのドイツ語も話せたし、スキーもしたし、皆が持っているからといってサンドイッチ・トースターも買った。冬には皆と同じようにラクレットも食べたし、ジャガイモにはやはり溶かしチーズをかけて食べた。ちょっとパプリカは効きすぎていたかもしれないが。でも、実際には、彼らはどうしてもそうしなければいけないときにだけ、この国の生活様式に参入したにすぎない。隣の人に挨拶はしたが、本当は玄関から車まで、誰にも見られなければいい、と願っていた。そして彼らは、スイスとスイス人のことを馬鹿にして笑っていた。少なくとも私は以前、そう思っていた。そして、ときとしてチューリヒ人たちが投げかける外国人排斥的発言も（なんてヘンテコな苗字だ、とか、外国人にしてはドイツ語がうまいね、とか）、あるいは私たちの錆びついた車がこの街にはふさわしくないことなども、父も母もあまり気にしてはいなかった。彼らは、この場所に本当の意味では根を下ろしていないことをよくわかっていたからだ。スイスは彼らにとってはおもちゃの国であり、その生は本物ではなく、その高みも深みも、幸せも苦難も味わわせてはくれない。なぜなら、戦争で親戚の数人を失わなかったような人には、あるいは、国外の勢力（それがドイツであれロシアであれ）が何もかもひっくり返してしまうというようなことを経験したことのない人には、人生のことがわかっているなどと言う資格はないからだ。苦悩がすべてであり、牧歌的な幸福などなにほどのものでもない。過去はいつも未来より重要で、そして古いものは現代のものより常によいのだ。

1

そういうわけで、このチューリヒ近郊の小さな家で、この過去を持たない都市で、彼らも彼らなりのやり方で別の人生を夢見たのではあったが、父はまもなくそこを去った。鉄のカーテンが消えて二年後、彼は荷造りしてブダペストに行った。母もスイスを去ったが、何の名残り惜しさもないようだった。私はそれを責めようとは思わない。突然、二人は去ってしまい、そして私には、自分が間違った国に生きているという感触が残った。

私は、他にどうしようとも考えずに、もといたところに残った。皆がそうするから大学にも行き、そしてジャーナリストになった。まもなく私は、リヴァプールの武装した少年たちのことを記事にしたり、テキサスのKKK団幹部のキャンピングカーに泊めてもらったり、集団暴行を受けた一三歳の少女の事件について調べるためにチューリヒの街を一日中歩き回ったりするようになった。あるときには、オランダの精子提供者のソファに、子供が欲しいというレズビアンのカップルと一緒に座っていたりもした。彼は女性たちに小さな容器と注射器を手渡す。それを使って、彼女たちのどちらかが受精できるように。「買い物に行くんだけど、何か欲しいものある？　コーラ？　ポテトチップ？」と彼はもう戸口に立って訊いている。彼女たちはどちらも首を振る。コーラ？　彼女たちが欲しいのは子供だ。

ハンガリーは、私の両親の国だ。だがそれは、私にとってはどういう意味を持つのだろう。私は三〇代のはじめだった。そして恋に落ちたばかりだった。第二次大戦だの、一八〇〇人のユダヤ人が殺害された戦争犯罪だのは、これ以上ないほど遠くにあった。私たちは私たち自身の問題を抱えている。移民、疎外、グローバリゼーション。私はそんなテーマについて書いてきた。あまりにも多すぎる消費。多すぎるポルノ。多すぎるチャンス。

だが、新聞記事でマルギット伯母を認めたあの朝、自分の家族史と向き合うことになって以来、私は調査を始めた。ヴィーンやブダペストやミュンヘンにいる親戚たちに手紙を書いた。「拝啓」と私は書き始める。「お会いしたことはありませんが、遠くにあっても我々は親戚です。あなたは記事を読まれましたか？　どんなことが起こったと書いてありましたか？　あなたは何かご存じではありませんか？」　私はマルギット伯母と、彼女の夫であり、私の祖父の兄であるイヴァンの行動について調べ、ティッセン家やハンガリー史に関する本を読んだ。ベルリンや、ベルンや、ブダペストや、グラーツの図書館に何日も籠もり、そして父と何度も話し合った。マルギット伯母が過去の歴史への旅に私を導いた。彼女のために私は自分のよってきたるところに、初めて向き合わなければならなくなった。

一八〇人のユダヤ人虐殺事件が、私を家族に向き合わせたのだ。

2

二〇〇八年春のある日曜日、伯母があの犯罪にどういう関わりを持っていたのかを調べるために、私は初めてレヒニッツを訪れた。私はまずチューリヒから夜行でヴィーンに行き、そこでレンタカーを借りて、車で森とワイン畑を抜けていった。ブドウはまだ小さく堅い。レヒニッツは魅力的な場所とは言えなかった。メインストリートが一本あるだけで、その両側には背が低くて窓の狭い家々が並んでいる。カーテンは外からの目を拒絶するように閉められていた。街の広場もなく、市場もなく、そしてとんでもなく裕福な実業家にして美術収集家であったハインリヒ・ティッセン氏が、自分の相続人である娘のマルギット、つまりマルギット伯母のために残した城ももう建っていなかった。一九四五年にオーストリアに侵攻したロシア人たちによって、それは爆破されたのだ。そしてそこに住んでいた者たちは、家具も、絵画も、絨毯もなにもかも持っていってしまった。

難民協会は、毎年、殺害されたユダヤ人たちのために慰霊祭を行っている。歌がうたわれ、祈りが捧げられる。街の入り口にある廃墟で、今は遺跡として保存されているクロイツシュタードルというところだ。二〇〇八年に行われたスピーチでは、この犯罪を忘れてはならない、ということが繰り返されていた。私は誰も知った人のないこの街で、集会から少し離れて立ち、あたりを見回していた。日が照りつけ、タンポポが咲き、草はくるぶしの高さまで伸び、あたりはまだ少しジメジメしていた。この草の下のどこかに、一八〇の頭蓋骨が埋まっている。何年も調査されたのだが、埋められた場所は今日に至るまで発見されていない。

＊＊＊

一九四五年三月二四日から二五日にかけての夜、月が明るい晩だった。ナチとその軍属のためのパーティが、オーストリアとハンガリーの国境近く、ブルゲンラント州レヒニッツにあるマルギット・バッチャーニ＝ティッセンの城で開かれた。ゲシュタポの隊員や、この地方のナチの要人、例えば親衛隊（SS）上級曹長だったフランツ・ポデツィン、あるいはヨーゼフ・ムラルテル、ハンス＝ヨアヒム・オルデンブルクといった人物たちが、ヒトラー・ユーゲントのメンバーや城の使用人たちと、ゼクト〔スパークリング・ワイン〕を飲みながら語り合っていた。ナチスはこの戦争が負け戦《いくさ》で、もうロシア人たちがドナウ川に達しているのを知ってはいたが、そんなことでこの祝祭的な雰囲気に影を落とさせてはならなかった。夜八時。同じ頃、ハンガリーから来た二〇〇人ほどのユダヤ人の強制労働者たちがレヒニッツの駅に立っていた。彼らは南東の防衛線を築いていた。それはポーランドからスロヴァキアとハンガリーを通ってトリエステまで作られようとしていた巨大な防護壁であり、赤軍の進撃を阻む目的で作られていた。夜九時半、トラック運転手だったフランツ・オステルマンは、ユダヤ人たちに対して何人かトラックに乗り込むように言い、少し走ったところでそのユダヤ人たちを四人の突撃隊（SA）に引き渡した。彼らは囚人たちにショベルを渡し、そしてL字型の穴を掘るように命じた。

ハンガリー系ユダヤ人たちは掘り始めた。彼らは疲れて弱っており、そして土は固く、マルギットの城でのどんちゃん騒ぎは佳境を迎えていた。九時頃、親衛隊上級曹長フランツ・ポデッィンは電話を受ける。パーティがあまりに騒がしくて、電話するために隣の部屋に行かなければならなかった。電話は二分もかからなかった。電話でポデッィンは「わかった、わかった！」と言って、最後にこう吐き捨てた。「いまいましいブタどもめ！」彼は、ドイツ少女連盟の支部長ヒルデガルト・シュタットレルに、パーティ参加者のうち一〇人から一三人ほどを別の部屋に連れてくるよう命じた。「駅から来たユダヤ人たちが発疹チフスにかかっていて、奴らを撃たねばならん」と彼は告げた。誰も異議を唱えなかった。武器管理者だったカール・ムーアがライフルと弾薬をパーティ客たちに渡した。二三時少し過ぎ。城の玄関に三台の車が用意された。全員が乗り込めたわけではなく、何人かは歩いて現場に向かった。さほど遠いところではなかったのだ。

＊＊＊

父に電話して言った。「マルギット伯母がそこにいたことを父さんは知っていたし、大量虐殺についても知っていたんだね」

「そうだ」

「でも彼女がひょっとしたらそれに関係していた、とは考えてみなかったの？」

「尋問かね？」

「訊いてるだけだよ」

「パーティと虐殺の間に、最近新聞で書き立てられているような関連があるなんて考えたこともなかった。ちょっと待って」。彼は咳き込み、そして煙草を取り出す音が聞こえてくる。

「吸いすぎだよ」

「子供たちはどうしてる？」

「三本目の歯が生えて、ハイハイしてるよ。マルギット伯母と戦争のことについて話してみたことはないの？」

「何を尋ねてほしかったっていうんだ？　ワインをもう少しいかが、マルギット伯母さん、ところで、あなたはユダヤ人を撃ったんですか、とでも？」

「そうだよ」

「子供みたいなこと言うんじゃない。あれは儀礼的な訪問だったんだ。私たちは天気について話をして、彼女は家族の誰かをこき下ろす。『腐った種』――彼女は、ティッセン家とバッチャーニ家の人間はみんな頭がどうかしている、と思っていて、そういう人物たちのことを話すときにはよくそう言っていた。『腐った種』。それが彼女のお気に入りの言い回しだよ。おまえはまだあの伯母さんの舌のことを覚えているかね？」

＊＊＊

夜半から翌朝の三時頃までの間に、トラック運転手のフランツ・オステルマンは計七回、駅とクロイツシュタードルの間を往復した。毎回、荷台には二〇人から三〇人のユダヤ人が乗せられ、そのつど四人の突撃隊員に引き渡された。ユダヤ人たちは服を脱ぎ、穴の脇に服を置いて、彼らのL字型の墓の前にひざまずかされた。ポデッィンがそこにいた。オルデンブルクも。二人とも狂信的なナチ信者だった。彼らはユダヤ人たちの首を撃った。国家社会主義ドイツ労働者党員のヨーゼフ・ムラルテルは引き金を引くときに「畜生！ 祖国の裏切り者め！」と叫んでいた。ユダヤ人たちは倒れ、穴の中に落ち、その底に折り重なっていった。城では新しいゼクトの栓が抜かれ、誰かがアコーディオンを弾いていた。マルギットは若く、陽気に騒ぐのが好きだった。彼女は誰よりも美しいドレスを着ていた。ヴィクトールという給仕は、朝三時頃になると客たちがまたホールに戻ってきていることに気づいた。彼らは上気して、大きな身振りで話をしていた。おそらくことの首謀者と言える上級曹長ポデッィンは、男女の頭を撃ち抜いたばかりだったが、ひどく興奮してダンスを踊っていた。

すべてのユダヤ人がこの夜に撃ち殺されたわけではない。一八人の男たちはまだ生きていた。彼らは穴に土を戻すよう命じられた。墓埋め人夫だ。一二時間後、三月二五日の夕刻、マルギットのお気に入りだったハンス＝ヨアヒム・オルデンブルクの命令によって、彼らも殺され、ヒンテルンピレンナケルの屠畜場近くに埋められた。

戦後、大量殺人および虐待、ないし非人道的行為の廉《かど》で七人が起訴された。ヨーゼフ・ムラルテル、ルートヴィヒ・グロル、ステファン・バイゲルベック、エドゥアルト・ニカ、フランツ・ポデッィン、ヒルデガルト・シュタットレル、そしてハンス＝ヨアヒム・オルデンブルクの七名である。だが一九四六年には裁判は行きづまった。主要な証人だった二人が殺されたからだ。一人目は城の武器管理者だったカール・ムーアで、彼は三月二四日の夜、武器を手渡し、その後犯行を目撃していた。

その一年後に、ムーアは森の中で、殺された彼の犬とともに頭を撃たれた姿で発見され、そして彼の家は燃やされた。現場で警察が押収したはずの薬莢《やっきょう》は消失した。二人目の犠牲者はニコラス・ヴァイスで、彼は虐殺から逃れてレヒニッツの住人の納屋に隠れて、生き延びた目撃者である。一年後、ロッケンハウスの街に向かう途中、彼の車が撃たれ、車はスピンした。ヴァイスは即死だった。

この二つの暗殺事件の後、レヒニッツの住人たちは報復に怯えて暮らすことになる。誰も話さなくなった。沈黙は今日まで続いている。犯行から七〇年後、町はオーストリアが過去にナチスと関わったことの象徴的な場所になった。レヒニッツは、あの思い出したくもない過去を意味する言葉となっている。

一九四八年七月一五日、ステファン・バイゲルベックとヒルデガルト・シュタットレルは釈放された。ルートヴィヒ・グロルには八年の禁固刑、ヨーゼフ・ムラルテルには懲役五年、エドゥアルト・ニカには懲役三年が科された。主犯格の二人、ポデツィンとオルデンブルクは逃走した。ブルゲンラント州警察の推測によれば、彼らはスイスのマルギット・バッチャーニ＝ティッセン伯爵夫人に匿《かくま》われ、ルガーノから遠くないところにいたと考えられている。

一九四八年八月二五日、ヴィーンの国際警察はルガーノの警察署に「両名、南アフリカニ逃走スル可能性アリ。逮捕サレタシ」という電報を打った。逃走犯への逮捕状は一九四八年八月三〇日に書かれたが、何の成果も残さなかった。

オーストリアの検察官で、この虐殺の審理にあたったメイエル＝マリー博士は、その報告を次のように結んでいる。「真の殺人犯はまだ見つかっていない」

＊＊＊

八月の終わりに再びレヒニッツを訪れた。ブドウ畑は今度は赤くなり、木々には葉が茂っていた。私はアンネマリー・ヴィッツムという女性を訪ねた。彼女は八九歳で、マルギットのパーティに参加した人間の中で、おそらくは最後の生存者だ。

「私は精一杯おめかしをしてたの」と彼女は回想する。「私たちは一階の小さなホールの丸テーブルのまわりに座っていて、伯爵夫妻がその真ん中にいた。マルギット夫人はお姫様のようだったわ。彼女はそれはそれは素敵な服を着ていた」

制服を着た男たちがひっきりなしに出入りしていた。だが、その名前は思い出せない。「大混乱だったんです」と彼女は一九四七年に聴取されたときも検察官にそう説明している。「みんなワインを飲み、全員が踊っていました。私はまだ小娘で、ただの電話番だったから、そんなことはしていません」。真夜中近く、一人の兵士が彼女を家まで送っていったが、この時点まで伯爵夫人はまだ城にいた。ユダヤ人の件は後になってから知ったと彼女は言う。私たちは彼女の手作りのケーキを食べながらそれを聞く。酷い話だ。

その次に訪れたのはクラウス・グマイネルのところだ。彼はマルギット伯母の家の林務官を務めていた。そして、マルギットの生前最後の姿を目撃している。マルギットはレヒニッツに一〇〇〇ヘクタールの土地を保有しており、そこに毎年狩りをしに来ていた。「あの方は素晴らしい射撃手で、アフリカでも狩りの経験が豊富でした。羊や鹿など、獲物を仕留めるととても嬉しそうでした。あの方があんなに嬉しそうにしているのは見たことがありません」。戦後、ナチ時代のことが話題になったことは一度もない、とグマイネル氏は言う。彼は、この土地にも、マルギットにもぞっこんだ。彼女が犯行に関わっていないことは確かだ、と言うのだ。

「私たちは狩りに出かけたのです」と彼はマルギットが亡くなる前の晩のことを話してくれた。「あの方は野生の羊の肩を、正確に射抜きました」。二〇歩、いや三〇歩、獲物は彼女のほうに向けて歩き、そして倒れた。その晩、彼女が、多くの人間が彼女の金を目当てに寄ってくることをしきりとこぼしていたのをはっきり覚えている。「それが、あの方の最後の言葉でした」。翌朝、彼女は朝食になっても姿を見せなかった。

＊＊＊

「レヒニッツはどうだった？　何か見つかったかね？」父が電話で私に尋ねる。彼の声は疲れていた。数週間前に子犬が父のバラトン湖畔の別荘の扉の前に現れたのだ。この雑種の犬は、それっきりそこから離れる気はなさそうだった。

「犬はどうしてる？」

「癪にさわるよ」

「でも好きなんだろ？」

「いいからレヒニッツについて話せ」

「村の人たちは伯爵様、と僕のことを呼ぶんだ。僕の前にひざまずこうとする人までいたよ」

「大げさなことだな」

「目撃者はマルギットの夫、イヴァンもパーティにいたと言ってるよ」

「彼はその晩ハンガリーにいた、と我々家族の中では言われてきたがね」

「みんなが別々のことを言ってるよ。家族は、彼らはなにも知らなかったと言ってるし、マルギットの役割について尋ねたりもしなかった。メディアは血に飢えた伯爵夫人について書き立てたがっている。レヒニッツの住人たちはすべてをうやむやにして忘れたがっている。彼らはマルギットをほとんど聖人扱いさ」

「で、おまえはどうしたいんだ？」

3

調査を始めた頃、私は本当のところ何が起こったのかを知りたいと思っていた。私は文書館で調査し、手紙を書き、ファイルを作り、そして家族の誰かがレヒニッツについて知っていないか、そしてどうして誰もなにも話してくれなかったのかを尋ねて回った。私は祖父母が、ずいぶん前に亡くなった伯母のことを話しているのをよく聞いたし、伯父や他の誰かの妙な癖について、またハンガリーについて、人々がまだ適切なふるまいと、そしてよき趣味というものを知っていた、かつてのハンガリーの素晴らしさについて語るのもよく聞いた。なのに、どうして私はレヒニッツについて一言も聞いたことがなかったのか？　なぜあの多くの人々が眠る場所について何の言及もなかったのか？　私は一八〇人の死者が埋められたところに行けば、何らかの手がかりが得られるかもしれないと思った。そこで誰かが話しかけてくれるかもしれない、なんといっても私は家族の一人なのだから、と考えたのだ。

だが、ある冬の晩、偶然の出会いによって、いろんなことが変質していった。私はそのとき、友達と一緒に街に出かけ、あるレストランで知人がドイツ人作家マクシム・ビラーと同席しているところに出くわした。我々は彼らに合流し、そして話しているうちにマルギット伯母のことが話題になった。ビラーは驚いたことに彼女のことを聞いたことがあると言い、そしてそんなことを尋ねられたのは初めてだったが、こう訊いてきた。「それで、それが君とどう関係するというのかね？」新聞が最近そう呼ぶところの「ナチ伯爵夫人」と私？

そんな質問は予期していなかった。なんだか馬鹿げた質問に思えて、あえて自分に問うてみたこともなかった。正直に言えば、私はそのとき、なんとなく居心地の悪い思いをしながら、彼女は私とはなんの関係もない、彼女はティッセンの人間で我々の家族に嫁いできただけだ、と答えた。「それで、そのことが私とどう関係あるかですって？」と、私は時間稼ぎに繰り返してみた。「なにも。どうして関係があるなんていうんですか？　ずっと昔の話ですよ」

もし彼が今、同じ質問をしたら、私は違った答えをするだろう。私の関心は時が経つうちに変化したからだ。本当のところ何が起こったのかをはっきりさせる、ということは、だんだんどうでもよくなっていった。私は、メモをとり、事実をかき集め、人々に質問を発するというジャーナリストのやり方で、外から問題を扱っているわけにはいかなくなっていたのだ。今や問題は私自身だ。

私は戦争によって影響を受けた、我々孫の世代に関する本を読んでみた。七〇年も前の出来事によって、自分の居場所がわからなくなり、行き場を失い、真空の中に生まれてきたように感じている人々。「彼らは両親から『やり場のない感情』を受け継いでしまったのです」と書いてあった。「そして今や彼らは過去の軛《くびき》から解き放たれようと、もがいています」。彼らの多くは、両親たちの苦痛と混乱をやわらげられなかったことに罪の意識を抱いている。欠落感を埋めるために理想の世界を実現しようとあまりにも生真面目に取り組んだ人もいた、という話も読んだ。ある人物は「私は自分自身の人生にたどり着きたいのだ」と書いていた。別の人物は、「我々の両親が沈黙し続けたことで、我々はどういう人間になってしまったのか？」と問いかけていた。私はこういう文章に出会って、自分のことをいくらか理解できるようになったが、しかし悩みを共有する人々の集まりに入りたいとは思わなかった。私は自助サークル向きの人間ではない。

「どの世代もその世代特有の課題を持っている」と、この問題を扱っているウェブサイトには書いてあった。「両親の世代は袖をまくり上げて、家の外のゴミを片づける仕事にかかりっきりだった。家の中のゴミを片づけるのは、孫たちの世代の課題なのだ」。そうなのだろうか？　単純すぎないか？トラウマは遺伝する、とも書いてある。とりわけ祖父母の世代から孫の世代に受け継がれることが多いという。だが私はそれを完全に信じているわけではない。私の父が子供の頃、爆弾が降り注ぐところを生き抜いた、ということが、私が時折うつ状態になることの理由であるとでもいうのか。あるいは祖父がシベリアの収容所で一〇年も過ごさなければならなかったことが、私の性格がエキセントリックであることの説明になるとでもいうのか。なんらかの関係はあるようにも思う。それとも、それは思い込みにすぎないのか？

私はスイスで、問題から遠く離れてあまりにも快適に過ごしていることに、いつも罪の意識を負っていたのではなかったか？　本当は時々、心の中で、小規模な戦争か、それとも多少の危機が起こればいい、と思っていなかったか。そしてジャーナリストとして、移民についてどれほど多くのことを書いてきたか、考えてみろ。私はある家族がイラクから脱出するのについていったことがある。南スペインの温室で働くアフリカ人と一緒に何日も過ごしたこともある。バングラデシュからの難民と一緒にアテネの倉庫にいたこともある。私はどうしてこんなに避難民に惹かれるのか？　苦難を待ち望んでしまう気持ちはどこから来るのだろう？

私は自分に問いかける。おまえはチューリヒで、戦車から遠く離れて育った。でもそれがどうしたというのか？　おまえは学校で、リュウキンカやサンザシの花を押し花にしていて、その植物標本は先生のお気に入りだった。そして一九八八年のあるテニスの試合の第三セットで、おまえはバックハンドでついに試合に勝ち、それでいろんな問題が解決した。おまえの靴下はテニスコートの土ですっかり赤く染まっていた。それがおまえの人生だった。それで十分じゃないのか。いや、十分じゃない。いつも何かが欠けていた。曇りのない世界。私が着ていたポロシャツのように真っ白な世界。八〇年代中頃、そこでは皆がポロシャツの襟を立てていた。でもそれは私の世界ではない。そしてずっと考えていると、だんだんはっきりしてきたことがある。私は戦争の孫なのだ。父は戦争の時代を防空壕の中で暮らした。祖父はロシア人たちによってシベリア送りにされ、祖母は次男を亡くした——そして私の大伯母は一八〇人のユダヤ人たちの殺戮に関係していた。彼らは犯人でもあり、その犠牲者でもあり、狩人でもあり、狩られる者でもあった。彼らはまずは崇《あが》められ、そして蔑《さげす》まれた。国際関係史の申し子だ。彼らはその人生を過ごすうちに、だんだんと背が曲がり、そして自尊心を失い、ついには声をも失った。「私たちはモグラなのだ」と祖母マリタは手記に書いている。「私たちは閉じこもり、何者も信じず、自分自身にひきこもり、頭をずっと地面に向けて、いつも掘り続けている」

で、私はどうなのだろう？

4

最後にブダペストの祖母を訪れたときのことを覚えている。それはまだレヒニッツについて知る以前、二〇〇六年だったはずだ。祖母は、晩年、自分の生涯について書くというアイディアにかかりきりだった。はじめのうち、彼女は一九七〇年代のカラー・リボンがついたタイプライターを使おうと考えていた。が、タイプするのはけっこう面倒だとすぐにわかり、手書きで続きを書いていた。まだ街を馬車が走っていた時代の書体で。「回想録はどんな具合?」と私は訊いたが、そのときには、彼女はもう立ち上がって、長い廊下の突き当たりにある台所にお茶をいれに行こうとしていた。引き出しでティースプーンを探す音が聞こえてくる。

「いくつかの章に分かれてるの?」と、答えが返ってくる気もしなかったが、後ろから彼女に尋ねてみた。そのときはそれをどうしても読んでみたい、などと思ってはいなかったので、これは儀礼的な質問だった。私たちの間には他に話すこともなかったのだ。二人で会うたびに訪れるあの気まずい静寂をなんとかしたいと願っただけだった。

彼女は冷蔵庫からミルクを取り出し、小さなミルク差しに注いだ。そしていつもそうなのだが、少しミルクをこぼした。「ネム・ヨー!」と彼女は強い口調で言った。ダメだ、という意味だ。床にこぼれたミルクをモップで拭いたり、布巾《ふきん》を絞ったりしながら、イライラして彼女が手でパンパン腿を叩く音が聞こえた。横でやかんが音を立てていた。名前を覚えられない家族の誰それが写っている写真が本棚の下のほうに立ててある。私はその写真を見るときには、いつもかがみ込んで、彼らにおじぎするような具合になった。「誰だって知ったことか」と私は思っていた。壁には第一次大戦前のハンガリーを描いた、黄ばんだ版画がかかっている。オーストリア＝ハンガリー帝国の残像。父と祖母は、私が子供の頃からそのことしか話さなかった。私はいつもお行儀よくうなずいていたが、本当はそんなものに興味をもったことは一度もなかった。そして、なにか質問したとしても、そう、例えば当時狩りに行くっていうのはどんなものだったのか、とか、最近よく言われるようにどうしてハンガリーはそんなに反ユダヤ的だったのか、というようなことを問うたとしても、私が得たのはいつも同じ答えだった。「ネム・エールテド」（「おまえにはわからん」）。その言葉は、私が大きくなる間、ずっと私の耳に語り続けられ、今も私の頭の中で響き続けている。

「おまえにはわからん」。私がその前を通りかかって覗き込むと、写真の中のもう亡くなった男たちはそう語りかけてくる。

「でも僕は本を読みましたよ。それ以外に何を望むんですか？」と私は問い返す。

「そんなことをしてもなんにもならん、忘れることだ」と彼らは声を揃えて言う。

「僕は……」

「おまえは苦しんだことがあるか？」

「苦しむ？」

「おまえはグランデルン〔狩りの用語で、獲物の象徴として、鹿の犬歯などを装身具として身につけられるようにしたもの」が何か知っているか？」

「グランデルン？」

「おまえは家を失ったことがあるか？　故郷は？　祖国を失ったことは？」

「ありません。でも……」。彼らは私を「帝国にして王国たる《カー・ウント・カー》」オーストリア＝ハンガリーの軍の司令官の口調で遮《さえぎ》る。「おまえにはわからん」


「何の話だっけ？」と祖母が尋ねた。彼女は台所からお茶のお盆に二つのティーカップを載せて戻ってきた。曲がった把手のついた白いカップに、角が欠けた砂糖壺とミルク差し。私は彼女が戻ってきたのに気づかなかった。そして鼻を冷たいリビングの窓に押しつけていた。屋敷の入り口を見ていたのだ。ハンガリーの国旗が風になびき、バロック風の衣装をつけ、かつらをかぶったヴァイオリン弾きがいて、観光客が硬貨を箱に投げ入れるたびにおじぎをしていた。

「おばあちゃんの回想録はもう読めるのか、って訊いたんだ」と私は答えた。彼女は笑って、その質問を受け流した。

「旅行はどうだった？」と彼女は尋ねた。

　このとき、私は祖母のところに三日いたと思う。私は、祖母の家の暖かすぎるリビングの青いソファに座っていたが、時間はなかなか経たなかった。私たちは時々思い出したように会話を交わしながら、最後の日の夕食までの時をやり過ごした。「スープ、おいしいよ」と私は言ったが、それはオーストリアのテレビ番組の中で定年後の生活を送る男が語る言葉みたいに響いた。「手作りよ」と彼女が言ったが、その言葉も私のと同じくらい空々しかった。まるで我々は俳優で、おばあちゃんと孫の役を演じているみたいだった。そういえば前日、マロニエの実を集めながらあたりを歩いたときも、まわりはなんだか舞台セットのようではなかったか。我々はとても慎重に話題を選び、どの話題もほんの軽く触れる程度にして次の話題に移る。まるで地雷原を歩いているかのように。

さよならを言うと、彼女はいつも私をほんの少し長めに抱きしめた。「ナジョン・セレトレク」、おまえのことが大好きだよ、と彼女は私の耳元でささやいた。それに応えて私も彼女の骨ばった肩を、なんだか陰謀を企んでいる人同士のように抱いた。私たちは禁じられたことでもやろうとしているようだった。

祖母と最後に会ったのは、ブダペストの街中のどこかの病院だった。煤けたファサードがついていて、外から見るかぎり、それが歌劇場なのか、監獄なのか、あるいは本当にそうであったように病院なのか、さっぱり見分けがつかないような巨大な建物だった。彼女は痩せて、力なくベッドで寝ていた。私は、彼女にヨーグルトやレッドブルやビスケットやチョコレートを買おうと角を曲がったところにある小さな売店に行った。というのも、父が病院の食事はひどくて、何か力がつくものが必要だ、と言ったからだ。それらの品物にはカラフルな文字で「エナジー」だとか「パワー」だとか、およそ祖母の状態とは無縁の言葉が書いてあったのだが、病室に帰ってくると彼女はそれを見て眉を顰《ひそ》め、首を振った。彼女はもうそういうものを受け付けられるような状態ではなかったのだ。

死の床で、彼女は父に消え入りそうな声で、自分が書いていたあのノートを燃やすように、と頼んでいた。それが彼女の最後の願いで、父は彼女の手を握り返したのだったが、その約束は守られなかった。祖母は二〇〇九年の五月一日、寒い、凍《い》てつく朝に亡くなった。私はチューリヒのカフェにいて、外では数台の放水機がデモ隊に備えて設置されていた。メイデーには毎年デモが行われるのだ。それを見ているときに父からメッセージが入った。祖母が夜のうちに亡くなった、というたった一行のメッセージだった。私は支払いを済ませ、カフェを出た。そしてパレスチナ風の頭飾りをつけた若者たちが、銀行を弾劾する横断幕を掲げて歩く横を通り過ぎ、クルド人、チベット人の活動家、フェミニスト、パーカーを着てなにか喚《わめ》いているティーンエイジャーたちを見ながら歩いた。アパートに帰って、扉を開け、そのとき三ヵ月だった娘をゆりかごから抱き上げた。「おまえの大おばあちゃん、死んじゃった」と私はつぶやいた。彼女は眠っていて、顔の前で小さな手を握っていた。そして、私は自分の言葉が口から出た途端、そんなことを言うんじゃなかった、と後悔した。

手記を燃やす代わりに、父はその紙束をくすんだ緑のフォルダに入れ、さらに祖母の机の引き出しから見つけてきた手紙やメモをそこに加えて、それら全部をショッピングバッグに入れて自分の家の箪笥にしまった。父はそれを一行も読んでいない。一言だって読んでいない。彼は祖母の最後の願いをかなえてやれなかったことはわかっていたが、そんなことであれこれ考えたくはなかったのだろう。祖母が死んで二年してから、私にそのバッグを渡したとき、父はあまり多くを語らなかった。父が無言で自分の母親が遺していったものを私に手渡したとき、私たちはブダペストのマールヴァーニ通りにある父のお気に入りのイタリアン・レストラン、ダ・レッロの角のテーブルに座っていた。

手記 I

マリタ

　みんな一日中そわそわしていた。ゴガ、ゾフィー、その他の家政婦たち、小間使いたちが、清潔な布や、お湯や、果物を手に廊下を行ったり来たり、走り回っていた。犬が吠えていた。誰も実際には「出産」という言葉は使わずに、l'événement〔出来事〕というもっとエレガントな言い方をしていた。でも、それはこのシャーロシュドという土地には、全然似合っていなかった。ここは西欧の果て、じめじめした土地に囲まれたハンガリーの村で、ロバと一緒に土地を耕している農夫たちと、しょっちゅう妊娠ばかりしているジプシーの少女たちしかいないし、そのジプシーの子供たちは、どうかすると冬には凍え死んでしまうようなところなのだ。そこに分厚い黄色い壁と小塔と切妻屋根の城があり、私の両親と姉たちが住んでいた。それ以外にもゾリとペティ、つまり年老いた御者と、左足が硬直した馬具職人が住み込みで働いていた。彼らは、〔先ほどの l'événement を〕「レヴェンマ」と発音した。最後は暗い a の音だ。そして狩りのときも tire haut!〔狩りの用語で「上がれ！」の意〕を「ティロ！」と、そして au bas!〔「下がれ！」〕を「オバ！」と発音していた。彼らは、第一次大戦の後、ワイン畑のところに置き去りにされていた古い装甲車を、馬にくくりつけて引っ張り出し、中庭まで運び込んだものだから、そこには深い轍《わだち》の跡が残っていた。一九二二年六月三〇日、蒸し暑い日で、積乱雲を吹き飛ばすために、景気づけの祝砲を撃つ必要があった。夜の七時三〇分、その時が来た。耳をつんざくような祝砲が五発上がった。そして私がこの世に生まれ、最高級の薄織り綿に包まれた。

アグネス

私の名はアグネス、でもみんなアーギと呼びます。私はシャーロシュドというハンガリーの小さな村で一九二四年に生まれました。そこにはきっかり六つのユダヤ人家族が住んでいて、私たちの家族はそのうちの一つでした。二つ違いの弟がいて、シャーンドルという名でした。父はイムレ、母はギッタといいます。私たちは、皆さんが考える、いわゆる普通の家族でした。今なら、特別豊かでも、貧しくもない、中流家庭と言われたことでしょう。ドイツ人の乳母がおり、だから私はドイツ語を少し話せました。私は村の小学校に行き、次に両親は私をブダペストの寄宿学校にやりました。そこでは私は寂しい思いをし、毎日泣いて、以前の生活を思い出していました。それからゆっくり寄宿学校の生活に慣れていきましたが、一年ほど経って一四歳になった頃、両親はある家庭に私のための部屋を借りてくれました。

弟のシャーンドルもブダペストに住んでいたのですが、私たちはめったに会うことはありませんでした。朝、学校に行き、午後は勉強したり働いたりしました。同時に私は、ブダのお城の地区にある有名なお菓子屋さん、ルスヴルムがやっていた菓子職人養成のコースに通っていました。両親は、今に私たちにとって大変な時が来るに違いないから、なにか手に職をつけておけば役に立つだろう、と考えたのです。最悪の場合、私はオーストラリアに移住することになるかもしれませんでした。いとこが住んでいたからです。でも私はそんなことは考えたくもありませんでした。何が起こるっていうんだろう？

マリタ

父は私を見て、うなずいて微笑み、手をとって、寝室のほうを覗き込んだ。ベッドには血がつき、妻が放心して、古い版画がかかっている壁を見つめていた。そこには、肩まで髪をたらしたキリストが十字架に架けられ、苦悶の表情を浮かべていた。

直接非難されるようなことはなかったが、両親が待ち望んでいたのが男の子だったのは明らかだ。後継が欲しかったのだ。女の子は、一九二二年当時のハンガリーでは何ほどのものでもなかった。ひょっとしたら今でも大して変わっていないのかもしれない。でも、もちろん私が恵まれた環境で育ったことは確かだ。私が飲む乳は、特別に私のために選ばれた牛から搾られたものだったし、村の他の子たちと違って冬には靴を履かせてもらえた。夏にはフリルのついた白いドレスを着せてもらったし、世話をしてくれる部屋付きの女中もいて炊事をしていたし、ルイスというフランス語の先生もいてお行儀を教わった。

だが、恵まれた環境だったことは、甘やかされていた、ということとは違う。この二つを混同してはならない。裕福な両親が子供の欲しいものならなんでも買い与えてしまう現代とは違うのだ。私たちは、なにも欲しいなどと言ってはいけなかった。不平も言ってはいけなかった。泣いてはいけない、駄々をこねてもいけない、といつも言われていた。それはいちばん重要な言いつけだったのだ。私たちはおとなしくしていなくてはならなかった。妹と私が使っていた子供部屋はとても質素なもので、おもちゃもほとんどなく、暖房もないに等しかった。甘いものをもらうのも、ごく特別なときだけだった。現金をお小遣いでもらうなんて、子供の頃には想像もつかなかった。それは禁じられたものであり、下品なものですらあった。その代わり、私たちには守られるべき予定があった。食事の時間、祈りの時間、そして読書の時間。恵まれた生活を送る人々には、貧しい生活を送る人たちより多くの義務があった。そしてなにより、そういう生活ぶりを見せびらかしたりするのはもってのほかだ、というのが、もう一つの厳格な決まりだった。常に、謙虚で、そしてなにか特別なことができるなどということを自慢してはいけないのだ。

私が生まれる二年前、一九二〇年六月四日に、ハンガリーはトリアノン条約を批准していた。これは、現代に至るまで、国の歴史の中で最も不幸な出来事だったと考えられている。ハンガリーは、以前の領土の三分の二以上を失った。第一次大戦後、連合国側は国を分割し、周辺の国々に分属させたのだ。ルーマニアは、トランシルヴァニアを得た。国土の六万三〇〇〇平方キロがチェコスロヴァキアのものになった。現在ヴォイヴォディナとして知られる地域は「スロヴェニア人、クロアチア人、セルビア人国」のものになり、オーストリアはブルゲンラントを獲得した。かつてあれほど強大だったハンガリーは、今や弱小国となった。トリアノン条約は、国全体にとってのショックだった。私の友人や親戚は、今もあの不幸な日のことを覚えていて、条約がパリの近くで調印されたあのときに感じた痛みを、自分たちの腕や脚がもがれたかのように語っている。

一九三〇年代でもまだ、毎朝学校が始まるときには、大ハンガリー復興への祈りが唱えられた。「一人の神を信じます。一つの祖国を信じます。神の不滅の真理を信じ、そしてハンガリーの復活を信じます」

私は今も皆が感じていた怒りをよく覚えている。国全体が、声をあげずに泣いていた。祖国が分割されたことが、私を、そして同じ国に生まれた人々全員を、狂信的なハンガリー人にしたのだ。私たちは皆、解放という考えに取り憑かれ、心の奥深くに悲しみと抵抗の気持ちを持つことになった。

他の多くの家庭と同じように、私たちの家にも壁には地図がかけてあった。背景には、かつての王国時代の国境線が薄く書かれている。クラクフからトリエステまで、そして南チロルからベオグラードに至るかつての領土が。その真ん中に、現在の領土が、まるであってはならない傷跡のように示されている。「こんなままなんてことがありうる?」と誰かが地図の下で声をあげる。すると誰かが答える。「ネム、ネム、ショハ!(いや、いや、決してありえない!)」

大戦間期、ヨーロッパの大部分では民主的な体制が発展したが、ハンガリーは時代遅れの国のままだった。半封建的な身分制国家で、社会は身分制によって組織されており、各々の身分には各々の義務があった。ブダペストの知的、文化的、科学的エリート(その大部分はユダヤ人だった)を別にすれば、ハンガリー社会は、土地を所有し、何百何千の小作人を抱える貴族たちでできており、そして私の家族もその一員だった。

それはハンガリー摂政ミクローシュ・ホルティ提督の時代だった。ホルティは白馬に乗って執務についたのだが、それはまるで遠い昔の私たちの英雄アールパード王を擬しているようだった。現代の歴史家たちは、ホルティの反ユダヤ主義は、どの程度のものであったのかということについて論争を行っている。彼はドイツで人種法が施行される前から、ユダヤ人が大学で勉強するのを妨げる政策をとっていたのだ。一方で、ヒトラーと長い間共闘をはかり、一九四四年の後半になってようやく総統と袂《たもと》を分かつことになった。彼の名誉のために言えば、最終的には彼はアウシュヴィッツ行きの移送列車を止めようとした。ある列車は、実際に国境で止まり、ホルティの命令に従って戻ってきさえした。だが、当時ブダペストにいたアイヒマンと比べるとホルティの権力は弱く、それ以上ユダヤ人たちを救うことはできなかった。私がホルティについて言えるのは、彼の統治した二四年間に敬意と感謝を抱いている、ということだけだ。私の幸せな子供時代、そして翳《かげ》りのない青春期は、ちょうどこの時期にあたる。

私の両親の世代は、骨の髄まで封建的だった。彼らが田舎で過ごした時代については、映画でよく見る、アメリカ南部の綿花農場みたいな世界を想像しなければならない。一方に農場主がいて、他方に農奴がいる。幸運な者は、優しい主人の下で働くことができた。だが、それほど幸運でなければ、犬っころみたいに扱われた。私の父は、小作人たちに対して頑固だったが、ただいつも公正だった。いわゆる家長であり、毎朝、私たちは長いテーブルで父と一緒に朝食を食べなければならなかった。私たちの髪は必ずブラシで梳《と》かしつけられていなくてはならなかったし、ブラウスにはアイロンがあたっているべきだった。壁には先祖たちの写真がかけられていた。男は飾り立てた軍服をまとい、女は襞のあるドレスを着て。そして扉の上には、大きな鹿の角がかけられていた。毎日私たちは麦芽コーヒーを飲むことになっていた。でも子供たちは、この飲み物が苦くて嫌いだった。なるほどコーヒー皿には二粒の角砂糖が置いてあったのだが、私たちはそれをコーヒーに入れてはいけない、と言われていた。自分を甘やかしてはいけないからだ。私はそれをテーブルの真ん中にある砂糖壺に戻さなくてはならなかった。その壺の縁にはこんな文字が刻まれていた。Pour les pauvres〔貧しい人々のために〕。あの砂糖壺が今どこにあるか、そもそもどこから来たのか、私は知らない。知っているのは、あれが先生の鞭とともに、私の子供時代の一部であった、ということだけだ。その壺がいっぱいになれば、角砂糖は村の貧しい人たちに分け与えられる、ということだった。だが、私はそれがサロンのお客さんたちにふるまわれるケーキに使われていたのを知っている。現代の子供たちなら、両親のそんな嘘を責め立て、彼らのふるまいがいかに不正で、なんて偽善的なのか、と迫ったかもしれない。でも私たちは黙っていた。

私たちが住んでいた城館は「城」とは呼ばれていなかった。やはりそれはどこか品がないように響いたからだ。私たちはそれを「屋敷《ラントグート》」と呼んでいた。建物はU字型をしていた。砂利を敷き詰めた中庭があり、その真ん中にマロニエの樹が立っていて、まわりにはベンチが置かれていた。部屋は三〇以上あり、南側の壁には木の格子があり、それを伝って赤、緑、白のバラが咲いていた。ハンガリー国旗の三色だ。バラの香りは、一年の半分くらい、あたりを漂《ただよ》っていた。それが突然なくなり、バラの香りに代わって、湿った土や腐敗した植物、沼地の匂いがし始めると、私たちは秋が来たことを知るのだった。

アグネス

一九四四年三月一九日までは、なにもかもいつもどおりでした。それは日曜日で、友達が電話をかけてきて、私に尋ねました。「知ってる? ドイツ軍がブダペストを占拠したって」。私は信じられませんでした。だって、通りにはそんな兆しは何もなかったから。その日曜日、私は知り合いの男性とランチを食べ、弟と映画を見に行きました。それはあまり普通のことではなくて、私たちはめったになにかを一緒にすることはなかったのですが、ちょうどその日に限って、弟は「もし用事がないなら、映画を見に行こう」と言ったのです。私たちは並んで客席に座っていました。映画が始まってからしばらくして、突然照明がつき、映画館を出ろ、と言われました。映画館の人は、とても申し訳ないけれど、ドイツ軍が街に入ってきたので上映は終わりです、と言いました。私たちは仕方なく立ち上がり、通りに出ました。家に帰る途中には、親ナチの矢十字党本部の大きな建物がありました。私はそこを通るのが好きではありませんでしたが、その日ほど嫌な気持ちがしたことはありませんでした。黒いシャツを着た人たちが建物の前に立っていて、話をしていましたが、それは私をゾッとさせました。

父が次の日の朝、なにかの仕事のためにブダペストに来ることになっていたのですが、私は電話をして、家にいたほうがよい、と伝えました。そんなに危険な状況であるとは思っていませんでしたが、それでもここから離れていたほうが安全だと思う、と言いました。ドイツ人たちは、ハンガリーの他の地域でもやったように、鉄道を爆破するだろうと思ったのです。

「でも、どうしてそっちに来てほしくないなんて言うんだ?」と父は尋ねました。つまり、ニュースはまだ村まで届いていなかったのです。

「そうしたほうがいいって思うだけ」と私はごまかしました。父に、私や弟のことで余計な心配をさせたくなかったからです。でも私の声はあまり本当らしく響かず、父はそこになにかを感じ取ったようでした。父が最後に言った言葉を今でも覚えています。「で、おまえたち二人はどうなるんだ?」

マリタ

私は一六歳だった。そして私の頭の中はある一つのことでいっぱいだった――本だ。私は政治には頭を悩ませたりしなかった。一九三八年にドイツがオーストリアを併合しても、まだ生活はいつもどおりだった。その頃までは、ハンガリーでは誰もそれを危険とは感じていなかった。私は毎晩、夜更けまで本を読み、そしてホームシックについてのひどい出来の詩を書いていた。愛については何も知らなかった。中等教育の最後の三年間を過ごしたサクレ・クール修道会〔ヴィーンの聖心会〕では、愛のことなんて誰も語らなかった。私は人生の早い時期に、男性に関することは遠ざけることに決めていた。母はとても美しく、妹は男性にちやほやされていたので、私は男性というものを後ろのほうから眺めることにしていた。でも義務として、私もいつかは両親に将来の結婚相手を紹介しなければならない、とは思っていた。それは難しいことだった。本当に誰もそんな人が見当たらなかったからだ。ある舞踏会で若い男性に出会い、不思議なことに最初の瞬間から私を愛していると、彼が言ってくれるまでは。その後、彼は人生の終わりまで、その約束を守ってくれることになった。フェリは私の人生に現れた唯一の男性だった。私たちの結婚は彼の死の日まで続いた。それは奇妙な結婚だった。

当時、人はよく誰それの「資産」について話をしていた。それはその人がいくらのお金を持っているか、という話ではない。重要なのは、彼の教育、その文化的背景、その外見、そしてふるまい、あるいはある種の話し方だ。ほんの一言が、彼の社会階層を明らかにしてしまうことがある。ある人がその人たる所以は、彼が何を持っているかではなく、彼が何を大切に思っているか、にある。フェリは、私にふさわしい夫だった。少なくともまわりの誰もがそう言ってくれた。彼はバッチャーニ家で、私はエステルハージ家の人間だった。二人ともハンガリーの旧家出身だった。私はそういうことにはあまり関心がなかった。本を読んでいられればよかったのだ。でも結婚すれば、のちのち本を読む時間がもっととれるというなら、それは私には嬉しいことだった。一九四二年二月に結婚式をあげた直後、私たちはブダペストに引っ越し、そして私はすぐに妊娠した。フェリは召集され、ポーランドの前線に送られた。私はブダペストにいてとても寂しかったので、その夏に男の子を連れてシャーロシュドの田舎に帰った。

この帰郷の旅を、昨日のことのように覚えている。こんな短い旅でも、列車に乗って線路のリズミカルな響きを聞き、電信柱が現れては消えていくのを繰り返し見ているうちに、ポーランドのどこかで戦っているはずの夫に対する心配は薄れていった。それは野原と草原、ポプラ並木とニワトコの茂みのどこかへと消えていったのだ。クロヅルが地平線で踊っていた。村の名がアナウンスされ、列車が止まった。駅名標は蒸気に隠れたり、またたちまち現れたりした。御者のペティがプラットフォームのいちばん端で私を待っていてくれた。帽子に雁《がん》の羽根をつけて、彼は手を挙げた。その挨拶で、子供の頃からの親しみがいっぺんに蘇った。

フェリとはもう一年も離れていて、前線からの手紙を受け取るだけだった。彼はポーランドに送られ、その後ウクライナに移っていた。かわいそうに、あの人はハエだって殺せないような人なのに。フェリは心配性で、彼を知る人は皆、子供の頃から素朴で素直な人柄だった、と語っていたし、そしてまた実際にそうだった。手紙で、彼は私への愛について書き、そして私と早く本物の生活を始めることへの憧憬を語っていた。私も彼のことが恋しかった。でも本当のところは、私の心が彼への気持ちで張り裂けそうだった、とは言えないかもしれない。

アグネス

あの日、三月一九日の午後一一時、電話が鳴りました。父からでした。父は、明日の朝一番の列車で家に帰るように、と言いました。このときまでに、ドイツ軍がブダペストに到達したというニュースは村にも届いたようでした。弟は帰りたくない、と言いました。彼は、誰もが私たちのことを知っているシャーロシュドなんかに帰るより、ブダペストに残ったほうがマシだと考えたのです。ブダペストは大きな街だからどこかに隠れていられるさ、と弟は言いました。

「どっちにしても私は帰るわ」と私は言いました。「そしてお母さんとお父さんを連れて戻ってくる」

「それがいいよ」と、弟は私のスーツケースを駅まで運びながら言いました。

ドイツ兵たちが犬を連れて、街角という街角に立っていました。ハンガリーの警察官は市電をチェックして回っていました。私たちの車両のドアが突然開き、彼らが入ってきて、ユダヤ人は車両の外に出るように、と言いました。ある警察官は私に「お嬢さん、あなたがユダヤ人でないなら、今すぐ逃げたほうがいい」と言いました。私は「弟はどうなるの？」と聞き返しました。

「彼はここで車両から降りなくちゃならない」

「じゃあ私も降ります」

そうして私たちは当時ハンガリーで最悪と言われていたキシュタルチャ収容所に入れられました。ブダペストからはそう遠くありませんでした。寒くて、道にも、木々にも、家々の屋根にも雪が積もっていました。私たちの到着を駅で待っていたはずの両親たちのこと、そして私たちがついに列車から降りてこなかった後、両親たちがどれほど心配したかというようなことは、そのときには頭に浮かびませんでした。苦痛はそれほどひどかったのです。

彼らは私たちを収容所の外で分けました。私たち女性は、窓のない小さな部屋に入れられました。男性たちは外にいました。

ポケットにリンゴがありました。私は弟にまた会えたら半分やろうと思って、それを手で二つに割りました。でも彼はもう現れませんでした。

数日後は、ユダヤの過越《すぎこし》の祭りの日でした。ユダヤ人協会が持ってきたスープが私たちにふるまわれました。皿もスプーンもありませんでした。でも、あんまりお腹が空いていて、スープが冷めるのを待てず、何人かは素手でスープを飲もうとして、手に火傷《やけど》したのを覚えています。私は白粉《おしろい》のコンパクトを持っていて、そのコンパクトを皿代わりに使ってスープを飲もうとしました。それはとても小さくて、まるで自分が人形になったかのようでした。

マリタ

シャーロシュドに帰ってすぐ、屋敷がどれほど変わってしまったかを思い知った。しばらくすると、ドイツ兵たちが私たちの城館を兵舎として使用し始めた。彼らは、いくつかの部屋を占領し、私たちが好きだったマロニエの樹とそのまわりのベンチのあたりには、彼らの車が止まるようになった。この頃までには、屋敷にとどまって農場の世話をしてくれていた男たちは皆、姿を消していた。彼らのほとんどは召集され、前線で戦って負傷したり、脱走したりしていた。馬具職人はいなくなり、馬丁もいなくなり、庭師とその息子も消えた。芝生は伸び放題になり、バラは萎《しお》れた。牛の面倒を見る人がいなくなり、池では鯉が死に、畑は放ったらかしになった。父はドイツ兵に村のユダヤ人たちを働かせてもよいか、と尋ね、結局彼らが農場の世話をすることになった。その日以来、毎朝二〇人ほどのユダヤ人が農場に来ることになった。彼らは黄色い星をジャケットにつけていた。ゴルドナー兄弟は馬の世話をし、メダック夫妻とマンドル夫妻が庭で働き、他の人々は農場に出た。私たちは彼らの多くと顔見知りで、こんにちは、と言うと彼らも挨拶を返した。だが、もともと知らなかった人たちは私たちと目を合わせるのも恐ろしいようだった。私たちが何をしたというのだろう？　特にマンドル夫妻とは親しかった。彼らは食料品店を営んでいて、近隣で唯一のガソリン・スタンドも経営していた。子供の頃、夫妻はよくポケットに甘いものを入れてくれた。彼らには私たちと同じ年頃の子供が二人いた。アーギとシャーンドルだ。私たちは昔よく一緒に遊んだ。

ヨーロッパで戦争が起こっていることをいちばんよく表していたのは、狩りをしに来る人がどんどん減っていったことだった。彼らは前線に送られたのだ。ドイツ兵とハンガリー兵は共同して戦い、狩猟協会は、伯父の髪の毛と同じようにどんどんやせ細っていった。会話はだんだん小声でなされるようになり、ウィットは少なくなっていった。ラム酒が飲まれる機会はなくなっていった。狩人たちは、ヒトラーとともにウクライナで戦っていた。彼らは鹿ではなく、人間を撃っていたのだ。

5

マクシム・ビラーと話した晩から数ヵ月後、私はダニエル・シュトラスベルクの診察室のカウチに初めて横になっていた。彼の母はホロコーストの生き残りで、彼の父は戦後、ユダヤ人たちを、スイス国境を越えてマルセイユに出国させた、ということを私は知っていた。彼らは港からパレスチナに向かった。まだイスラエルという国家がなかった時期だ。私はシュトラスベルクが、家族の過去がどれほど子孫たちに影響を与えるのかを研究している、ということを読み、彼こそ私にふさわしい精神分析医だ、と思ったのだった。これは実験なのだ、と私は、その初めての訪問のときに彼に言った。大学の近くの彼の診療室でのことだ。部屋の真ん中に置かれたクリーム色のカウチは手術台を思わせた。本棚にはフロイトやラカンの本が並んでいた。そして部屋にはなにかしら快い香りが漂っていた。おそらく彼がここでふかした何千本ものパイプの香りだ。「自分の体の奥に、過去がどれほど影響を残しているのかを知りたいのです」と私は言った。「我々が今ある状態になるのに、過去の出来事がどれほどの影響を与えたかをわかっておきたいのです」

「やってみましょう」と彼は答え、でも実験なんていうことは忘れるように、と付け加えた。そして、診療に際してなんの準備もしないように、と彼は言った。「ゲームになってしまってはいけないのです」と彼は言い、私はうなずいた。だが、そのとき私は彼が何を言っているのか、もう一つわからなかったし、またこれから何が起こるのかについてもわかっていなかった。とにかくそれ以来、私は週に二回、彼のカウチに寝そべって、天井を見つめ続けることになった。水曜日と金曜日、私の服は煙の匂いがするようになった。

いつも診療は同じ儀式で始まった。私が待合室で古い雑誌を読んでいる。ドアが開く音がして、彼が廊下を歩いてくる。私は立ち上がり、そそくさと手を差し出す。彼はたいていの友達より私のことをよく知っているのに。そして、両親よりよほど頻繁に会っているのに。私たちの近しさには、どこか秘密めいたところがあった。何日か会わなかったからといって、肩を叩き合ったりするわけにはいかなかった。診療の最後にお礼を言うのも、何度かは本当にそうしたかったのだが、やってはいけないことになっていた。カウチから立ち上がると、もう親密さは消えていて、現実世界では私たちは見知らぬ者同士だった。もしスーパーマーケットのチーズ売り場でたまたま出会ったとしても、彼とゴルゴンゾーラをめぐって何を話し合ったらいいのか見当もつかなかった。それは密会のようなものだった。二人の人間が、いつもはホテルの部屋で夜にしか会わないのに、突然朝七時に地下鉄駅のライトの下で出会って、びっくりするようなものだ。

カウチに寝そべる前に、私は、まだ前の患者の頭の形が残っているワインレッド色のクッションを少し動かす。その間、シュトラスベルク氏は私の背後の椅子に座っている。最初の数分はいつも気まずかった。私は目をこすり、セーターを引っ張って直し、そして彼が自分を見ているのを感じていた。私が何をしているところを彼は見ていたというのだろう？　どうして私は根拠もなくそう思い込んでいたのだろう？　彼は自分の爪の長さをチェックしていたかもしれないし、携帯電話を一瞥していたかもしれない。私が自分の人生についてあれこれ話している間、彼は何をしていたのか、本当のところはわからない。私は天井を見上げ、そこから本を見やり、そして空気に漂う煙草の香りを吸い込み、そして集中できるように目を閉じた。外では路面電車が走っていた。7番と13番だ。私は子供の頃、いつもそれに乗って、郊外の家に帰ったのだ。13番で終点まで行き、そこからバスに乗って、夏なら菜の花で黄色く、冬なら雪で真っ白になった原っぱを抜けていく。そしてさらに数分歩くと、引っ越し前に母の希望で緑色に塗られた家のドアにたどり着く。そのドアには重い真鍮のドアノブがついていた。並びの家のどこにもそんなドアはなかった。我々だけだ。そのドアは東欧の田舎の家にでもついていればぴったりだっただろう。あるいはデヴォンかどこか、雨ばかり降っているイングランドあたりなら。だが、一九七〇年代のチューリヒ郊外には全然似合っていなかった。それは間違った家についた間違ったドアだった。私はそんなことをなにも考えずにシュトラスベルクにすべて話した。言葉は勝手に口にのぼってきて、羽のように軽かった。私は、湖上に浮かび、ほんの時折水面に触れるように飛ぶ鳥になったような気がした。パイプの香りはどこかに消え、本も、天井のひび割れも意識から消えていた。外には路面電車の気配もなくなっていた。そんな時間、つまり私が周囲のなにもかもを忘れてしまうような瞬間は、ほとんどいつも診察のたびにやってきた。なにかが、ある物音とか、ある考えとかが私を現実に引き戻す。すると壁には本棚の形が戻ってきて、通りの物音が部屋に再び入ってくる。さっきまで私は水の上を滑空していたのに、今は物音の中にどっぷり浸かっている。

シュトラスベルクは何も言わなかった。

「でも、そんなことはどうでもいいんです」と私は言う。あの滑空に戻れるように。ちょうど朝、眠りに戻るために寝返りを打ってみたり、あるいは深夜、酔いを長引かせようとして四杯目のワインのグラスを飲み干したりするように。だが、そんなことが起こったためしはない。

「八〇年代の『バック・トゥ・ザ・フューチャー』を観ましたか?」と私は彼に尋ねた。「車に乗って過去に飛ぶ男の子が出てきたでしょう」

「ああ、観たよ」

「あの子は、時間を遡るときに現在から写真を一枚持っていく。その写真には彼の両親、兄弟姉妹が写っている。でもその子供たちが写真の中からだんだん薄れていく。両親が出会わなかったら、彼らも理論的には存在しえない、ということです」

「覚えてる」

「僕もあんなふうに感じていたんですよ。あの写真の中の子供たちみたいな感じ。自分は半分しかここにいなくて、どんどん透明になっていくような。わかりますか?」

「もちろん」

「自分が消えていくような気がしてたんです。僕が雪の上を走っても、なんの跡も残さない」

沈黙。

「でもレヒニッツに行って以来、そして父にいろんなことを尋ねたりして以来、あの消えていく感じがなくなったんです。だから僕はあなたのところに来たんだと思う」

「そこがよくわからないな」

「ちゃんと自分が存在することができるように」

シュトラスベルクはなにも言わなかった。しばらく待ってみたが彼はなにも答えなかった。

「僕の話は女性誌に載ってる身の上相談みたいですか？」

彼は大きく息を吸った。いつも診察の終わりにそうするように。「ぼちぼち時間ですね」と彼は言った。何かを押し殺しているような声だった。そしてここで話を遮《さえぎ》ったりしたくないのだ、というように息を吐いた。それは私にもよくわかる。そして、私たちはまたできるだけ短く握手して別れた。

手記 II

マリタ

午後の遅い時間だった。私は自分の部屋のベッドに寝そべって、本を読んでいた。なんの本だっただろう。わからない。『戦争と平和』？　そうかもしれない。トルストイだ。突然の叫び声が私を本の世界から引き剝がした。私は本を置き、立って窓から外を見た。息子は、私の横の小さなベッドで眠っている。二番目の息子はまだお腹の中だった。

　庭の砂利は荒らされ、タイヤの跡がついていた。初夏で、地面に落ち葉はなかった。家の部屋という部屋は、兵隊や難民や負傷者でいっぱいだった。犬はひどく興奮していて、母は何週間かサナトリウムに行っていた。窓から父が見えた。父は道にいて、マンドル氏が父に向かって、腕を上げたり下げたりしていた。マンドル氏は、彼には大きすぎる明るい色のレインコートを着ていた。私は階段を降りて、庭に出た。靴の下で砂利が音を立てた。マンドル氏が私を見たが、父は振り返らなかった。「あの子たちは収容所に向かってるんです。子供たちが死んでしまいます」とマンドル氏が言う。アグネスとシャーンドル、マンドル家の子供たちのことだ。彼らはもう列車に乗せられているようだった。マンドル夫人は熊手を握りしめながら、父に向かって叫んでいた。誰もこんなふうに父に向かって叫んでいるのを聞いたことはなかった。「助けてください！　私たちを助けてください。なんとかしてください！」でも父は何もしなかった。そのとき、二発の銃声が聞こえた。

そして私は何をしただろう？　私は村の教会まで走っていって、懺悔台に座ったところで気絶した。「ひどく驚いたんだよ」と村の司祭は言ったが、それは間違いだということを私は知っている。ひどく寒かった。そのことをとてもよく覚えている。私はその後もずっとその冷たさを感じ続けている。夏でも。私はあの懺悔台の冷たさを一生忘れることはないだろう。そして、気がついたとき、私に浮かんだのは、ただ一つのことだった。私は少なくともマンドル夫妻だけは救えたかもしれない。少なくとも彼らだけは。

6

一九五六年一一月の霧の多い、湿っぽいある日、私の祖母は、一年ほど前にソ連の収容所から戻ってきたばかりだった夫と、そして当時一四歳だった私の父とともに、ハンガリーから脱出した。ソ連の戦車が、ブダペストを一週間占拠した。約一万人の自由を求める戦士たちがソ連軍と対峙したが、その大部分は学生だった。多くのハンガリー人がこのとき国を去った。兵士を避けて夜に野原を越え、川を渡り、有刺鉄線の柵を登ったのだ。祖父母たちは、タクシーでオーストリアとハンガリーの国境まで行き、日曜の散歩に来たように簡単に遮断機をくぐった。祖父はオーストリアのパスポートも持っていたので国境を越えるのに問題はなかったのだ。彼はスーツケースを二つ持ち、私の父の手を引いていた。「子供の頃、ブダペストの通りで馬が死んでいるのを見たよ」というのが、父がこの逃避行について語り始めるとき決まって使う言い回しだった。オーストリアから彼らはスイスの、マルギット伯母とイヴァン伯父のところに向かった。そこでルガーノ湖畔、山の麓の、伯父伯母の邸宅であったヴィラ・ミータに受け入れられた。「駅に迎えに来た運転手のことを憶えているよ」と父は言った。「ちょっと熱が出ていたので、私はすぐに自分の部屋に連れて行かれた。翌朝、目をさますと太陽がベッドに差し込んでいて、庭には椰子の木が揺れていた。イヴァン伯父さんがやってきて、フェラーリでちょっと飛ばしてみたくないかって尋ねたんだ。天国に来たのかって自問したよ」

この時期のルガーノ湖畔での家族の様子を伝えてくれる記録はあまりない。わずかに祖母がヴィーンにいた従姉妹に向けて書いた手紙が残っている。注意深く読めば、そこには祖母の不満が読み取れる。彼女には、イヴァンとマルギットと一緒にいるという、その環境が耐え難かったのだ。「天国にも欠点はある」と彼女は書いて、それ以上詳しくは記していない。不平を言ってはいけない。祖母は子供の頃からそう叩き込まれていた。

ヴィラ・ミータはルガーノ湖の間際に建っていた。その居間からは、対岸のイタリアが見える。晴れた日なら、小さな村の教会の塔まで見えた。だが一九五七年の二月中旬あたりの寒い晩には、そんなものはもちろん見えなかっただろう、と私は想像する。雲が垂れ込め、風が湖面を波立たせている。居間の床には淡い色のラグが敷いてあり、柔らかい革製のソファがあり、壁には鹿の角や、なにかエキゾティックなものがかけてある。おそらく象牙？　あるいはレイヨウの皮？　どちらにしろ、マルギットとイヴァンの二人が、レヒニッツからルガーノに一九四五年に移ってきて以来、しばしばアフリカのサファリに出かけていたことは確かだ。

そういう宵はどんなふうだっただろう？　イヴァンはそれを「シェリーの時間」と言っていた。彼はいつも皆を喜ばせることを義務と考えている陽気な人物だった。背が高く、ベージュのズボンと、そして同色のシャツを着て、指には印章付きの青い指輪をはめ、ポケットにはデュポンの金色のライターが入っていたはずだ。「ビールのほうがいいな」と彼の弟で、私の祖父であるフェリはたぶん答えただろう。私の想像図では、祖父は暖炉の近くに座って、自分の靴を眺め、そして靴下とズボンの間の青白く、毛の生えていない脛《すね》でも見ていたことだろう。彼は暖炉のそばなら安心して、その温もりを快く思っていた。一〇年暮らした西シベリアの収容所で、彼は足の指の一部を失っていた。

祖母は窓際に座って、煙草を吸い、新聞を読んでいる。彼女はイヴァンの冗談には耐えられず、あきれてうんざりしていた。それでもルガーノに到着した最初の数週間は、自分の感情を押し殺していた。だが、もう我慢できなかった。「人々が死んでいってるっていうことがわからないの？」と彼女は口には出さずに思っていたに違いない。『新チューリヒ新聞』の一面に目を落とす。その日、ハンガリー動乱の関係者たちの裁判が始まっていた。被告席には一一人が座らされた。「主犯は二五歳の医学生、イロナ・トートである」と彼女は読み上げる。[1] 煙草を揉み消し、鼻をかみ、そしてセーターを腕まくりして、ティッシュペーパーの端をちぎって小さく丸めたりしている。いったいどういう時代なんだろう、と彼女は訝《いぶか》る。自由のために戦うと起訴されるなんて。そして彼女はかぶりを振る。「嘘が本当になってしまったのです」と彼女は従姉妹に書いている。二〇万人の亡命者と、二五〇〇人の死者。それが彼女の心を重くしていた。ソ連軍がブダペストの街に侵攻して数週間しても、ハンガリー動乱の失敗はまだ一面を飾っていた。あなたたちはなんとも思わないの？　と彼女は叫びたかったに違いない。でも言葉は喉にひっかかって出てこなかった。そして、また煙草に火をつける。そんなふうにしてやり過ごすしかなかったのだ。

「飲み物は何になさいますかな？」とイヴァンが彼女の視線を捉えて尋ねる。彼は五月になって、この居間からまっすぐ湖に入れるようになったら、ここがどんなに素晴らしいかということを語っていたところだ。「素敵だよ、ただただ素敵と言うしかないんだ」

「ワインを一杯いただけると嬉しいわ」と祖母は彼に微笑む。彼女はここに五月まで留まるくらいなら死んだほうがマシだと思っている。

彼女は幸せであるべきだった。夫は捕虜生活から帰ってきた。彼らは一五年前の結婚以来、初めて自由な地で一緒にいるのだ。息子は元気で、親子はついに一緒になれた。なのに、いったい何が問題だというのか、と彼女は自分に問いかける。窓の外にある木々の裸の枝を見やる。庭の冷たそうな草を目にし、湖岸で波が砕けるのを見る。彼女の肩には、いつもそうだったように過去の重みがのしかかる。「内面の寒さ」とは彼女の言い回しだ。彼女はそれをもう書き留め始めていた。だが彼女が書いたものは、詩も、物語も、すべてそうだったように、火に焚《く》べられてしまった。

イヴァンが彼女にワインを持ってきて、そのグラスを馬のモチーフをあしらったマホガニーのコースターに置いた。マルギットのためにクリスマスに買ったものだ。彼はヴィンテージもののワインについて話すが、祖母は聞いていなかった。本当は本を持ってベッドに戻りたかったのだ。大好きなトーマス・マンの本を持って。

六時半になるとマルギットが階段を降りてくる。私の想像の中では、彼女は客間に入る前に、鏡の中の自分を一瞥したはずだ。入っていった瞬間、皆が自分を見て話を止めることを意識して。そして実際、その晩もいつものように皆は話をやめて彼女を見た。フェリは手を叩き「さあ彼女のお出ましだ」と言った。彼はオーストリアのアクセントでドイツ語を話す。イヴァンは「素敵だよ」と話しかけた。

「あら、馬鹿なこと言わないでちょうだい」とお世辞をいなすように言いながら、その実、彼女は夫の言ったことを当然だと思っている。彼女は、この季節にはぴったりのシャネルのやわらかいツイードのスーツを着ている。脚が強調され、腰まわりは気にならない彼女好みのシルエットだ。だが客たちのほうはココ・シャネルなんて聞いたこともなかっただろう。彼女のいで立ちは、ここでハンガリー難民と一緒にいるよりは、パリでオテル・リッツにでもいたほうがよさそうだった。

「今日はどうしていらしたの?」と彼女は祖母に話しかけるが、その声には少し憐れみがこもりすぎている、おそらく。衛生兵が患者に語りかけるときのように、ほんの少しからかうような調子もこもっている。

いや、違う。そうじゃなかったかもしれない。マルギットはパリとオテル・リッツのことを考えながら階段を降りてきて、窓辺に向かう。そして、できるだけ余計なニュアンスを漂わせないようにしながらこう言う。「今日はどうしていらしたの?」ここに恩着せがましさの徴候を見出すのは祖母のほうだ。そう、たぶんこんな感じだったはずだ。

「ヨーシュカに七時からディナーにするって言ったわよ」とマルギットが言う。「何を飲んでらっしゃるの、イヴァン。私にもシェリーをいただけるかしら」。イヴァンは食堂に向かう。暖炉の火がパチパチとはぜる。イヴァンが栓を抜く音がする。彼が戻ってきて、自分にももう一杯シェリーを注ぐ。皆がグラスをあげて乾杯する。

「なんて嫌な天気なの」とマルギットが鼻声で言う。ほとんど気づかれないくらいに舌が見える。

イヴァンは「お二人に五月にはここがどんなに素敵かを話していたんだ」と言う。

「外は今何度なんだい?」とフェリが尋ねる。「きっと、三度より低いってことはないね。でなければ空気の感じでわかるからね。今晩は雪は降らないよ」[2]

時計が七時を打つと、全員が立ち上がって、隣の部屋の食卓につく。

原註

1 イロナ・トートはハンガリーの警備隊の一人を殺したとして、誤って起訴された。彼女は一九五七年に二五歳で絞首刑になっている。

2 収容所以来、祖父は天候、とりわけ気温にとらわれ続けていた。ヴァルラーム・シャラーモフが彼の本で書いているように、収容所では天気はほとんど唯一の話題だった。亡くなるまで、祖父は日に何度か外に出て気温を確かめていた。

イヴァン　祖父の兄。彼は一九五七年には四六歳だった。髪は上品に後ろに撫でつけられている。イヴァンは速い車と、高価なスーツ、とりわけダーク・ブルーのスーツを好む。若い女性には目がない。話し上手として知られ、多くのハンガリー人と同じく話が大げさで、ジョークのためなら何だってやる人物だ。彼は家事などやったことがなく、四ヵ国語を流暢に話す。しょっちゅう旅行に出かけるが、そのいちばんの目的地はヴィーンで、そこでは誰もが彼に「伯爵」と話しかける。またしばしばアフリカに行って狩りで大物を狙う。ウルグアイでは、妻の資産で二八〇〇ヘクタールの農園《ハシエンダ》を買い、それに伴ってウルグアイの市民権を得た。イヴァンは、ルガーノ・ゴルフ・クラブと、サン・モリッツの高価なスキー・クラブであるコルヴィリアの会員である。

マルギット伯母　ヨーロッパで最も裕福な女性の一人。やはり四六歳。ハインリヒ・ティッセンとマルガレータ・ボルネミサ・ドゥ・カーソン男爵夫人の娘。ドイツの鉄鋼王アウグスト・ティッセン男爵の孫娘。馬に夢中で、狩りに出ているときが最も幸福な女性。

マリタ　私の祖母。三四歳。ヘビー・スモーカー。市中のカタコンブで一六万人が亡くなった第二次大戦末期のブダペスト戦を生き延びた。一四歳の男の子（私の父）の母である。戦後、家族はすべての所有物を失い、地位も、土地も失った。西側に亡命するまで、彼女はハンガリーの田舎の農民たちと暮らしていた。

フェリ　私の祖父。一九五七年には四二歳。一九四二年に召集されてポーランドへ、その後ウクライナに転戦し、ハンガリー軍に所属してドイツ軍とともに戦った。六万人が主として塹壕の寒さのために凍死したドン川〔ドネツ川〕の戦いを生き延びた。終戦の直前、家まで五〇キロというところで、ロシア軍に捕まり、投獄され、西シベリアに送られる。最後に彼はアスベスト市で石綿を含む岩を切る仕事に従事し、髪の毛を失った。一〇年してようやく釈放される。敬虔なカトリック教徒。

時代　一九五七年二月中旬。スエズ危機の結果、米国のドワイト・D・アイゼンハワー大統領は、親西側の国家が共産主義に侵食されるのをいかなる手段を用いても防ぐ、と述べていた。アルジェリアでは独立戦争が勃発。ブダペストでは人民による動乱に加担した者たちへの見せしめの裁判が始まっていた。数週間後、ミュンヘンでは、エーリヒ・ケストナーの戯曲『独裁者の学校』が初演される。エルヴィス・プレスリーは「監獄ロック」を歌っていて、リヴァプールでは、数年後にビートルズが評判をとるキャヴァーン・クラブがオープンしたばかりだった。大戦中ハンガリーを統治し、一九四四年半ばまでドイツと共闘を組んだ摂政ミクローシュ・ホルティは、この数週間後に死ぬ。

場所　ヴィラ・ミータ。ルガーノ市、カスタニョーラ通り六九〇六番地。

四人の人物たちは、まだ若く、それぞれ別々の人生を生きてきて、この食卓に一緒に座っている。執事のヨーシュカが魚のスープが入った深皿を持って入ってくる。フェリは喜びを隠せない。イヴァンは椅子の位置を調節している。マルギットが最初にスープを自分の器にとる。そのブラウンのスープには薄い緑のネギが浮かび、赤みがかった魚の肉片も入っている。「いいスープだよ、これは」とようやくフェリが言う。「自家製がいつだっていちばんさ」と黙っていることに耐えられないイヴァンが答える。

イヴァン　私たちがスイスの市民権を得る予定だ、という話はしたかな？[3]

フェリ　いや、知らないよ。すぐにかい？

イヴァン　そんなに急いでるわけじゃないけど、たぶん来年には市民権の申請をするはずだ。

フェリ　そんなに簡単なものなのか？

イヴァン　朝飯前だよ。我々はどこにでもいる人物ってわけじゃないからね。[4]

マルギット伯母　知ってらした？　スイス国民になるためには、歴史と地理の質問に答えなくちゃならないそうよ。ウィリアム・テルは誰か、とか。それに、どうしてこの小さい国で三つも違う言語が話されているか、とか。

マリタ　四つよ。忘れちゃだめですよ……

マルギット伯母　三つだか四つだか。どっちだっていいわ。だいたい私に歴史の本を読めなんて馬鹿げてるわよ。私にそんなことしてるヒマがあるとでもいうの？[5]

マリタ　本を読むのが最低の過ごし方ってわけじゃありませんわ。

マルギット伯母　あら、そう思う？　私たちが払ってる税金のことを思えば、この国は私たちがここに暮らしていてくれてありがたいって思うべきよ。私たちはティツィーノ州に国際的な華やかさをもたらしたのよ。私たちのおかげで、ルガーノは有名人たち、俳優だの芸術家だのが出会う場所になったの。[6]たぶんサン・モリッツのホテルの経営者のあの人が助けてくれるわ、名前はなんだったかしら？　教えて、イヴァン。もうこんなことには我慢できない。

イヴァン　バドルットかい？

マルギット伯母　違うわよ、彼はもうだいぶ前に死んだわよ。それとも生きてたかしら？　その子供は？　ともかくこの際、自分のためにできることはなんでもしなくちゃならないの。

フェリ　誰が死んだって？

ヨーシュカはマルギットとイヴァンがレヒニッツから連れてきた執事で、寡黙で遠慮がちな男だった。彼も、一八〇人のユダヤ人に対して行われた犯罪について、かなりのことを知っていたに違いないが、それを問われたことはない。彼はスープの皿を片づけ、メイン・ディッシュを持ってきた。牛肉の蒸し煮、フライド・ポテト添え。イヴァンが赤ワインを注ぐ。会話は途切れがちになって、二人の女性はそれを気にも留めていないが、イヴァンは話題を必死に探している。

イヴァン　お話ししなくちゃいけないんだが、貴方たちはもうここの生活にも慣れたようだし、フェリの健康が許せば、そのつまり……

マルギット伯母　イヴァンが言いたいのはね、私に秘書が必要だってことなの。私の仕事の面倒を見てくれる人。不動産だとか、書類だとか、セキュリティだとか……とてもややこしいの。戦前はこんなじゃなかったのに。

フェリ　貴女のところで働くっていうことですか？（妻を見やる）

イヴァン　ルガーノによい住まいも見つけられるはずだ。シベリア以来、ずっと寒い思いをしてるんだから、ちょうどいい。ティツィーノはヨーロッパのサンルームって言われてるくらいだから。

マリタ　ご親切に、私たちのことを気にかけてくださって。（自分の煙草を見る）

フェリ　ということは、私はつまり……

イヴァン　私たちの経理になるってことだ。

マルギット伯母　私の会計係。

イヴァン　ああそう、そういうことだ。

マリタ　でも貴方たちにご迷惑かけたくないわ。それにあの子はどうすれば……

マルギット伯母　息子さんのこと？　あの子はザンクト・ガレンのローゼンベルク寄宿学校に行くといいわ。もう手続きはしてあるの。あれよりよいところはないわ。あそこにはテニスコートもあるのよ。あの子、確かテニスするのよね？

マリタ　サッカーです。

マルギット伯母　この頃はみんな、子供をザンクト・ガレンにやるのよ。あの学校、安くはないけれど、私たちが面倒を見るわ。子供にはよい教育が必要で、それにまたこの頃、景気がよくなってきたからなおさらよ。貴方もきっと私に賛成してくださるわよね？　いいでしょ？（マリタを見る）

マリタ　もう手続きしてくださったなんて、びっくりしてしまって……でも、はい、もちろんです。

マルギット伯母　子供は学校に行かなくちゃ。[7]なんにもしないでぶらぶらしてるわけにはいかないし、人生の試練から逃げ回ってるわけにもいかない。あの子、いつもふさぎ込んでるように見える。ワインはどこ？（テーブルからベルを取り上げ、それを鳴らす）ヨーシュカ！

マリタ　あの子は試練を避けてるわけじゃありません。（マルギット伯母は、まだベルをイライラと鳴らし続けている）

マルギット伯母　なんておっしゃったの？

ヨーシュカ　何でしょう、奥様？

マルギット伯母　ワインよ、ヨーシュカ、ワイン。

マリタ　貴女にわかっていただくのは難しいわ、だって……

ヨーシュカ　かしこまりました、奥様。

マリタ　……だって、あの子は一四歳にしてはもうずいぶんひどい目に遭ってきたんです。父親のこともほとんど知らなかったし。（フェリを見る）大変だったんです。ハンガリーはスイスみたいなところじゃなかったんだから。

マルギット伯母　みんな大変だったのよ、貴方たちだけじゃないわ。私たちだって多くのものを失ったのよ。

イヴァン　過ぎたことはいいじゃないか。女性は政治の話をするもんじゃないよ。貴女たちには似合わない。それよりお祝いしようじゃないか。私たちの前には素晴らしい未来がある。スイスのいちばんよいところは何か知ってるかい？　その立地だよ。ポルトフィーノも、ヴィーンも、パリも、全部数時間で行けるんだ。

そんなふうに夜は過ぎた。ワインの後にはコニャックとチョコレートが続く。家族ぐるみの付き合いのエドゥアルト・フォン・デア・ハイト[8]がアスコーナから最近お土産に持ってきたものだ。

私の想像では、この後イヴァンとフェリは翌日のイタリア国境あたりへのドライヴについてまだ語り合う。イヴァンは、森にはイノシシがいっぱいいる、という話をする。フェリはどうしてこんな寒い季節に田舎を歩き回らなくちゃいけないのか、実のところまだ得心がいかない。彼は暖炉の火のそばで一日過ごしていたいのだ。だが、礼儀上、出かけることに賛成する。彼らは、テーブルを離れ、北イタリアの地図を調べにいく。

女性二人が残った。彼女たちは煙草を吸い、グラスの酒を飲み、あれこれあたりさわりのない話をする。でもそうでなかったとしたら？　彼女たちが沈黙を破って、真っ向からぶつかったとしたら？　そんなことをする理由があるだろうか。

マルギットはレヒニッツについて話そうなどとは思っていなかった。なのにどうして祖母はよりによって彼女にその話を持ち出そうなどとするだろう？　二人とも呑みすぎていたから？　いや、それはない。

じゃあ、夫たちがそうしているように、なにもかもうまくいっているかのようにふるまうのに疲れたから？　そっちのほうがありそうだ。

お互いの防御態勢が数分の間、弱まったとしたら？　祖母がずっと抱え込んでいた言葉が突然溢れ出てきたとしたら？　自分がマンドル夫妻を救えなかったことに関する、すべての悲しみと怒り。社会主義時代のつらい年月。そして新しい秩序の中で夫とともにいることの困難。馬のマークのついたコースターのような、派手な消費生活に対する嫌悪。そしてイヴァンのように日々を気楽に生きていける快活な人々への苛立ち。そういうすべての思いが突然溢れ出てきたとしたら？

この一九五七年二月中旬のある日、そう、例えば夜の一〇時一五分、次のような会話があったかもしれない、とは想像できないだろうか。

マリタ　私はもう耐えられない。罪の意識に、もうやりきれないんです。
マルギット伯母　何の罪？　何を言われているのか、わからないわ。（沈黙する）
マリタ　私はわかる。（彼女も沈黙する）

マルギット伯母の冷たさは、あらゆる種類の人間性をいたたまれなくするような棘《とげ》を含んでいて、それに刺激されて祖母はマルギットに自分の屋敷の中庭で、あの日起こったことを語る。そして話しながら次第に興奮していく。彼女はマルギットを揺さぶりたかったのだ。彼女は反応を求めていた。マンドル夫妻について、その叫びについて、そして彼らが自分の父にどのように懇願したのかについて語る。そのとき、彼女は「同行者」という言い回しを使ったかもしれない。例えば、次のように。

マリタ　私たちは皆、一緒に旅している同行者なの。それが私たちなのよ、同行者。仕方がないと自分に言い聞かせるのは簡単だわ。でも、この恐ろしい出来事の中で、自分たちはいったいどういう役割を演じているんだろう。

壁の時計が二度打つ。一〇時半だ。

マルギット伯母　貴方がた貴族に私が我慢ならないのは何か、おわかりになる？　貴方たちがなんでも自分の個人的問題だと物事を受け止める、そのやり方よ。貴方たちは、自分たちがそれ以外の人たちより優れていると思ってる。まず他の人を見下し、そして困難なときが来ると、まるで生まれたての子羊みたいに泣き崩れるのよ。ヨーシュカ！（沈黙）

ヨーシュカ　はい、奥様。

マルギット伯母　ゼクトを。

ヨーシュカ　かしこまりました。

マルギット伯母　貴女にはわからないわ、あのとき、戦争が終わる直前、私たちが何を経験しなければならなかったか。まわりの者たちが皆、オロオロ泣き叫んでいるときに、夫は落ち着いて、やるべきことをやってしまう必要があったのよ。どうして私が人間より馬のほうが好きかご存じ？　馬は躾《しつ》けられるのが好きだからよ。しゃんとしなくちゃ。そのせいで世界は今苦しんでいるのよ。

ヨーシュカがボトルを開け、二つの細身のグラスに注ぐ。イヴァンとフェリが、まだイタリア行きについて話しながら戻ってきて、もう一つのアロニョ回りの道で行けないか、議論している。「どの車で？」とイヴァンは不満げに言う。そしてフェリは雪が降ったらどうするんだ、とハンガリー語でささやく。Mi van, ha esik a hó?

「さて、お二人は何について話してたんです？」とイヴァンは尋ね、そしてテーブルを見やる。テーブルクロスには、赤ワインの跡が残り、灰皿から灰がこぼれ、そしてスパークリング・ワインのグラスが二つ。「また政治の話じゃありますまいな？」

「人生のことを話してたの」とマルギット伯母が答える。「そしてフェリが私の秘書をやってくれることについて。マリタは、私たちと一緒にいるより、やっぱりドイツに行ったほうがいい、と思ってるんですって。そうでしょ？　マリタ」

祖母はうなずき、煙草をふかして、まっすぐ前を見つめている。

「何とかできないか、訊いてみるわ」とマルギット伯母が言う。「ルール地方なら、ティッセンの会社の関係で何か仕事が見つかるかもしれない[9]」

原註

3 一九五八年、イヴァンとマルギットは著名な法律家フェルッチョ・ボッラと彼らの帰化について契約した。その最初の問題は、イヴァンが保持したがったウルグアイの市民権だった。

4 カスタニョーラ警察は、ヴィラの夫妻を訪ね、長い時間、質問して帰ったが、その質問には、彼らの資産状況に関するものも含まれていた。はじめのうちその額は五〇万スイス・フランだったが、申請の過程でそれは次第に増えていき、ある時点では三〇〇万フラン、のちには三一〇〇万フランに膨れ上がった。

また、警察は「バッチャーニ氏はいつも旅しており、スイスへの帰属意識はあまり高くない」としている。

5 イヴァンはスイス国民たるにふさわしい知識をもって、すべての質問に答えたが、それでよしというわけではなかった。ベルン当局は、彼の公民権請求を認めなかった。まだだめだ、ということだった。二年後、弁護士のフェルッチョ・ボッラは再度申請している。彼はもう一度、イヴァンとマルギットがスイスに対して感じている愛について詳しく書いた。イヴァンは、自分は『新チューリヒ新聞』と『コリエール・デル・ティツィーノ』（スイス、ティツィーノ州の地方紙）の定期購読者であり、ルガーノ・ゴルフ・クラブや、サン・モリッツのコルヴィリア・スキー・クラブ、そしてスイス・アルペン・クラブのベルニーナ支部のメンバーだと述べたが、やはり成就しなかった。二度目の申請却下に関するファイルの中には次のような記述がある。「バッチャーニ氏は、彼自身の利益を求めて公民権を得ようとしている、という印象がある。この再審請求者は、コスモポリタンの典型であり、自分の利害と夢に従って、あるときはこの国に、また別のときには他の国に住んで、どこにいてもそれなりに寛ぎ、そしてどこに行っても本当には寛げない人物である。この種の、概して裕福な人物たちはどんなものでも、たとえ国籍であっても、金で買えるか、あるいは金が生み出す影響力でなんとかなる、と考える傾向がある」。

二年後、ついに事態が動いた。当局は、まだイヴァンの公民権請求には「大いにコスモポリタン的な要素」があると考えてはいたが、一九七〇年六月にゴーサインを与え、イヴァンとマルギットのバッチャーニ＝ティッセン夫妻はスイス国籍を得た。

この一二年間にわたる公民権申請手続きには二つの顕著な特徴が見られる。まずスイス当局は、その記録において、直接的な質問の形であれ、あるいはファイル中のコメントとしてであれ、「レヒニッツの虐殺」についてまったく触れていない。スイス連邦警察はこの件を知っていたにもかかわらず。また、この申請過程で、マルギットは常にイヴァンの陰にあった、というのも奇妙である。現実の生活では、これは彼女のスタイルではなく、妻はいつも夫より目立っていたのだから。彼女には隠すべきなにかがあったのだろうか？

6 マルギットの弟ハンス・ハインリヒ・ティッセンは、父親の美術コレクションを発展させ、一九四九年にルガーノのヴィラ・ファヴォリタで公開するに至る。これはマルギットの住んでいる場所の近くだった。一九九三年、彼はこのロダンやティツィアーノなどの作品を含むコレクションをスペイン政府に売却した。現在このコレクションは、マドリードのティッセン＝ボルネミサ美術館で見ることができる。

7 結局、父はザンクト・ガレンの学校に卒業証書をもらうまで通い、そしてチューリヒで化学を学んだ。

8 エドゥアルト・フォン・デア・ハイトは非常に裕福な銀行家の息子で、六年にわたって国家社会主義ドイツ労働者党の党員だった。彼は一九三七年四月二八日にスイス国籍を得、その二年後に離党している。フォン・デア・ハイトは、アスコーナにモンテ・ヴェリタ〔ベジタリアン、ヌーディスト、神智主義などの聖地になった丘〕を購入し、芸術家や作家のパトロンとなり、そしてスイスのBund treuer Eidgenossen（国家社会主義盟約忠誠結社）のメンバーとなる。これはナチスにきわめて近い政党だった。戦時中、彼はルガーノでナチスとの取り引きを扱ったが、これはティツィーノ州当局があまり熱心に調査しなかったため、まったく問題にならなかった。のちに、彼は特に中国とアフリカの芸術作品を蒐集し、これをチューリヒ市に遺贈した。現在このコレクションはリートベルク美術館で見ることができる。

9 そして実際そうなった。祖父母はデュッセルドルフ近くのディンスラーケンという小さな街に引っ越した。そこで祖父は、ティッセンの工場の一つで、代理人兼秘書のポストを得たのだ。

7

「犬はどうしてる？」と私は父に電話で尋ねた。

「ひどいよ」と彼は答える。「めちゃくちゃだ。車ではアイツは前の席に飛び乗って、膝の上に座るんだ。動物の保護施設に連れていかなきゃならん」

「かわいそうに。でも父さんは少し運動したほうがいいよ」

「私のことはかまわんでいい。それより、おまえのほうはどうだ？　マルギット伯母さんの調査はどうなった？」

「なんだか噂が飛び交ってるみたいだ。親戚の誰だかが、僕に電話してきたんだ。誰から電話番号を聞いたんだろう？　父さん、教えた？」

「まさか」

「どうして過去をほじくり返す？　って、やつらは訊くんだ。マルギットについて調べてもろくなことはないぞ、と言われたよ。僕を脅してる」

「で、どう答えたんだ？」

「過去に何が起こったかを語り続けることでしか、それに決着をつけることはできない、って言ったよ。もちろん、僕の言葉じゃない。ハンナ・アーレントの引用だよ」

「ああ、そうだな」

「父さんも、調べてもどうにもならないって思うかい？」

「いや。でも、親戚たちがなにか知ってるとは思えないがな」

「そこが問題なんだ。誰も知らないのは、誰も尋ねたことがないからだ。おかしくないかい？　みんな虐殺のことは知っている。みんなマルギット伯母がそこにいたことも知っている。でも、誰も礼儀正しすぎて質問したことがない。彼女に嫌われるのがいやなんだ」

「ちょっと待ってくれ」

ライターの音がして、何かがガチャリと音を立てる。たぶん受話器を落としたのだ。そしてまた父の声が聞こえる。「聞こえるか？」

「もちろん、聞こえるよ。問題は金だろ？」

「なに？」

「金がみんなを黙らせてるんだろう。マルギット伯母は金を払った。それで彼女は力を持っている。何が話されてよくて、何がだめか、彼女が決めた。みんなマルギット伯母の手のひらの上なんだ」

＊＊＊

最後にブルゲンラント〔オーストリア東端、ハンガリーとの国境地帯〕に行ったのは、秋の終わりだった。霧がかかっていて、馬も、野原も、空もすべて灰色だった。ブドウはずっと前に収穫された後で、もうすぐ万聖節が来る季節。ギュッシングの修道院の地下にあるバッチャーニ家の納骨所に親戚がやってきて先祖のことを思う集まりがあった。薄暗い部屋に、何十もの先祖たちの棺が並んでいる。あるものは時代を経て塵《ちり》が積もっており、あるものはもっと新しい。「君はここにいつか並べられたい？」　従兄弟だという人物に蠟燭の光の中で尋ねられた。

その暗がりから出てくると、私たちは皆、長い木のテーブルの席についた。伯母、伯父、従兄弟、ほとんど知らない人たちが並ぶ。

彼らのほとんどは、マルギットとイヴァンのことをよく覚えていた。彼らの旅行、彼らの家、マルギットの馬、イヴァンの虚栄。そして彼らと席を並べていると、私はだんだん心地よくなってきた。彼らの話し方、そのジョーク、古い家具と陶器、小さな銀製の砂糖壺。それらはすべて私が小さいときからなじんできたものだった。

「新聞が言ってることは馬鹿げてるよ」と年配の人たちは言う。エルフリーデ・イェリネクがレヒニッツとマルギットについて書いた戯曲「レヒニッツ：皆殺しの天使」は、誤解を与えるものだ、と彼らは言った。マルギットは、あの虐殺とは関係がないんだ。「彼女はあまり人望がなくて、男に頼っていた。そして、セックスに取り憑かれていた。だが殺人だって？」「たぶん、それはないよ」。私もうなずいた。全員がうなずいた。一人の年配の男性はそれまで会ったことのない人物だったが、私に親しげに挨拶し、そしてユダヤ人と彼らのプロパガンダについて語った。まわりの人たちは、その途端、我々の会話を聞かなかったことにして、何の話をしているか知らないふりをしようとした。私も黙って、「たぶん虐殺なんてなかったんじゃないのかね？」という彼の話に、なるべく口答えしないようにした。

私たちはお茶を飲み、ハム・ロールを食べた。

今度は皆が皆、一時に話していた。彼らが埋められた場所について、その調査について。若い人々は質問したがり、年老いた人々はその話題を避けたがった。

「話の要点は何なの?」

「なんでそんなことに関わるの?」

「それが私たちに何の関係がある?」

皆がかぶりを振る。

沈黙。

「お茶をもっと欲しい人は?」

誰も話すのをやめない。

「ユダヤ人に対する犯罪については、もうたくさん、というくらい書かれてきたよ」とある年配の男性は不機嫌そうに言った。「共産主義者の犯罪のほうも同じくらいひどいもんだった」。この話も皆に無視された。誰もそんな話をしたくなかったのだ。「イェリネクは自分もユダヤ系だから、あんなくだらないものを書いたんだ」。誰かが話をまぜっかえし、場を明るくしようとした。皆が笑い、私も笑った。誰もが家族の会話で笑ったりうなずいたりするのと同じように。二時間ほどして、我々はそれぞれ帰途につくことになった。

もう一度、親しみを込めた抱擁が行われる。人々、家具、そして食器。すべてが私になじみのものだ。「一族の名誉を考えることだ」と、その晩一度も口をきかずに座っていた伯父の一人が言った。

「泥の中を掘り返したくなんかないだろう」。ほとんど愛情を込めた調子で、彼は私の顎を触り、手を頬にあてた。私の父がいつもやるのと同じだった。後で車に戻ってから、私はとても嫌な気がしてきた。

彼らの多くがこの犯罪に関心がないのは、それがユダヤ人の殺戮だからなのか？

私は父に電話して「あの人たちはそんなことを思ってるのかな？」と尋ねた。

「そんなことはないよ」

「じゃあ、どうしてユダヤ人とエルフリーデ・イェリネクについてあんなこと言うんだい？」

「おまえの伯父さんは、ナチスの犯罪と共産主義者の犯罪を比べたんだろ？　正論じゃないか。その親戚の集まりについても書くつもりなのか？」と父が尋ねる。

「まだわからないよ」

数週間後、私はマルギット伯母の墓の前に立って、彼女の顔や、その欠点を思い出そうとしていた。風が木の葉を最後の一枚まで落としてしまった。そして私が思い出せたのは彼女の舌だけだった。

それはブレ山〔ルガーノの街を見下ろす山〕の麓、カスタニョーラの墓地にある質素な墓だ。御影石のシンプルな厚板でできている。マルギットはヨーロッパで最も裕福な女性と言われ、慎ましさは決して彼女の持ち味というわけではなかったのだけれど。墓には「一九一一年六月二一日—一九八九年九月一五日。マルギット・バッチャーニ＝ティッセン」と記されている。誰かが黄色い菊を持ってきていて、鉢の土はまだ新しかった。

親戚たち、目撃者、そして父と交わした会話の後で、私は、一九四五年の三月二四日の月夜、ヒトラーが自殺する一ヵ月前にマルギット伯母が誰かを撃ったなどということはありえない、といよいよ確信するようになった。彼女は、新聞が言い立てているように、ユダヤ人を殺したとは思えない。証拠がないし、目撃者もいない。

マルギット伯母は、あの寒い深夜、裸の男女が列になって穴の前に並ばされている場にはいなかった。彼らの衰弱した体が地面に崩れ落ちた頃、マルギットは笑い、踊っていた。彼女は、殺人者たちが城に戻ってきた朝三時も、彼らとともに笑い、踊ったのだ。

そしてレヒニッツのどこかに一八〇人の屍体が埋められている頃、マルギット伯母はいつものように真っ青なエーゲ海の夏空の下、船でクルーズを続けていた。モンテカルロでキール・ロワイヤルを飲み、ブルゲンラントの秋めいた森では鹿狩りを楽しんだ。

マルギット伯母は、虐殺についてすべてを知りながら、その後も長い余生を楽しんだのだ。腐った種。

8

一一月の中頃、私は父とモスクワに飛び、強制収容所とスターリンの恐怖政治について調べ、そして祖父が一〇年を過ごした収容所がどこにあったのかを見つけることにした。もう何度も話し合ってきたのに、父は電話で「そんなに寒くはないな?」と確かめてきた。「暖かい靴を持っとらんのだ」と言って、父がため息をつくのが聞こえてきた。

「僕も持ってないよ」と私は答えた。

最初の想像では、私たちは野原を歩いて渡り、笑い、雪玉を父に投げつけ、そして互いに今まで聞いたことがないような話を語り合うはずだった。古い友達同士のように。

だが、この旅のことをもうちょっと真剣に考えてみると、我々はどこかの田舎の陰気臭いホテルの朝食をとる部屋で、なにも話すことがなくて黙ったまま半熟卵の殻を取りながら座っているんじゃないか、という気がしてきた。

「父と私は身体的にとても近しいのです」と電話での会話の数日後、私はシュトラスベルクに話した。「私たちは今でも会えば抱き合い、キスします。子供の頃から、私は父の暖かい手が自分の頬に触れるのが好きでした。その指も、ニコチンの香りが自分の匂いと混ざり合うのも。私たちの間では話し合うより、物理的に接触するほうが楽なのです。どうしてそうなんだろう?」と私は尋ねた。

「たぶん父が年をとって面倒を見なければならなくなっても、あまり苦にはならないように思います。父にスープを飲ませ、体を洗い、服を着せたりするのは気になりません」。心の中で、父を小さな子供みたいに、風呂から抱えて出すところを想像しながら、私は続けた。「でも、耐えられないのは、飛行機に並んで乗ったり、自動車の中で六時間も一緒に過ごすことなんです。父のほうもそう思ってると思います。どうしてでしょう？」

「その旅に行ってきなさい。そして、なぜそうなのか答えを見つけるのです」とシュトラスベルクは言った。彼は時折とても高圧的で、私はそれが彼の本性のように思えて当惑した。

「それは実際の痛みみたいなものなんです。わかりますか？　ただ、彼の近くにいて、座っているというそのことが、なぜそんな痛みを起こさせるんだろう？」

「ロシアで数日過ごすことで何が起こると期待してるんです？」

「そういうことが解決しないか、私が感じている苦痛がなくならないかと思うんです。父と一緒に道を歩いて、いつもそう思っているように自分が今何をして、何を言わなければならないかなんて考えなくてもよくなりたいんです。父と自分のことを考えると、いつも冷蔵庫にくっついている丸い磁石のことが浮かぶんです。一つの磁石の上に、もう一つの磁石を押しつけるとどんなことになるか、ご存じですよね？」

「もちろん」

「片方はいつも避けて、横に動いてしまう。二つの磁石の間はほんの数ミリだけど離れている。とっても簡単そうに見えるのに、決して二つの磁石をくっつけることはできない。私と父もあんな具合です。あの距離がなくなってほしいのです」

「悪いが時間です」と彼は言い、そしてまた私は、雲の上から突然現実の生活に引き戻されて、自分のことをさらけ出してしまったのが気恥ずかしくなった。彼が背後で椅子から立ち上がって出ていったのが聞こえる。いつも彼は胴体が前に動き、その勢いで足がついていっているような音がする。短く握手した。本当はハグしたかったのだけれど。

手記 III

アグネス

私たちは貨車に家畜のように詰め込まれました。全員お風呂にも入っていないし、ブダペストと同じ服を着たきりでした。扉はボルトで留められ、窓もありませんでした。出発です。子供、お年寄り、女性、みんな狭いところに押し込まれました。多くの人が泣いていました。叫んでいる人もいました。死んだ人も二人いました。何日も経って列車が止まって、やっとほっとしました。私たちはアウシュヴィッツに着いたのです。

貨車から出ると看護婦や医者に取り囲まれました。そのうちの一人は〔ヨーゼフ・〕メンゲレ医師〔一九一一―七九年。アウシュヴィッツでガス室に送るべき人間を選別した医師。ナチス親衛隊の将校〕だったに違いありません。誰かが大声で怒鳴ります。「気分の悪い者はこちらへ。それ以外はそのまま進め」。医者たちが来て、私たちを上から下までじろじろ見ます。子供たちは母親から引き離されました。

夫も（といってもこのときはまだ知り合う前でしたが）、後で聞いたところでは、同じ入り口に到着したそうです。彼は最初の奥さんとウッジ〔ポーランド〕のゲットーで知り合い、そのとき八ヵ月の男の子がいました。看守が奥さんから子供を取り上げようとしたとき、彼女はそれを取り返そうとして、母も子供も両方ガス室送りになりました。

私たちまだ動ける者は、歩き続けるように言われました。まもなく別の建物の入り口に来ました。新しい寝場所、そして新しい看守。そこらじゅうに鉄条網が張り巡らせてありました。ビルケナウです。私たちは部屋に入れられ、そこで服を脱いで、入墨を入れられました。この瞬間から、私たちは名前をなくし、番号だけで呼ばれるようになりました。でも私の家には小さい頃ドイツ人の乳母がいたおかげで、私は何をなすべきか理解できたのです。ドイツ語がわからない他の人たちはもっと困っていました。自分の番号がドイツ語で言えない人たちは罰せられたり、あるいは翌朝には姿を見せなくなったりしました。あらゆる人々の中で、私を生き延びさせてくれたのは、あのドイツ人の乳母だったとも言えるでしょうか。

入墨の後、シャワーを浴び、その後でドイツ兵が私たちの髪を剃りました。私は生涯にそれまであんな屈辱は受けたことはありませんでした。シャワーを浴び、入墨され、髪を剃られて、外に戻ってきたとき、私たちはまったくの別人になっていました。自分の娘を見分けられない母親もたくさんいました。

マリタ

昇天節前の日曜日には、年に一度だけ、私たちは教会には行かず、司祭と野外に出かけることになっていた。司祭が前を行き、我々がついていく。彼は大地を祝福し、豊作がもたらされる。そのとき、村の女性のほとんどがそこにいた。お年寄りも、私たち子供も、そして父もそこに加わっていて、そして母はいなかった。母はあの頃、どこにいたのだろう？　私たちは高台に立って、あたりを見回していた。沼地が見え、狩りでよく知っている森が見え、そして突然ある女性が列車を指差した。その列車の機関車は、通常より多くの貨車を牽いているのがよく見えた。太陽で列車の屋根が光っていたのを覚えている。司祭もそれを見た。誰かが「ユダヤ人が乗ってるんだ」と言った。私たちはその光景から目をそらすことができなかった。皆が太陽に輝く貨車を見つめていた。そして司祭が歩いていき、私たちもミサが終わるまで彼の後をついていった。

そのとき、私が二番目の子供を宿していることはまだ誰も知らなかった。何ヵ月か前、フェリは一週間の休暇をもらい、私たちはブダペストで会うことができた。最初の子供がどうしているか、彼は何も知らなかった。ずっと家にはいなかったのだから、わかるはずもなかったのだ。そして、まもなく二番目の子供を授かった。

田舎ではニュースなどほとんどなかった。私たちのところには、バリバリと雑音の入るラジオが一台あるだけで、何事も遠くで起こっていて、現実とは思えなかった。私たちの家の農場にはドイツ兵の宿舎があり、軍用車が村を走り抜け、村役場の屋根にはハーケンクロイツの旗が翻《ひるがえ》っていたのだけれど。父はドイツ兵には特に不満を持っていなかった、というより彼はドイツ兵を気に入っていた。だからといって、彼がナチだったというわけではない。彼は反ユダヤ主義者ではなく、ただドイツ人の規律と時間の正確さが好きだっただけだ。

父は戦前、何度かベルリンの農業祭に出かけ、そしてまるで未来を旅してきたかのように、とても感激して帰ってきた。彼は政治的人間ではなかった。彼は収容所送りのことなど考えたこともなかったし、そこで起きている恐ろしい出来事についてもなにも知らなかった。彼の興味は、狩り、自然、森にあった。今から思えば、彼は人間より動物のほうが好きだったということがよくわかる。

私たちを育て、その話を聞き、安心させてくれたのは、両親ではなく、ゴガのような家政婦や執事たちだった。私たちの面倒を見て、質問に答えてくれたのは彼らだったのだ。ゴガがいなければ、私は幼少期も少女になってからも、ほとんど生き延びることができなかったのではないか、と思うくらいだ。彼女こそ家の中心だった。私たちに初めてマツユキソウやスミレを摘んでくれたのは彼女だった。風邪をひいたときにお茶をいれて持ってきてくれるのも、市場で初めてのイチゴを買ってきてくれるのも彼女だった。彼女は、私の子供の頃のあらゆる記憶に、あらゆるイメージに、あらゆる経験に織り込まれている。あの頃、ゴガは私たち全員にお茶をいれてくれ、あらゆることに手を貸し、物事を取りまとめ、なんでもやってくれる元気があった。でも、今では、子供の頃の記憶にあるよりも彼女の腰は曲がってしまっていた。彼女は今では神経質で、不機嫌になった。庭で煙草を吸っているところを見たこともある。決して酒など飲まず、チョコレートすら食べるのは罪だと考えていた彼女が、今ではせわしなくフィルターのない煙草を吸っていた。

だが家の決まりは以前と変わらなかった。今でも毎朝、私たちは父と長いテーブルについて朝食をとる。私たちはあまり話さない。ゴガは毎週金曜日の午後に教会に行き、ロザリオ協会のメンバーと一緒に司祭に会う。私の記憶の中では、天気は猛暑か雪が降っているかのどちらかだった。お祈りの後で、ロザリオ協会のメンバーは一人ずつ祭壇に行き、紙に聖書の章の番号を書きつける。ゴガはその紙を丸めて、いつも私たちの枕の上に置いてくれた。私が覚えているかぎり、金曜の夜はいつもこうだった。私はいつも、眠る前にその紙を広げ、そして該当する聖書のページを開けた。本当に敬虔な子供だったのだ。

アグネス

私たちは毎朝五時に起こされ、皆その日の仕事を与えられました。あるときは、大量の石を動かさなければなりませんでした。私たちは石をなんとか手押車まで持ち上げ、収容所の別の場所に押していって、それを下ろすのです。翌日、その石をまた元の場所に戻すように言われました。

外はまだ寒い時期でした。誰かが私に使い古した靴下をくれたのを覚えています。私はとても驚きました。そして、それを手にはめたらいいのか、足に履いたらいいのか、どうしても決心がつかず、結局両方で交互に使っていました。

食べ物はほとんどなにもありませんでした。朝起きると、ドイツ兵たちが「コーヒー」と呼ぶ飲み物が配られます。それは茶色かったのですが、茶色だという以外にコーヒーと共通するところはなにもない代物でした。小さなパンが一切れ、一緒についています。お昼には私たちが「牧草スープ」と呼んだものが出ます。緑色をしているからですが、なんの味もしません。でもどんなものにも人は慣れてしまいます。毎日が同じ調子で過ぎていきました。あるとき、もう四年もここにいるという少女に、この収容所から生きて出られた人はいるのか、と訊いてみたことがあります。彼女は「誰もこの収容所から出た人はいない」と答えました。でも、私は病気になりませんでした。お腹もこわさず、シラミももらいませんでした。私は絶対ここでは死なない、と自らに誓いました。

マリタ

戦争は、一九四四年の一一月になってようやく私たちの村にもやってきた。ロシア軍がどんどん近づいてきて、ハンガリーとドイツ側はなんとか赤軍の接近を食い止めようとしていた。私はブダペストに戻ったのだが、それはそのほうが安全だと言われたからだ。ロシア軍は貴族を憎んでいたので、両親は城館を離れ、ハンガリー西部にある小さな街ツィルクの修道院に住んでいた。二番目の息子ベーラはこの頃にはもう生まれていた。

ブダペストの街は兵士とトラックでいっぱいで、負傷者があたりに溢れ、人々は家財道具を持って路上で暮らしていた。寒く、食べ物もあまりなく、私も含めて誰もが城の地区〔ブダの丘の上〕に行きたいと考えていた。そこでは町の他の地区とは違い、日常生活がまだ成り立っていた。ルスヴルムのケーキショップすら店を開けていたのだ。物々交換が行われる小さなマーケットがあり、誰もが誰かと語り合い、この国ではいつもそうだったように、男たちは飲みすぎて酔っ払っていた。酒はハンガリーの大いなる災いである。この国の災いはそれだけ、というわけでもなかったが。

夕べには私たちはベンチに座り、街を見下ろしていた。いくつかの建物が燃えていた。次は私たちの番だと思っていた。そしてソヴィエト軍がペストの全域を攻略すると、城郭の近辺まで街のすべてはすっかり静まりかえった。皆、息をひそめているようだった。

アグネス

かつての人生から私が収容所に持ってきた唯一のものは、家族の写真でした。私たちが服を脱がされ、入墨をされたあの最初の日、私は看守にその写真を持っていてくれ、と頼みましたが、それは取り上げられました。何週間かして、その写真は私のベッドに置かれていました。奇妙なことでしたが、収容所でも奇跡は起こるし、幸福な瞬間というものはあるのです。誰が、なぜそれを返してくれたのか、わかりません。誰かがたまたま見つけてくれたのか？　あるいは私のことをかわいそうだと思ってくれた人がいるのか？　嬉しかったのですが、どこにそれを隠したらいいのかわかりませんでした。私が恐れたのは、それを誰かに破かれてしまうことです。収容棟の間で空の箱を見つけ、私は布の切れ端と糸を使って、それに写真を縫いつけました。そのほうが写真は長持ちするだろうと思ったのです。でも、私はその写真を見るたびにあまりにも悲しくなるので、ついにはそれをある女の子に渡し、持っておいてくれるように頼みました。

私は家族について話すことなんてつらくてできませんでしたし、他の人が自分の家族について話すのにも耐えられませんでした。ある朝、一列に並んで立たされたのですが、そのうち彼らが、背が高く、より頑強で、まだ元気な者と、弱い者とに分けているのに気づきました。私はあの写真を預けた女性にそれを返してくれるように言いました。彼女はとても細く、ひ弱だったのです。彼女のことは二度と見かけませんでした。それ以後、私は写真を離しませんでした。

マリタ

私たちは城郭地区のカタコンブで三日間過ごすことになった。そこで寝泊まりする準備をした。従兄が地下の倉庫に木箱ごとシャンパンを持ち込んだ。その従兄は、ロシア人相手じゃ話すこともないからな、と言って私たち皆を笑わせた。三日間の予定は結局、五週間になった。

地下室には一〇人が隠れていた。狭い部屋で片隅に蠟燭だけがついている。子供たちは泣き叫び、ひどい臭いがしたが、私たちはおむつを洗う水もなかったのだ。ロシア軍が来るのは時間の問題だと思われた。もし彼らがノックして入ってきたら、どんなことになるだろう、と何度も話し合った。私たちはどうなるのだろう、そして、この上、何が起こりうるだろう、と考えた。遠くで爆弾や機関銃の音がしていた。

時々ニュースを知らせてくれる人もいた。

チャーチルがスターリンと黒海のあたりで会ったということだったが、私たちの多くはこれをよいニュースだと考えた。そう思わない人もいた。私はどちらとも思わなかった。私は敷物に座り、上の子は寝ていて、下の子は泣いていた。乳はとっくの昔に出なくなっていた。砂糖水を飲ませようと試みたが、ベーラは飲もうとしなかった。そして戻して、むせていた。

アグネス

シャワー室に連れていかれました。シャワーからはガスが出るときもあるし、水が出るときもある。私たちのときは水が出ました。

マリタ

乳房を凝乳《ぎょうにゅう》で擦《こす》ると体が暖まってよいのだ、という人がいたが、どこで凝乳なんて手に入るだろう？　ベーラはどんどん弱っていった。彼は私の腕の中で何時間も眠り、ほとんど目も開けなかった。

アグネス

シャワー室から出てくると、メンゲレ医師とその他、何人かの医者たちが私たちの前にいました。彼らは私たちの身体中の穴を検査しました。私たちはまるで案山子《かかし》みたいで、骨だけで肉のない人間でした。彼らは誰か亡くなった人の残した服を、新たに渡してくれました。

マリタ

私たちを見つけたのは背が低くて猫背のロシア兵で、モンゴル風の顔をして、ぼろぼろの毛皮の帽子をかぶっていた。彼は地下室の扉を壊し、階段を降りてきた。ドシン、ドシンと音がして、ロシア語が初めて聞こえてきた。「始まったぞ」と従兄が言ったが、このときばかりは彼の言ったことは正しかった。実際、そのときなにかが、つまり四五年にわたる共産主義の恐るべき年月が始まったのだ。ただ、すぐには大したことは起こらなかった。私は不安だった。皆が不安だった。ベーラは眠っていた。彼の顔は熱かった。もう蠟燭は残っておらず、オイルのランプがかすかに燃えて、鼻をつく臭いがしていた。ロシア人はとても高い声をしていた。そして「ネメズ」（ドイツ人）を探しているのだ、と言った。実際には、彼はドイツ女性を探していたのだ。私のことは放してくれた。

アグネス

私たちは三週間、ある小屋に閉じ込められました。食べ物は多少はもらえましたが、なにもすることもなく、これからどうなるのか見当もつきませんでした。三週間が経ったある晩、彼らは自分たちについてくるように、と言いました。そしてもうおなじみになったパンをくれ、肉の缶詰もくれました。列車に乗せられました。貨車の中は空っぽで、トイレに使うバケツが置いてあるだけでした。床には藁が少し敷いてあります。そのときになって初めて私は大腸炎で寝込みました。私はその二日間の移動の間、ずっとバケツの上にかがみ込んでいました。そして列車が止まり、私たちは出ろと言われました。全部で一五五人いました。こうして私たちは、アウシュヴィッツから生きて外に出た最初の一五五人となったのでした。

マリタ

ロシア人が行ってしまうと、私たちは隠れ家から這い出した。あちらこちらの廃墟から、人々が這い出してくるのが見えた。夜のネズミみたいに。どこに行ったらよいのかわからなかったが、親戚の一人が子供たちを義理の母のところに連れていけばいい、と言ってくれた。義理の母の住まいがあった地区も完全に破壊されていて、家の窓は割れ、屋根は爆弾でなくなり、氷のように冷たいすきま風が吹いていた。部屋は二つでベッドは一つしかなく、その一つのベッドには義母が寝ていた。彼女は四肢が動かなくなり、イビキをかくような音を出していた。彼女が出す音はそれだけだった。お茶をいれるには、彼女のガーガーいう音に耐えなければならなかった。というのも、竈《かまど》代わりになる石炭ストーヴは、彼女のベッドの横にあったからだ。人々は、戦争は終わった、と言っていたが、私たちはこれから何が起こるのかまったくわからなかった。

両親からはもうずっと昔に便りがあっただけだった。もちろん夫からはなんの便りもなかった。

アグネス

列車のドアが開きました。親衛隊の警護兵がプラットホームに立っていました。夜遅くでしたが、彼らは私たちに細く暗い道を進めと命令しました。私はとても弱っていて、お腹をこわしていて、ほとんど歩けませんでした。でもグループの他の女性が私を支えて、私がよろけるとまたなんとか立たせてくれました。ドイツの将校が後ろで「進み続けろ、行け、行け！」と怒鳴っています。私はその言葉を決して忘れません。どうやって歩いたのかも覚えていませんが、しばらくそうして闇夜の中を歩き続けると、私たちは工場のようなところにたどり着きました。紡績工場でした。私たちは自分たちがどこから来たのか、アウシュヴィッツでどんなことをくぐり抜けてきたのか、決して言ってはならない、と命じられていました。シーツもないベッドがたくさんある部屋に通され、そこに横になって眠ることができました。それは紡績工場の夜番の女性たちが休むためのベッドで、私たちが朝になって働きに行くと、彼女たちが代わりにそこで休みました。アウシュヴィッツに比べればマシでした。

シフトの監督は誰を働かせるか、自分で選ぶことができました。それで私たちはまた検査され、選別されました。そのとき、何人かの女性が妊娠していることが判明しました。生理が止まっていたのです。彼女たちはそれを隠そうとしました。妊娠した女性たちは消え去り、どこに行ったのか、誰にもわかりませんでした。

監督が、ドイツ語を知っている者はいるか、と尋ね、私は乾燥室に回ることになりました。そこで私は、六〇キロから八〇キロもある重い織物の束を乾かすのを手伝うことになりました。それが私の仕事です。来る日も来る日も。

ある朝、私は歯がひどく痛くて目が覚めました。監督は私を休ませ、兵士と一緒に村の歯医者に行ってこい、と言いました。その歯医者のドアには「ユダヤ人お断り」と書かれていました。ですが、構わず入っていきます。歯医者は口を開けるように言い、ペンチを取り出して、思いっきり引っ張りました。全部立ったままで行われ、数分後には私たちは外に出ていました。痛みはちっともよくなりませんでした。鏡がなかったのでわかりませんでしたが、たぶんあの歯医者は別の歯を引っ張っていたのだと思います。幸運にも、ユダヤ人の歯医者がいて、工場の監督はそこに一月に一度行かせてくれました。私は歯の痛みで死にそうだと彼に言いました。彼は「戦争はもうすぐ終わる。なんとか頑張れ」と答えました。

そしてあるとき突然、工場は閉鎖されました。私たちはもう生地を乾かさなくてもよくなりました。そして今度はドイツ人のための塹壕を作れ、と言われました。連合軍が爆弾を落としても大丈夫なように。この仕事はとても骨が折れました。ほとんど道具もないのに、地面に穴を掘らなければならないのです。向かい側にフランス人の捕虜たちが働いている炭鉱があり、彼らが私たちに紙切れを渡してくれました。そこには、戦争はもうすぐ終わる、と書いてありました。数週間がそんなふうに、毎日同じような調子で過ぎていきました。ある朝、私たちを起こしにくる者が誰もありませんでした。ここ数ヵ月で初めて、あたりには静けさだけがありました。

マリタ

しばらく私は義母のところに寝泊まりすることができた。日々は大変だったが、喜ばしい瞬間もあった。例えば従姉と私は、お互いの子供の乳母車を使って、石炭を盗みに行ったことがある。町中が瓦礫に埋まっていて、橋は落ち、ドナウ川の中に沈んでいた。次々と別の従兄弟たちや親戚たちが毎日のように到着し、住まいはどんどん混み合っていった。子供たちはそこらじゅうに溢れ、ベッドのまわりで鬼ごっこをしていた。他に何をすることがあるだろう。

アグネス

私たちは毎朝、五時にノックで起こされました。でも、その日はなにも起こりませんでした。そのまま午後三時までベッドに寝ていると、誰かが小屋のほうに行くように、と言いました。工場長と親衛隊の将校が鍵を持って立っていました。「ニュースがある」と彼らは言いました。「ドイツは降伏した。戦争は終わったんだ」。そして彼らは、ついになにもかも終わったことを示すように、鍵を投げ出したのです。さあ、私たちは何をすればいいのでしょう?

マリタ

そこにいる子供たちのほとんどは栄養失調で、病気だったり虚弱だったりしたが、ともかく彼らは生き残った。でも私の子供は別だった。ベーラは戦争が終わった日に死んだ。

9

モスクワ空港で、タクシーの運転手の後について、彼の車まで大きな駐車場を横切ったのだが、その間、氷のように冷たい風が吹きつけていた。「ロシアを訪れるっていうのは、私にとっては、ユダヤ人がアウシュヴィッツを訪れるようなもんなんだ」と父はホテルに向かう道で言っていた。そのホテルはブダペストの旅行代理店で予約したところで、タワー型の灰色の建物だった。前にはショッピング・アーケードがついている。店はもう閉まっているか、そもそも開店もしていないかのどちらかだった。タクシーを降りて、父の車輪付きのスーツケースを、雨でできた黒い水たまりを通って入り口まで運ぶ。そして、受付に群がる人々の列に加わった。全員が自分のパスポートを振り回している。ロビーの隅に小さなバーがあったので、私は父をそこに連れていった。ウズベキスタンのビジネスマンと、アスタナ〔カザフスタンの首都〕からやってきたトラック運転手の間に立って、鍵をもらうために並ぶのが気が進まなかったからだ。私は父がビールを飲むのを見つめていた。この年配の紳士は、灰色の冬用のジャケットを着て、シャツのボタンを首元まで閉じ、フェイク・ファーの内張りが覗く新しい靴を履いていた。彼はテレビを見ているわけでもなく、まわりを急いで歩く、他のホテルの客を見ているわけでもなかった。近隣のシャシリク〔ロシア風のバーベキュー〕・レストラン、カジノ、ストリップ劇場など、カウンターに並べてあるチラシにも興味はなさそうだ。彼はただそこに座っていることだけを望んでいるみたいだった。あんなに長い時間、身じろぎもせず、ただじっと前を見つめて座っていられる人が他にいるとは思えない。小さい頃からしばしば浮かんだ考えが今また浮かんできた。ディスプレイに光っている赤いLEDみたいに、彼が大丈夫かどうか確かめたほうがいい。でも、どうやって確かめればいいのか、今までわかったためしがない。

どんな具合？　と私は携帯に打ち込んだ。私たちの間の距離は、二〇メートルもない。私は父にメールが届くのを待った。携帯が震えて、父は少し飛び上がった。携帯はどこにあるんだろう？　服の中か、外側か？　ああズボンのポケットだったようだ。父はメッセージを読むのにメガネをとった。彼が返事を書くのを見ている。小さなディスプレイの上で人差し指が動く。でも私は彼が何と答えるか知っている。昔からの我々の間のなじみの合い言葉だ。どこの家庭でも、そういう話はあるだろう。我々の場合は「悪くない」というのがそれだった。

「悪くない」というのは我々の間ではどんな質問に対する答えにもなった。なんでも「悪くない」で済んだ。学校も、食事も、気分も。今日はどうだった？　悪くないよ。テニスの試合はどうだった？悪くなかった。仕事はどうだった？　文句なしによいことなどなかった。いつも不運が幸運を脅かしていた。たとえ太陽がたまたま照っていても、暗い雲はだんだん広がっていくものだ。父は物事を実際よりもいいように言い立てたり、誇張したりすることをしなかった。子供の頃から、どんなものにも喪失と失敗の影がつきまとっていた。まるであらゆるものが崩れ去ってしまうかのように。

ようやく一四階の部屋に入った頃には、外は暗くなっていた。窓から地平線まで家々の電灯がついているのが見えた。ところどころ暗いままのところもある。それは小さな林かもしれないし、公園かもしれない。あるいは廃車置場か、荒地か、まだ出来上がってない住居で鉄芯が空に向かって伸びているのかもしれない。「醜悪なものでも、ある形態をとると美しいなと思うことがあるよ」と私は父に言ったが、なんだか建築学科の二年生が言っているように響いた。ただ沈黙に耐えられなかっただけの話だ。「ほら、綺麗だって評判の街も、ちょっと素敵すぎてついていけないと思うことがあるだろ?」 さっきより拙い言い回しのような気もする。「素敵」なんてなぜ言ってしまったんだろう? 父は答えなかったので、そちらを見やった。彼はベッドに寝ていたが、眠ってはいなかった。ジャケットも脱いでいなかった。ただメガネはベッドサイドの机の上に置いてある。メガネなしだと彼は別人のように見えた。

＊＊＊

祖父はロシアの捕虜として一〇年を過ごした。一九四五年から五五年までだ。祖父に関する記録はほとんど一〇〇ページ近くあった。それは軍の資料館に保管されていたのだが、私がそれを発見し、コピーをとり、翻訳するまで、六〇年以上、ただそこに眠っていた。写真が二枚含まれていて、見たことのない祖父が写っていた。一枚は捕えられてからすぐのもので、祖父が三〇歳の頃のものだ。最近のヒッピーが、ブルックリンやベルリンやチューリヒの有機野菜の売り場で着ていそうな服を着ている。ゆるいセーターに、ランバージャック・シャツ［チェックのネルシャツ］。ダークのジャケットに、膝下まである茶色の編み上げ靴。元気そうに見える。すこし無精髭が伸び、額は禿げあがり、私によく似た目には絶望の影が見える。

二枚目の写真は一〇年後の一九五五年、西シベリアのウラル山中にあるアスベストと呼ばれる町の第八四強制収容所で撮られている。シマノフスキという少佐は、祖父を労働所の規則を破った廉《かど》で捕えた。一九五五年四月一日のレポートにはこうある。「捕虜バッチャーニは、手を鉄条網から出して、独房監禁中の囚人Tに、バター付きの黒パンとソーセージ、砂糖一〇〇グラム、煙草四本を与えた」

シマノフスキは、祖父が七日間の監禁を言い渡された、としている。だが、祖父は熱と腎臓あたりの痛みを訴えた。良心的な看守だったシマノフスキは、わざわざ熱を測ってくれた。「三七・三度しかなかった。仮病であろう」。私はこれをホテルの部屋で父に読んで聞かせたが、なんの反応もなかった。父は寝てしまったのか？　それとも来たことを後悔し、家にいたかったと考えていたのか？　私は続ける。「彼の健康状態は、一週間の監禁に持ちこたえるだろう」。シマノフスキは結局、祖父を四月二日に投獄し、四月九日に解放している。

シマノフスキ氏はどうなったのだろう、と考えてみる。ソ連の忠実な市民として、彼は本棚にマルクスとレーニンの本を並べていただろうか？　この後、公務員、共産党員となってゴルバチョフ時代にはもう退職していただろうか。革の肘当てのついた毛糸のカーディガンを着込み、どこか地方にダーチャ〔菜園付きのセカンドハウス〕でも持っていただろうか？　週末にサウナで樺《かば》の枝で背中を叩きながら、彼がかつて警護した囚人たちのことを思い出したりしたこともあるだろうか？

あるいはまったく逆で、強制収容所での年月のせいで彼は体制に疑問を持つようになったかもしれない。マルクスとレーニンは本棚から地下室に移され、代わりにソルジェニーツィンとヴァーツラフ・ハヴェルの初期の政治的な文章の読者になったかもしれない。彼はハヴェルをひそかに崇拝していたのだ。のちに彼はビラを配り、ゴルバチョフが「ペレストロイカ」を語り始めたときには、喜んで街に繰り出した。そしてチャイコフスキーの交響曲第六番《悲愴》の緩徐楽章を聴くときには、囚人たちのことを思い出しただろうか？

これらの人々の何人が今も残っているだろう？　シマノフスキのような人々のことだ。彼らは戦争の頃にはまだ若く、そして私が育った八〇年代には引退してハンチング帽をかぶり、顔にはしみができ、メガネは日光で色が濃くなるレンズを使うようになっていた。ヨーロッパ中で、彼らは公園の木陰に座って、鳩に餌をやっていた。そして乳母車に乗った誰かの赤ん坊の頭を撫でていた。四〇年前、彼らは看守であり、兵士であり、秘密警察の一員であり、情報提供者であった。彼らは取り調べを行い、拷問し、殺人し、罪を宣告し、そしてシマノフスキが祖父について書いたように、記録を書き留めた。一九五五年に投獄されたときの写真では、シマノフスキは祖父にはもうヒッピーのようには見えず、スピルバーグの映画で知っているような収容者の外観をしていた。頭は剃られ、歯が何本か欠け、目が死んでいる。なにも言わず、私は父にその写真を渡した。私たちは今は並んでベッドに寝そべっている。

父はその写真を、鼻が触れるほど近くまで引き寄せて見ていた。息で写真が動くほどだ。

「なんて惨めったらしいことだ」と父が言ったとき、私は「シマノフスキ」の名をグーグルで調べていた。一万件以上がヒットし、そのうちの一つは赤の広場近くの飲料屋とある。

「出かけて、なにか飲む？」と私は尋ねた。

「こんな夜遅くに？」

「モスクワだよ、ここに寝てるとわからないけど。どこかに人はいるし、レストランやカフェもあるはずだよ」

「本当か？」

「いや、わからないけど。どっちにしても下に行って、スカイプで子供たちと話してくる。下のほうが電波がいいみたいだから」

「私からもよろしくと言ってくれ」

「きっとおじいちゃんはどうしてるって訊くよ。何て答えたらいい？」

「悪くない、って言っといてくれ」

＊＊＊

ロビーにはまだ何十人もの人がいた。一晩中そんな調子のようだ。ロシアは一一もの時間帯を持つ国で、だから人々はどんな時間にでも、家族を訪ねてやってきたり、出張してきたりするのだ。私はコンピュータのスイッチを入れた。しばらくすると妻と子供がスクリーンの前に集まっていた。そして皆が同時にしゃべるのでほとんど聞き取れなかった。

「パパ、ロシアにもパスタがあるの？」と子供が言う。

「おじいちゃんは北極グマに会えた？」

家でシベリアがどれほど寒いかということについて話していたとき、子供たちは「北極グマが棲んでるところくらい寒い？」と尋ねたのだ。数分後、妻が子供たちを押しやった。「私にもしゃべらせて」と彼女が言うのが聞こえたが、画面はグラグラ揺れる。膝？　髪？　そして彼女の声がする。

「部屋に入ってなさい！」　まだはしゃいだ叫び声。そしてドアを閉める音。

「さあ、これで私の番よ」と彼女が言った。「モスクワはどう？」

「まだほとんど見て回ってないよ。雨なのに、暖かい靴を持ってきてないんだ」

「じゃあ買いなさいよ」

「うん、わかってる」

「お父さんとはどんな感じ？」

　私は思わず「悪くない」と言いそうになった。まさしくそう言うにふさわしい状況だったのだが、そう言う代わりに私は父がどれほど落ち込んでいるように見えるかを話した。「いつも疲れてるんだ。そして、なにものにも興味を示さない。僕もあんなふうに見えるのかなあ？」

「どんなふうに？」

「ひきこもってるみたいに」

「何日かしたら変わるわよ」と彼女は言ってくれて、私はうなずいた。

「子供たちはどうだい？」

「喉が痛いって言ってる」

「そりゃまずい」

「それほどひどくはないみたいだけど」

「ＯＫ」と私が言う。

「ＯＫ」と彼女が答えた。画面の後ろに家の居間が見えた。緑のアームチェア、買う前にさんざん話し合った本棚。床にはゴムの恐竜が二匹。いつも子供たちが悪夢を見たり、喉が渇いたと言って夜中に起きなくてはならなくなると、恐竜たちは闇の中で踏みつけられることになった。恐竜の一匹は翼と鋭い歯を持っていて、もう一匹は長い黄色い首をしている。スクリーンではほとんど見分けがつかなかったが、ともかく私にはそれとわかった。その恐竜たちも私たちの世界の一部だった。

「気をつけてね」と妻が言った。

「シベリアからまた連絡するよ」と私は答えた。これは感じよく聞こえたような気がした。クリックすると、彼女は消えた。

10

祖父フェリはハンガリー軍の中尉だった。ハンガリー軍は当時ドイツ軍の配下にあり、ドイツ軍とともに、侵攻してくるソヴィエト赤軍と戦った。フェリが最後にいたのは、バラトン湖からそれほど離れていないセーケシュフェヘールヴァールのワイン畑だった。一九四五年一月にロシア人たちと対峙していた戦線が降伏すると、ハンガリー内で戦闘が行われているのは首都の近郊だけとなった。ドイツ国防軍は一夜にして姿を消した。祖父は自分の指揮下にあった兵士たちを家に帰らせ、自分も二五キロ先にあるシャーロシュドの村に回り道をして行くことにした。祖母マリタとアグネスがご近所同士として育った村だ。我々の家族の城館はすでに爆破され、略奪され、屋根も火事で焼け落ちていた。アグネスの住んでいた家はまだ建っていたが、彼女の両親がやっていた店は空っぽで、窓には板が打ちつけられ、両親は死んでいた。人々は外に出るのを恐れて家に隠れていたので、畑は荒れ、教会は閉鎖され、ジプシーたちも村の周辺から姿を消していた。どこに行ったか、あるいは収容所でガス室送りになったか、さらにはどこかに忘れ去られたか。どちらにせよ誰も気に留めなかった。

フェリは知り合いの農夫のところに身を寄せていた。その頃の手紙と記録がいくつか残っていて、これらを頼りに当時の出来事は比較的容易に再構成することができる。それによれば、ハンガリー軍に在籍していた者は新しい身分証明書を取りにソヴィエト当局に出頭せよ、という知らせが来たとき、彼は軍服を土に埋めていたらしい。彼はブダペストに戻って、妻と息子たちを探そうと考えていたので出頭した。ただし拳銃と時計と結婚指輪は農夫のところに残していった。このことについてはいくつか証言がある。

司祭「ロシア人たちのもとに出頭せよという命令には従うな、と言ったのです。そして彼に次にブダペストに向けて出る列車の出発時間を書いた紙切れを渡しました。でもフェリは私の言うことを聞こうとしなかった。『なんにも悪いことしてないのに、何が起こるっていうんだい？』と彼は言ってました」

農夫「私たちはそれが罠かもしれないと考え、その可能性について話し合いました。でも、奥さんと子供たちを探そうとしている人を押しとどめるのは難しかった。あの方は結婚指輪と、時計と、拳銃を私のところに置いていきました。後で奥さんが取りに来ました」

御者ペティ「ブダペストまでの道は全部ロシア人の統制下にありました。でも私はあの方に、首都まで証明書なしで行ける道を教えました。私もついていこうと思っていました。私はご主人の家のためならなんだってやるつもりだったのです。でも、あの方はそれを望まれませんでした」

三人のうちでは村の司祭が彼といちばん親しく、そしてマンドル夫妻の死についても知っていた。祖母が懺悔室で何が起こったかを彼に話したのだ。彼らが撃たれたことも、彼らが倒れたときに小石が飛んできたことも。祖母は「なんとかすべきだった」と言ったはずだ。「それは私たちの義務ではないんですか？」と彼女は木の格子を通して叫んだ。そして突然震え出した。信じられないほどの悪寒が襲ってきたのだ。そして彼女の頭が懺悔室の壁にぶつかる音がし、彼女が気を失って椅子から崩れ落ちる音がしてきた。

だがフェリはこの司祭の言うことも、他の二人の言うことも聞かなかった。彼は状況がどれほど差し迫っているかがわかっていなかったし、どんなことが起ころうとしているかも知らなかった。どちらにせよ、戦争は終わった、と皆が言っている。あるいは彼の神への信仰が、行け、と彼に命じたのだろうか？　ともかく彼はロシア人たちのところに報告しに行くしかなかった。そして、そこでフランス語とドイツ語を話すソヴィエトの若い中尉と出会った。彼は怒鳴ったりせずに、とても礼儀正しく話した。ハンガリー軍に在籍していた人たちすべてに聞き取り調査をするのが彼の仕事だった。そして、ハンガリー語の通訳を必要としており、祖父に一緒に来てくれと言った。

祖父がその後数週間をともにした、このロシア人の名はエフィム・エトキントという。彼はこのとき、二七歳だった。のちに高名な文献学の教授となる。彼は七〇年代の中頃に、政治的理由によりソ連を去った。かつて赤軍の兵士だったエトキントは、アレクサンドル・ソルジェニーツィンの『収容所群島』の原稿のコピーを持っていたことを理由に反逆罪を宣告された。加えて、彼はソ連のシステムに批判的だったヨシフ・ブロッキーと親しく、この点だけでもＫＧＢの注意を引くのに十分だった。

エフィム・エトキントは祖父と九〇年代の終わりに再会した。二人とも老人になっていた。そのずっと前に冷戦は終わり、エリツィンが権力を握り、ソヴィエト連邦は崩壊していた。エトキントはドイツ人と結婚したが、祖父はその頃、認知症の兆候を示していた。白髪の二人の人物が並んでソファに座っているところは、過ぎ去った五〇年間の国際関係史を象徴していた。

だが、当時二人はまだ若く、ハンガリーの田舎のどこかで聞き取り調査を行っていた。戦争はもう終わろうとしていた。エトキントは質問し、祖父がそれを通訳する。それはエトキントの所属する中隊が彼を呼び戻す日まで続いた。おそらく一九四五年の二月中頃のことだ。

祖父は大急ぎで最も近かった収容施設に引き渡された。そこでは彼はもう通訳ではなく、普通の捕虜と同じ扱いだった。サッカーの競技場くらいの広さの場所で、まわりを鉄条網が囲んでいる。そこに新しい囚人が毎日のように到着した。このとき、何がこの先、待ち構えているか、祖父には理解できただろうか？　自分の自由意志で村役場に届け出に行ったことを後悔しただろうか？　祖父はとても敬虔な人物だった。彼をよく知る人は皆、彼は神によって命を吹き込まれたと感じている数少ない人間の一人だった、と言っている。フェリは大きなことを言う人間ではなかったし、指導者タイプでもなかったし、反逆者でもなかった。収容所でも、彼はおそらくほとんどの時間は、どこかの部屋の隅っこで神に祈っていただろう。そうだ、そうに違いない。彼はすべてを神に委ねただろう。あるいは彼もヨーロッパで何百万人もの人が死んでいったあの時代に、神はいったいぜんたいどこにいたのだ、と問いかけただろうか？

祖父が、妻と子供のことを思いながら、このように収容所にいた頃、ブダペストは炎に包まれていた。ロシア人の連隊が、ドイツ軍とハンガリー軍の残党を取り囲み、死者たちが道に溢れ、一五万人の人々が亡くなった。そのうち三万人は非戦闘員だった。二月一三日、ロシア人の兵士がついにブダペストの城にソヴィエト旗を掲げ、かくして戦争は終わった。

最後の戦火が止んだ後、数週間経っても、死んだ馬がまだ街の通りに横たわっていた。祖母とその子供たちは、そういう道を義母の住居へと向かった。その住居がある場所は、街の中でもまだ建物が残っている数少ない地区の一つだった。二番目の息子のベーラが腕の中に抱かれていたが、青白い顔をして、痩せた赤ん坊だった。通りを男たちが歌いながら行進していく。赤い星をつけたトラックがガタガタと走り抜ける。スリ、負傷者、飢えた人々が、暖かい部屋に入れてほしい、そしてできればスープの一杯でももらえないか、と住居の窓を覗き込む。だが、祖母も、その義理の兄も、そしてこの住まいにいた他の者たちも皆、まだフライパンや割れた罎《びん》を振りかざして彼らを追い払うだけの元気があった。

戦争はもうすぐ終わり、人間が野獣のようにふるまう時代はもう終わりだ、と皆が自分に言い聞かせていた。

そのとき、男がやってきてベルを鳴らす。ロシア人の兵士だ。「私はあなたのご主人を知っていました」と彼はフランス語で祖母に話しかけた。この男は黒髪、細身で不安げに見えた。エフィム・エトキントだ。「フェリに会ったのです。彼は通訳として我々のために働いてくれました」。そしてフェリは元気で、もうすぐ戻ってくるはずだ、と彼は請け合う。「私たちはほとんど友達同然でした」と彼は語り、そして去っていった。

＊＊＊

これらすべてが、戦争末期のあの奇妙な日々に起こったことだ。あのとき人々はまだ自分たちの身に何が起こったのかをわかっていなかった。あの一九四五年の春、アグネスは水車小屋の外、つまり野外で働いていた。彼女はまだ収容所と同じ服を着ていた。服の骨ばったヒップあたりの布は穴だらけになっていて、地面に穴を掘るためにツルハシを握っていた。彼女に下された新しい指令は、地下壕を作るために働け、というものだった。ドイツ人たちを連合軍の空爆から守らねばならない。それで彼女はツルハシを振り上げ、凍った地面に振り下ろす。その頃、ブダペストでは、祖母のマリタが二番目の息子を腕に抱いていたが、この赤ん坊はほとんど動くこともなく、しばらく前からいかなる栄養も受けつけなくなっていた。そして、伯母マルギットと伯父イヴァンは、あのブルゲンラントの小さな村レヒニッツで、地下倉庫からシャンパンとワインを運び上げていた。そろそろお祝いしてもよい時期だと思われたからだ。

シャンパンの栓が初めて抜かれたのは、レヒニッツではかなり早かった。マルギットとイヴァンは踊り、飲み明かした。彼らはまだ若かったのだ。アグネスは、その月の晩、小屋で寝ていた。三月の終わりのことだ。祖母はそのとき、彼女の二番目の子供を埋葬し、以後このことについては決して語ろうとしなかった。祖父のほうは、このとき収容所に向かう車両の中にいた。そして真夜中近くになって、レヒニッツでは電話のベルが鳴る。駅に処分されるべき一八〇人のユダヤ人がいるというのだ。伯母マルギットと伯父イヴァンは、その仕事を済ますように、配下の人間を送った。

その数日後、戦争は本当の意味で終わった。ヒトラーが自決した。零時刻と言われるその時間は静かに始まった。アグネスは、ポーランドのどこかの小屋の中、薄い敷物の上で目を覚まし、その静けさに驚いた。誰も起こしに来ず、朝の点呼もなく、怒鳴る看守もおらず、ただ奇妙な平和があった。ブダペストでは、祖母がスーツケースに荷物を詰め込み、残った一人の子供の手を引いて、アパートを出て彼女の両親を探しに行こうとしていた。角を曲がると、人の奔流が見えた。汚れて、空腹を抱えた男や女が、自分たちの子供のところに、隣人や家族の元に戻ろうとしていた。彼らは収容所から、監獄から、あるいは野戦病院から出てきた人々だった。隠れ家から、地下室から、爆弾で倒壊した建物の中から這い出してきたのだ。

この頃の東欧の写真は、黙示録的な光景を映し出している。都市は破壊され、村は焼かれ、地平線には煙が数条上がり、溝には有刺鉄線の残骸が見え、手入れできていない畑にはかつての野営の小屋が残され、沼地には死んだ馬が忘れ去られている。

ブダペストのような都市は、死体から発散するなにものかで満ちていた。死体は膨張していたが、なんの臭いもしなかった、と生き残った人々は語っている。ただ、この浮遊物は肌に薄い層をなし、洗い落としても消えない膜のようなものとなって残った。顔や腕や脚をどれほど強くこすっても、それはすぐにまた肌を覆ってしまった。

祖母が暮らしていた家の門のベルを、ある男が鳴らした。内気で礼儀正しいロシア人エフィム・エトキントだ。彼は一点において間違っていた。祖父がブダペストに戻ってくるまで、一〇年もかかったのだ。

＊＊＊

フェリは当初、モスクワから五〇〇キロ離れた要塞都市ヴォロネジの第八二収容所の第六分所に収容された。彼の旅については、なんの記録も残っていない。だが、それは例えばハンガリーの作家イシュトヴァーン・エルケーニィが『収容所の人々』〔Örkény István, *Lágerek népe*, Szociográfia, 1947〕で描いているようなものだったかもしれない。祖父と同じように、エルケーニィはロシアの捕虜だった。彼の記述によれば、貨車の床には三〇人以上の男たちが座っていた。全員この貨車に詰め込まれたのだが、何人かは板ベッドの上に寝かされていた。そこにさらに一人の男が放り込まれる。その男は両足の切断手術を受けていた。かつては医者で、そして優秀な水泳選手だった人物だ。彼が寝ると、板ベッドの長さには少し余りが生じた。鉄道の旅の六日目、板ベッドの建てつけが突然緩み、片方の端が列車の揺れでガタンと落ちた。切断手術の傷痕はまだ癒えていなかった。当時は、ただのひっかき傷ですらなかなか治らなかったのだ。男はベッドから滑り落ち、悲鳴が響きわたった。

時々、貨車の中の誰かが、男を押し戻し、木の切れ端でベッドの傾きを直してやったりした。だが、うまくいかなかった。本当は、その板ベッドを押し上げ、元の場所に釘で打ちつければよかったのだが、誰もそんなことをしに立ち上がる者はいなかった。怪我人はその後二日間、うめき続け、やがて静かになった。他の者たちは、彼の苦痛の叫びにも、彼の死にも心を動かされなかった。

誰も同行者に関心や同情を持っていなかった。誰もが自分自身のことで精一杯で、本能だけで動いていた。記憶は宙づりになり、場合によっては完全に消えてなくなっていた。顔や姿形が薄れていったばかりではなく、かつて愛した人の名も、人生の中でも重要な記念の日付も消えていった。多くの人は腸チフスの熱のせいだと考えていたが、違う。それは、ただそういうものにもう無関心になってしまったことから生じたのだ。

一九四八年、フェリが捕えられてから三年後、ハンガリーでは共産党が権力を掌握し、過去の社会秩序がまるごとひっくり返って、祖母マリタは一つの時代が終わったことを受け入れざるをえなくなった。祖父はこのとき、ヴォロネジで死刑を宣告された。判決によれば、彼と他の何人かのハンガリー軍兵士たちは、イロフカの村で無実の市民を殴り、ジュレツキという男を銃殺した、ということになっている。何人かの証人が祖父に見覚えがある、と証言した。

バッチャーニ、フェレンツ／３４８９７５３４番
出生地：キットゼー、一九一五年
身長：中背
体格：細身
首：長い
顔：三角
耳：小、丸い、突き出ている
職業：法律家
軍位：中尉、ハンガリー軍第二〇六砲兵隊
その他：貴族の子孫、土地付きの城館の保有者

「私は無実です」と彼は裁判で言い、判決文にサインすることを拒んだ。
「おまえは伯爵か？」と彼は問われた。

「そうです」

「では、労働者階級をどのように搾取したか、説明せよ」

「私は誰も搾取したことはありません」

「伯爵なんだろう？　違うのか？」

「どうすべきだったと言うんです？」

「口を慎みたまえ」


二年後、判決は見直され、死刑は終身刑に減刑された。スターリンによる恩赦で、フェリはスターリングラードの第三六二収容所に移送された。「健康状態：良好、伝染病の感染：なし」と移送書には書かれている。そして「厳格な管理が必要」と付け加えられていた。

一年後、彼はウラル山脈のエカテリンブルクのあたりのスヴェルドロフスク州に移され、最初はレヴダの町に、そしてのちにはアスベストと呼ばれる町に送られた。そこで彼は、手袋をすることもなく、永久凍土から石を切り出す仕事に従事した。その繊維状の部分は、のちにビル建設に使われ、そして癌を誘発することになった。

手記Ⅳ

アグネス

戦争が終わった日、私たちは何をしたでしょう？　工場主が鍵を投げてよこし、私たちに全員自由の身だと言った後、私たちは皆ドアから走って出ました。私たちがずっと働かされ、命令されてきた看守は、今では工場の門のところに立って、スープを配っていました。

その特別な日、次にロシア兵たちと、彼らの戦車に乗ってドライヴに出かけました。彼らは私たちにパンとベーコンをくれ、ロシア式の敬礼の仕方を教えてくれました。そして暗くなると私たちは自分たちの小屋に帰りました。それ以外のどこで夜を過ごせたでしょう？　ですが、小屋ではロシア兵たちが私たちを待ち構えていました。ひどいことでした。彼らは手がつけられない状態で、誰にも止められませんでした。もう彼らは命令になど従おうとしませんでした。それでも私は幸運でした。というのも、我々のグループにはロシア語が少し話せる娘がいたのです。彼女は、この小屋は一種の病棟のようなもので、私たちは皆、ひどい病気にかかっている、と言いました。そうやって私たちはロシア人たちを押しとどめる唯一の言い訳を見つけました。彼らは伝染病を恐れたのでした。

マリタ

私がブダペストの地下室で暮らしていた頃、赤軍が私たちの村に到達する直前に、両親は西ハンガリーの小さな町ジルッの、シトー修道会の修道院に避難していた。彼らは戦争の最悪の日々を、ここでまだしも安全に暮らすことができた。その少し後、一九四五年四月に、私は今では唯一の子供となった三歳の息子とともに両親の家を訪ねた。両親の家は空襲で一部が破壊され、まだ残っている部屋はロシア人たちによって野戦病院として使われていたので、私たちはかつての狩りの小屋まで行ってそこに泊まった。それは大きな森の中で、通りから逸れたところにあり、電気も水道もなく、外界から隔絶されていた。ニュースはほとんどここには届かなかったし、やっと届いたとしてもあまり信頼性はなかった。フェリについてわかっていたのは、彼がルーマニアの収容所にいた、ということだけだった。彼はコートも持っていなかったし、ブーツではなく靴しか履いていなかった、ということだった。そして彼の乗った列車は東に向かったらしい。ちょうどこの頃、彼がロシアの軍事法廷で死刑を宣告されていた、ということを知ったのは、数年後のことだった。第二次大戦の直後、ハンガリーには民主的政府が、戦勝国の支援を得て、成立した。私たちの国の歴史上初めての自由選挙が行われた。この新体制のもとでなされた最初の、そして満場一致の決定は、ほとんど自然現象のように予期できないものだった。想像しうるかぎり最も急進的な農地改革、というのがその決定だった。大土地所有者はその所有地を即刻接収され、その土地は国家の所有物だと宣告された。「大土地」とは、一〇〇〇モルゲン、つまりおよそ五〇〇ヘクタール以上、とされた。国有化は徹底しており、何の補償もなかった。国家は、その土地を即座に分割し、そこに住んでいた小農家のものとした。それらはつまり労働者階級のものとなったのだ。

今日の視点からすれば、これらは大きな時代の流れの一つだったと見えるかもしれない。だが、私たちのように直接それを目の当たりにした者にとっては、農地改革は深刻な打撃であり、文字どおり、自分たちの立っている地面を根こそぎにされるようなものだった。

だが、この時点では本当の意味でのカタストロフが何であるかを私たちはわかっていなかったし、もちろんそれを言い表すすべも知らなかった。改革は、全体として見れば、何世紀も続いてきた一つのシステムを破壊した。一つの世界が消滅したのだ。現代から見れば、憎悪や復讐が頭をもたげなかったのは驚くべきことに思える。実際のところは、困惑に満ちた、言葉のない、深い沈黙が人々を覆っていた。

私の父は、この問題についても、他のことについても何一つ語らなかった。彼は、この種の事柄については、死の日まで沈黙を守った。森の中を歩くときだけが、彼の数少ない幸福の瞬間だった。父も、母も、私たちは皆、モグラになり、自分の隠れる穴に潜り込んだ。私たちは、もう何も信じず、これから数時間のこと以外は何も考えないようにした。それしか生き残るすべはなかったのだ。

アグネス

翌日、私たちはベッドから起き出し、あたりを歩き回ってみました。私たちは着のみ着のままの服と木靴しか持っていませんでした。「どうしてそんな靴を履いてるんだ?」とロシア兵の一人が尋ねたので、私たちは「これしか持ってないから」と答えました。

それで彼らは近くの町の靴屋に連れていってくれました。店の戸は鍵がかかっていましたが、そんなものではロシア兵を押しとどめることはできません。街は混乱しており、何の秩序もなく、兵士が、怪我人が、家に帰ろうとしている人が、避難民が、収容所から出てきた人たちが、いたるところに溢れていました。店の中も、なにもかもが混乱していました。私は自分のために編み上げ靴を一足見つけて店から出てきました。連れていってくれたロシア兵が私を見て「それだけ?」と言いました。彼は店に戻っていき、抱えられるだけの靴を抱えてきて、それを全部私にくれました。「よし、これで君には靴がある」と彼は言いました。

一四人の他の女性たちと一緒に町長のところに行き、助けを求めました。私たちは、ハンガリーの家に、家族の元に帰りたかったのです。二人の警察官がチェコスロヴァキアとの国境まで小さなトラックで連れていってくれると言いました。

国境の警備員たちは、最初私たちを通してくれず、検疫所に連れていかれそうになりました。でも、私たちをさらに閉じ込めることはできない、ということになって、私たちは大学のあるブルノの街まで行くことができました。私たちは荷物を持っていませんでした。そして、ここにたどり着くまでに、人数は八人になっていました。駅には、そこらじゅうにロシア兵が立っていて、いつも気をつけていなければなりませんでした。彼らの一人が突然襲ってくるということもあるのですから。どの列車に乗ればいいのか、見当もつきませんでしたが、なんとかブラティスラヴァまでたどり着き、その駅で赤十字のテントを見つけました。救護員が私たちに食べ物をくれ、そして救護用のベッドで休めばいい、と言われました。でも私たちはできるかぎり早く先に進みたかった。ようやくブダペストに帰れるのです。

マリタ

ハンガリーは廃墟となっていた。家族は国中に散らばっており、秩序はめちゃくちゃになっていた。最大の脅威は、ソヴィエト軍の兵士たちではなく共産主義者たちによるもので、彼らは首都が崩壊した後、復讐を誓い、スズメバチのようにどこかから群がってきた。あの頃も今も、なんでもソ連のせいにして非難するのはたやすいことだが、私たちを用なしにしたのは、私たちの国の民衆だった。「さあ、今度はおまえたちの番だ、おまえたち貴族やホルティ将軍に仕えていた者たちが今度は責められるのだ」というのが一般的な感情だった。

たった一つの疑惑があれば（ときにはなんの疑惑もなくとも）、拘束されるには十分な理由となった。嘘が本当になった。そのいちばんよい例は、恐ろしい見せしめ裁判だった。そのごく最初に行われたのが、ミンドセンティ枢機卿と我々の近い親戚だったエステルハージ侯爵の裁判だ。枢機卿は、カトリック教会を代表して、そして侯爵は一〇〇〇年の封建制を代表して、弾劾された。私たちは、彼らが侮辱され、公に非難されるのを、恐怖をもって見つめた。そこでなされた告発は、すべてまったくのでたらめだった。

世界は歪んだ鏡になった。最も辛辣なブラックジョークだけが、それを耐えるすべを与えてくれた。その歪んだ鏡に映してみると、私たちは最前線に立たされていた。「私たち」というのは、私の家族、親戚一同、つまりは我々の社会階層のことだ。その頃まで、私は階級というものを意識したことはあまりなかった。だが、このとき、私は自分たちが何者であるのかを知った。階級の異なる者、人民の敵である。私たちは犯罪者だった。

アグネス

旅は三週間かかりました。そして戦争が終わって三週間して、私はブダペストにようやくたどり着きました。ビル街は廃墟となり、路面電車は走っていませんでした。人々はそこかしこに数人ずつ固まり、皆がひそひそ話していました。彼らは、強制収容所からユダヤ人たちが初めて帰ってきた、と言い合っていました。私たちはある種のセンセーションでした。多くの人が私たちを手助けしてくれ、食べ物や服を与えてくれました。ずっと一緒に旅してきた女の子たちは、自分の家族を探すためにバラバラになりました。私は駅のそばに住んでいたいちばんの友達に会いに行きました。彼女なら、私の両親がどこにいるか教えてくれるだろうと思ったのです。友達の母親がドアを開けました。私たちは抱き合い、そして彼女は泣き出しました。

「私の両親がどうなったかご存じですか?」と私は訊きました。「両親も連れていかれたのでしょうか?」

彼女はほとんど話すこともできず、娘に訊いてくれ、というばかりでした。それで私は道に戻って友達を探しました。私は走りました。待てなかったのです。

狩りの小屋という外界から隔絶された場所で、生活は続いた。私たちは小屋を建て、どうしてそんなことができたのかわからないが、ともかくそこで豚一匹と鶏数羽を飼うようになった。のちには牛も飼った。その結果、私は乳搾りができるようになった。それは喜びですらあった。夜、低い椅子に座り、額を牛の腹にくっつけ、私の両手が動くのを見る。動物が息をする動きが感じられ、新鮮なミルクの香りを吸い込む。

地元の土地分配委員会は、父に一〇モルゲンの土地を与えると決した。険しい坂の上の不毛な小さい土地だ。周囲の山あいの風景になだらかにつながっていて、満月がその谷の上に昇ると魔術的な光景が現出した。私はそのロマンティックな眺めは厳しい労働の報酬だと考えた。畑は鍬《くわ》で耕されねばならなかった。坂がちで、草木が延々と並び、照りつける太陽の下での仕事は永遠に終わらないように思えた。汗がしたたってイライラしてくると、私は煙草を吸って休憩した。そういうとき、私は岩だらけの地面に座り、目をどこかにさまよわせながら、煙を深く吸った。

ブダペストはほんの一〇〇キロほど離れているだけだったが、たどり着くには一日かかった。朝とても早くに起きて、道端に立ち、坑夫用のバスが通りかかるのを待たなければならない。運がよければ、そのバスで近くの鉄道の駅まで連れていってもらえた。そして、そのうち列車が来る。ブダペストは、当時とても魅力的な場所だった。町は破壊されていたが、それでもだんだん生気を取り戻していて、魅惑的であると同時に恐ろしいところだった。とりわけ、森の中から出てくれば、そう見えた。最もひどい瓦礫はまだ片づけられていないかったが、それでもなにか新しいものがそこここに現れ、身を起こし、若芽を吹き、育ち、増殖しつつあった。しかも、ブラックマーケットは、物々交換と並んで、よく機能していた。もちろんいかがわしい取り引きはいくらでもあったが。この雰囲気の中で、とても素朴な計画も盛んに立てられていた。なにか新しいものが始まる、という気配があったのだ。

もし家の中に適当な部屋が一つでもあれば（そして老人や病人や赤ん坊などがそこに住むことにならなければ）、それがサロンになった。毎日、賑やかな会合がそこで催された。ハンガリーではいつも酒を飲むことが絶えたことはないが、このときはいつもより余計に、ほとんどありえないくらいの酒が飲まれた。

アグネス

私は走りに走って、ついに友達を見つけ出しました。彼女に会うのは本当に久しぶりでした。私たちは抱き合い、手を取り合いました。「私の父さん、母さんのことを知らない？」と私は訊きました。「連れていかれたの？」

「いいえ」と彼女は首を振りました。

「生きてるの？」

「死を選んだの」

「自殺？」

11

モスクワに着いた次の日、私は父と収容所博物館に行った。その場所を見つけ出すには少し時間がかかった。博物館がどこにあるかを示すような標識などなかったからだ。そして道行く人は、(ほとんどはそのまま通り過ぎたが)立ち止まってくれたとしても、そんなもの聞いたことがないと言ったり、頭を振ったりするばかりだった。「収容所? 知らない《ニェット》」

でもそれは、ある建物の中庭に見つかった。二階建てか三階建ての小さな建物で、壁には何枚かの地図、雪の中に建っている小さな小屋の写真が貼ってあり、分厚いジャケットを着て毛皮のブーツを履いた捕虜たちが写っていた。ある部屋には木でできた板ベッドがついており、捕虜たちがどんなふうに眠り、自分の食べた食器をどうやって洗ったか、想像してみることができるようにしてあった。だが、それはあまりにも綺麗で、人形の家のようだった。大きな地図の前に立つと、ボタンがいくつかついていて、収容所の場所を示す電球が点くようになっていた。収容所群島を示す、子供向けの装置だ。

スターリンの権力はどこに見て取ることができるのか? 恐怖政治は? ドイツとオーストリアだけで二〇〇万人が連行され、捕虜となった。加えて三〇万人のハンガリー人も。そのうち最後の一人となったアンドラーシュ・トマという人物は、二〇〇〇年に至るまで家に帰れなかった。数え切れない数のイタリア人、日本人、アメリカ人がロシア中に配置された。ポーランドとの国境から、シベリアの東端、デジニョフ岬に至るまで。彼らの多くは飢えや寒さで死に、あるいはすでに収容所に向かう行進の途中で撃たれて死んだ。ナチスの時代を経験した人々の多くが、これに比べればヒトラーなどものの数ではなかった、と証言している。ダッハウにいた収容者は、自分がシベリア行きに決まったと聞いて、首を吊った。強制収容所の捕虜たちが書いた手紙には、収容者(彼らは「ゼック」と呼ばれた)の多くが、アメリカがシベリアにも原爆を落としてくれることを望んでいる、と書いてあった。

だが収容者の大部分はソ連の人々だった。スターリン体制下で、政治家や農民、教師、医師たちが消え、場合によっては一つの民族集団がまるごと消えた。例えばロシアにいたドイツ系住民たちのように、子供も女性もいなくなった。シベリアに一八年間囚われていたエヴゲーニャ・ギンズブルグ〔一九〇四―七七年〕の自伝『明るい夜暗い昼』中田甫訳、集英社文庫、一九九〇年〕には、人形を持つことを許された収容所の子供たちのことが出てくる。この子供たちは、人形に名前を考えてやるということができなかった。環境は子供たちから想像力というものを奪ってしまったのだ。だから人形には「パン」とか「バケツ」といった名がつけられた。それが毎日目にするものだからだ。

アメリカのジャーナリストであるイアン・フレージャーは、その著書『シベリアへの旅』〔Ian Frazier, *Travels in Siberia*, Farrar, Straus and Giroux, 2010. ただし、ジュルマ号に関する以下の逸話については疑問も呈されている〕の中で、一九三三年の夏の出来事を書いている。ジュルマ号という船が、何千人もの囚人たちを乗せて、ウラジオストクの近く、ナホトカの港に入ってきた。ほぼ同じ頃、調査船チェリュースキン号は北極近くの海岸沿いを東に向けて進みながら、学術調査を行っていた。その年、冬は予想以上に早く到来し、チェリュースキン号はチュクチ沖で氷に捕まってしまった。ソ連の新聞がこの件を報じ、世界中の人々が科学者たちの成り行きを見守った。ノルウェーはチェリュースキン号の人々を救うべく援助を申し出たが、ソ連はこれを拒否した。実際、ソ連当局は自力で科学者たちを氷の海から救い出すことに成功し、メディアではそれを祝する報道があった。何年も経ってようやく、ソ連が当時、なぜ外国の援助を断ったかが明らかになる。

そのとき囚人たちを運んでいたジュルマ号もチェリュースキン号からほんの二〇〇海里のところで氷に捕まっており、しかも誰もそれを知らなかったのだ。何千もの人々（囚人たち、看守たち、そして船員たち）は、何ヵ月も食料もなく、何の救援の望みもないままに耐えなければならなかった。そのとき、実際に船上で何が起こっていたかは誰にもわからない。乗組員が囚人を食べた、という噂がある。そしてジュルマ号が翌春ようやく入港したときには、生き残っていた者たちの中に受刑者は一人もいなかった。上陸した人々、船長や乗組員たちは正気を失っていた。

でも、そんな狂気の気配は、博物館にはなかった。

私は、この旅に持ってきていた本、アレクサンドル・ソルジェニーツィンの『収容所群島』のあるシーンを思い浮かべていた。私はこれを飛行機で読もうと思っていたのだが、この小さい文字が詰め込まれた分厚い本を、まだ大して読めていなかった。読む代わりに、私は父がナッツ・チョコレートの包みを開けようとしているのを見ていた。彼はそれを引っ張ったり、片側を嚙んでちぎったりしようとしていたが、全然うまくいかなかった。それで、飛び立って一時間ほどしてから、ポーランド上空あたりで乗客全員に配られた白い合成樹脂の皿にそれを戻した。皿には他にも鶏肉とマッシュルームが載っていた。あるいは七面鳥だったかもしれないが。

ソルジェニーツィンは、本の中で党の委員会のことを書いている。モスクワから数千キロ離れたある地方都市、でもまだ完全に隔離された街というほどではないところで開かれた会議だ。会議の終わりにスターリンへの忠誠を誓う宣言があり、皆が立ち上がり、拍手した。彼らは三分、四分と拍手し続けた。手がヒリヒリし、腕が痛み、参加者のうち年配の者たちはもう息が上がっていたのだが、それでも誰も最初に拍手をやめようとしなかった。六分が経ち、七分が経ち、参加者たちはお互いに顔を見合わせ、なんとかやめられないかというかすかな望みを込めて目配せし続けた。会衆の後ろのほうなら拍手するふりをして、しばらく休むこともできたかもしれないが、皆の前に立つ委員会のメンバーたちはそうはいかなかった。九分、一〇分と経っても彼らは拍手し続け、倒れて、担架に乗せられるまで続けるしかなくなっていた。一一分経って、製紙工場長が椅子に倒れ込み、他の者たちも全員同じようにして、拍手は突然死に絶えた。呪文が解かれたのだ。他の人々はなんとかそれで助かった。その夜、工場長は逮捕された。まったく違う口実がつけられていたが、ともかく彼は一〇年の禁固刑に処せられた。裁判記録には、彼が「これからは拍手を最初にやめるようなことは決してしませんと語った、と記されている。

大人が恐怖から一一分も拍手し続けるなどということがどうやったら起こるのだろう？　どうやったら国を隅々まで掌握できるのだろう？　そんなことは、この博物館にはまったく示されていなかった。それに、あんなに多くのことが書かれてきた空腹については？　囚人《ゼック》たちは、エンジンオイルを食用にし、猫を焼いて食べ、雑草のスープを飲んだ、とされている。そして夏の間、獄舎の間に生えている花やクローバーを食べてしのぐことができなかった者は、長くは生き延びられなかった。収容所での主な死因は、餓えだった。囚人たちにはパン一切れ、かゆ、オーツ麦、キャベツが与えられた。というより、正確にはほとんどいつもキャベツだけだった。そして、寒さ。それについては、ロシア人作家で、全部で一七年を収容所で過ごしたヴァルラーム・シャラーモフ〔一九〇七―八二年〕の本に書かれている。古株の囚人は、温度計なしでも正確に気温が何度かを言い当てることができた。氷霧があるときには、外はマイナス四〇度だ。息をすると妙な雑音がするようになって、しかもまだ息そのものはしにくくないならマイナス四五度。息で音がして、さらに呼吸がしにくくなってくればマイナス五〇度である。マイナス五〇度で、唾液が凍り始める。

これらすべてのことについて、収容所博物館の部屋にはなんの説明もなかった。だが、いちばん不思議なのは、これらの事柄が今日なぜこんなに知られていないかについて、まったく考えられた節がないことだ。かつてのソ連における戦争捕虜の生活とは、「現代史において最も等閑に付されている問題だ」と、この旅の準備として読んだ本に書かれていた。どうしてそれについてはほとんどなにも書かれていないのか？　どうして映画もほとんどないのか？　なぜ収容所博物館はモスクワの街の片隅にひっそりあるのか？　それに、なぜそれはこんなに小さく、展示もこれほど貧弱なのか？

スターリニズムの犠牲者については、その総数すら一定の見解はない。一九一七年から一九九二年に至る共産党独裁の期間全体で、六〇〇〇万人のロシア人が自然死以外の理由で亡くなった、とされている。その大部分はスターリンの在任中の出来事だった。今では、モスクワの煙草屋で彼の小さな肖像が買える。車のステッカーとしても、そして家の本棚に置くのに手頃な大きさの人形としても。そして、高位の共産党員の顔ばかりでできたカード・ゲームも売っていて、そのすべては犯罪者であり、スターリンはその中ではスペードのエースだ。

＊＊＊

ショアー〔ユダヤ人の災厄〕に関しては、とても多くの本があって、そこにはこんなことは二度と起こってはならない、と書かれている。そのためにこれらの本は書かれたのだ、と。そしてホロコーストから五〇年、六〇年、七〇年経っても、あらゆる記念日に展示があり、映画が作られ、研究が現れ、資料館ができている。では、どうして同じことがロシアの共産党支配については行われないのか？　なぜ、と私は壁のレーニンの写真の瞳を見ながら問いかける。なぜそれらの物事は、誰の頭もわずらわせないのか？

父は部屋の隅の折りたたみ椅子に座ってしまった。また疲れたのだろうか？　あるいは壁の写真や、簡易ベッドや、独房の模造が、父を私が考えている以上に消耗させたのか？　私は父の肩に手をかけた。それが彼には嬉しかったようだ。

この博物館では、三〇代半ばの若い女性ナディアが私たちを案内してくれた。彼女はこの展示のキュレーターであり、我々が建物に入ったときにチケットを売ってくれたのも、カフェテリアで給仕してくれたのも彼女だった。彼女はスターリン時代のテロルに関する展示の責任者なのだ。細い髪をしたデリケートで小柄な女性だ。私たちは彼女にいくつか質問した。囚人のうち、逃げ出せた人はいたのだろうか？　「家に帰ってよい、と言われたときはどんな様子だったんでしょう？」と私は尋ねてみた。「家族の元に帰って、彼らは自分たちが経験したことを話したんでしょうか？」

ナディアは、今日に至るまで続く彼らの沈黙について、いろいろ語ることがあるかのように私たちを見つめた。収容所から出た後、荒涼とした街の郊外の一角に建つ、灰色の建物の中の二一階の部屋での暮らしについて語ってくれそうだった。だが、彼女は、自分の英語はそれを語るには十分ではない、と言った。彼女はかぶりを振り、首をすくめ、唇を噛んだ。彼女は語りたかったが、そうできなかった。だが、父が別れを告げるときに「私の父は、収容所に一〇年いたのです」と英語で言うと、彼女のぎこちなさは突然消え去った。「気の毒に」と彼女はやはり英語で答え、父の手をとって長い間、目を見つめていた。私には、二人は数分間もそうやって立っていたかに思えた。彼らには言葉は必要なかった。そして父は泣きそうになるのをこらえていた。

私たちはその後、地下鉄に乗って赤の広場に行った。地下に入るためには、自分の体重を全部預けて、鉄のスイングドアに体当たりしなければならない。まるで誰かを押しのけるかのように。「どうしてこんな地獄の門みたいなものが、モスクワにはあるんだ？」と父は尋ねながら、その扉を前にしていまいましげに、しかも恐ろしそうに立っていた。時折、老人がエスカレーターの前で立ち止まっているときのように。私は父を見やり、「何してるんだい、早く来いよ」と言った。どうして私は父に対してこんなに我慢がなかったのか？　おそらく私はあの展示が我慢ならなかったし、そして父がそれにもかかわらずあまりにも弱々しいと思ったからだった。私は彼の脆弱さに腹を立てていたのだ。

「ロシアは……」と彼が言い始めた。

「アウシュヴィッツみたいだ、っていうんだろ？　知ってるよ」

「そんなふうに言うもんじゃない。ロシア人は悪魔だったんだ。わかるか？　彼らは私たちからすべてを奪い去った。一〇万人ものハンガリー人女性が彼らにレイプされたんだ、知ってたか？」

父はまだドアの前に立って、他の人が勢いよくそれにぶち当たるのを見ていた。それでも、革のブーツをはいた女性は何人か、扉が外に跳ね返ってくるのを待って、素早くその隙間に入ってすり抜けた。「ロシア人たちは石油ランプを開けて、メチルアルコールを飲んだんだ。想像できるか？　ドイツ人たちのほうがまだしも文明的だったさ」

「ナチが？　文明的だって？」と私は尋ねた。「本気で言ってるんじゃないよね？」

「ドイツ人がみんなナチだったわけじゃない」と父は答えた。私は彼の腕をとって、ちょうど息子が歯を磨きたがらないときにバスルームに連れていくように、父を引っ張って扉を通過させた。そしてしばらく、よく肥えた女性たちが壺やら大根やらを売っている通路を進む。私はずっと父のコートをつかんでいた。私たちは箱入りのキャベツが床に置いてあったり、靴下があったり、偽造品のグッチのベルトを売っていたりするところを通り抜ける。父は私が導くままについてきた。かつては逆だったんじゃないか？　そう、昔は父が私を見守り、父が私のＩＤカードを持っていてくれた時代があった。でも、どこかの時点で、役割が入れ替わった。今では、私のほうが彼の手を引いて地下鉄への通路を歩かせ、水たまりがあるよと注意したり、何かにけつまずいたりしないように気をつけている。正確には、いつこの役割交代は起こったのか？　どんな子供も静かに受け入れねばならない、こういう父との交代は、いつ起こったのだろう？　特別な日？　特別な瞬間？　そして我々は二人ともそれを受け入れたのか？

長い間考えた末、我々は寿司がベルトに載って流れてくる日本料理店に入ることにした。もう午後も遅く、日はすでに暮れていた。ウォッカを飲み、祖父について話した。収容所時代のことではなく、それ以前に祖父がハンガリー軍の兵士として、ドイツ人とともにポーランドで、そしてウクライナで戦っていた頃のことだ。

「お祖父さんは人を撃っただろうか？」と、私はわさびを醤油でときながら、尋ねた。

「絶対ない」

「でも軍隊で誰も撃たずにいることなんてできるの？」

「あの人にはハエも殺せないよ。それに彼はとても信心深かったんだ」

「そうなの？」

「そうだが、それがどうした？」

「これおいしいよ。そっちのはどう？」

「悪くない。でも箸は要らないよ。フォークは置いてないのかな？」

「ハンガリーの兵士はヒトラー式の敬礼をしなくちゃいけなかったのかな？」

「ああ、知らないな」

「でもどっちにしろ、ハンガリーはドイツの最も忠実な同盟国だった」

「お祖父さんがナチだった、と言いたいのか？」

もちろん、この会話は最後には言い合いになった。ヒトラー、収容所、宗教、ウォッカ……いずれも私たちには荷が重すぎる話題だった。私はどんどん腹が立ってきて、より大声になり、そして酔っ払っていった。いつもと同じように、私は彼にちっとも近づけないと思ったからだ。私がたとえ裸になって寿司が回るベルトの上に飛び乗っても、私が踊ったり叫んだりしても、父は気にとめなかっただろう。どんなものも彼には近づけなかった。鴨の背中についた水滴みたいなものだ。私は週に二回、精神分析医のところに通っているという話をした。彼が自分に閉じこもった状態から少しは興味を持って出てくるかと思ったのだ。そして私は自分の精神的背景やアイデンティティについて問いかけているのだ、と語ってみた。「僕は自分がここにいないような気がするんだ。わかるかなあ」。でも父にはわからなかった。彼は私の中で何が起こっているかなんて、まったく見当もつかないようだった。子供の頃も、今も。そして、それが私をイラつかせるのだ。私の言葉は素通りしてしまう。それが窓ガラスを滑り落ちるみぞれのように流れ去って、地面のわけのわからないぬかるんだ水たまりみたいなものになってしまうのがわかった。そうして私は立ち上がり、父を揺さぶった。寿司の皿が横を通り過ぎる。

なぜそんなことをしたのか、わからない。学校時代には何度か喧嘩もしたし、夜にバーで一度殴り合いになったこともある。だが、別に喧嘩に強いわけでもなかったし、身体的な暴力にはあまり慣れていなかった。今、私は彼の赤いセーターのファスナーのところをつかんでいた。そのセーターは父の新しい妻が誕生日に贈ったものだ。両親は私が一五歳のときに離婚したのだ。結局殴ったりはしなかったが、でもほとんど殴りそうになった。父は防御しようともしなかったし、私を押し戻したり、声をあげたりもしなかった。父は進んでそれを受け入れる様子だった。何秒か立ち尽くしていたが、私は父と目を合わせず、メガネのフレームを見ていた。そして自分のまわりのことはなにもかも忘れてしまった。隣の客のことも、寿司も、モスクワも、収容所のことも。しばらくして私は父をつかんでいた手を離し、座り込んだ。とても疲れていた。

「ウォッカのせいだよ」。しばらくして父はそう言い、セーターを直した。

「ウォッカのせいだ」と私は同意したが、とても恥ずかしかった。頭の中で脈がドクドクと打つのが聞こえた。父の煙草を一本とり、火をつけた。もう何年も煙草なんか吸っていなかったのに。テーブルから顔を上げてまわりを見る勇気もなかったが、そのとき携帯が音を立てた。妻からのメールだ。

「子供たちの具合が悪いの。扁桃炎」

メッセージを読み上げると、父は「まあ潮時だな」と言って頭を振った。「で、これからどうする?」

これからどうするって? わからない。あんたが父親なんだ、あんたがどうするかわかってなきゃいけないのに、と私は考えた。

タクシーはとても高かったので、私たちはまたあの体当たりして開けなくてはならないスイングドアを通り、キャベツやホースラディッシュの横を抜け、楊枝をくわえてバッテリーを売っている男たちの間を通って、地下鉄に乗り、ホテルまで帰った。私たちはビルの一四階の自分たちの部屋に戻るまで口をきかなかった。あやうく父の鼻を折りそうになった、醜悪な街に立つ醜悪なビルの一四階。言葉もなく抱擁し合ったとき、父はパジャマを着て、私は下着姿だった。

＊＊＊

翌朝起きても、あの恥ずかしさは消えていなかった。服を着て、朝食を食べに行き、出発する。私たちはドミトリ・ペトロフと会うことになっていて、昨日はなにもなかったかのようにふるまった。ペトロフは「メモリアル」という組織の代表で、彼らは八〇年代末から共産党独裁体制について調べを進めてきていた。エルサレムのヤド・ヴァシェム〔ホロコースト記念館〕と同じように、彼らの目的は体制の犠牲になったすべての人物の名前とその生涯の詳細を出版することである。ペトロフは、彼の小さなオフィスに座っていた。至る所に本が積み上げてあり、紙片のつまった箱だらけだった。ロシア人はスターリンについてなにも知らないし、学校でも子供たちにはなにも教えないのです、と彼は言った。それどころかスターリンを復権させる運動すらあり、地方の頭のおかしい人たちはスターリンを記念するオベリスクを建てようとしています、と。ペトロフが笑うと、長くて灰色の髪が彼の顔にかかった。「プーチン政権下では前よりひどくなりました」。エリツィンの下で文書館へのアクセスが可能になったが、プーチンが政権をとって以来、また沈黙がやってきた。「我々はドイツ人のようにはできません。過去を分析し、過ちを認め、罪を認識することができていないのです。確かにここには収容所があって、その本部があった、と語られます。スターリンにも悪い面はあった、でも、なにより彼は勝利した。大いなる勝利をもたらし、経済的な発展をもたらした、ということになるのです。ロシア史における英雄的な瞬間は、その暗い面を圧倒しているのです」

数年前、ペトロフの組織は過去を清算するためにやらなければならないことのリストを作成した。

そこには秘密警察の文書館が開放され、スターリンの恐怖政治が学校の教科書で適切に評価されるようになる、ということが謳われていた。そしてベルリンのホロコースト・メモリアルのような記念碑、および学生や歴史家のための一連の博物館が建てられるべきだ、とされていた。当時大統領だったメドヴェージェフは、すぐにこの件に取り組む、と言ったのだが、何も起こらなかった。

ペトロフは私が持ってきた祖父のファイルをめくっていった。彼のオフィスの窓からはあまり光が入ってこなかった。彼は祖父に下された死刑宣告の文書を読み、ヴォロネジからスターリングラードへ、そしてさらにアスベストへと移送されたくだりを読んでいた。外では車が行き交い、父は私の横に座っていた。父がペトロフのことを気に入っているのが感じられた。笑ったり、冗談を言ったり、父にとっては自分のことを話すより、共産主義や収容所のことを話すほうがずっと簡単なのだ、という気がした。好奇心たっぷりに質問をし、本の引用をしたりしていたが、話題が我々のことになると、つまり私や母のことになると、父は物憂げになり、素っ気なくなった。それは私の世代と、父やペトロフの世代を区別する点なのだろうか？　私たちは、外国の力がなにもかも変えてしまい、個人の力ではなすすべもない、というような経験をしていない、ということか。我々には、自分たちが無力で、世界の中心ではない、という認識が欠けていて、外的な力になんらかの審判を押しつけられるなどという経験をしていない。それどころか我々は自分自身の自我《エゴ》のエキスパートであり、自分のことなら幾晩でも語り続けることができる。自分の性的嗜好や、デンプン・アレルギーについてなら。彼らがいつも外に目を向けているのに対して、我々は自分の内面を見つめすぎているのだろうか？

＊＊＊

父とペトロフがマーチャーシュ・ラーコシ〔一八九二—一九七一年〕について語っていた。ユダヤ商人の息子で、五〇年代のハンガリーを支配した男。政府高官となった共産主義者の多くはユダヤ人だった。党首だったエルネー・ゲレーも、ヨージェフ・レーヴァイも、そして秘密警察の創始者であるガーボル・ペーテルも。今日のハンガリーで反ユダヤ主義がこれほど猖獗を極めている原因の一つは、ここにある。与党が街頭で行っている宣伝や、インターネットのフォーラムでなされている反ユダヤ的主張の主な論点は、ユダヤ人が銀行やメディアを支配しているだけでなく、戦後は「模範的共産主義者」であり続けた、というところにある。この「模範的共産主義者」というのは、現代における最も忌むべきレッテルの一つなのだ。

「ラーコシは史上最悪の犯罪者の一人だ」と父がペトロフに語っている。「カダフィなんて学校の生徒みたいなもんだ」。すると、また昨晩の寿司屋でのように怒りがこみ上げてきた。自分はいったいこんなところで何をしているんだ？　そもそもなぜこんなところにいるんだ？　この旅のためにいろいろ準備もした。祖父のファイルも読み込み、収容所に関するシャラーモフの文章も読み、〔イェルク・〕バベロフスキ〔一九六一年生〕のスターリン伝も読んだ。だが私は自分がなにかとんでもない思い違いをしているような気がしてきた。

シベリアまでやってきたのは、父に自分のことを気づかせるためだったのではないか？　そしてここまでやってきて、私は認めざるをえなかった。父はついに私という存在に気づかなかった、と。なぜなら私と父の間には、彼の視界を遮《さえぎ》るあまりにも多くのことが横たわっているからだ。共産主義、収容所、ラーコシ、軍服を着た我々の先祖たち。男性はサーベルを持ち、女性は深い襞の入ったスカートをはいている。それらすべてが我々の間に割り込み、レーニンまで微笑みとともにどこかそのあたりに位置を占める。父が私に気づかなくても無理はない。しかし、いちばん父の関心を引くのはスターリンだ。彼は手を振り、その力強い口ひげの端をつまみ上げる。「私のことを忘れ去るわけにはいくまい」と彼は私に向かって叫ぶ。彼の黄色い歯が見える。子供の頃やったように、高い塀から飛び降りることもできる。一〇代の頃やったように、髪を染めることもできる。昨日やったように、父を揺さぶることもできる。だが、スターリンは正しい。スターリンより父の心に迫ることなど私にはできない。

シベリアに来る数週間前、父と電話でかわした会話のことを思い出した。その日は一日中、ハンガリーが共産主義に対して蜂起した一九五六年の暴動についての映画をやっていた、ということだった。今では毎年この日は祝日になっていて、パレードや記念のイベント、レクチャーがあり、人々は花輪を供え、蠟燭を灯すのだ。「民衆蜂起は、私の人生の中でいちばん重要な出来事だった」と父は語った。そして一日中家の居間で、郷愁にふけるのだ。そしてこう付け加えた。「私は内面で泣いているのだ。おまえにはわからん」

「もちろんわかるさ」と私は応え、自分が父のことを思っていることを示した。「これで少しは気分がよくなった？」

だが、このペトロフのオフィスでは、私は本当に理解できなかった。もし一九五六年の蜂起が人生でいちばん大切だというなら、私は何位なのだろう？　弟は？　四位か、五位か？　あるいはトップテンにも入らないだろうか？　テニスの選手が調子の悪い年にはトップテンから落ちてしまうように。あるいは一九四八年の共産主義者たちによる政権奪取よりは上に来るだろうか？　ブダペスト爆撃より下か？　それともスイスへの移民という出来事と第三位を争うことになるのだろうか？

＊＊＊

ペトロフはファイルの書類をずっと見ていった。「恥ずべきことだ」と彼は言い続けていた。祖父はしばらくドイツ人医師の助手として働いていた、とファイルの書類は語っていた。彼は長い間衛生兵だった。「彼は一九五三年の秋に脱走しようとした」とペトロフが読み上げた。処分第九七番、第八四キャンプ、第二分所。祖父は逃亡を企てた廉《かど》で捕えられ、罰としてまる一ヵ月間を独房で過ごした。それはスターリンが死去してフルシチョフが党首になった年だ。戦争捕虜の多くが、このとき解放されたが、祖父はそこには含まれていなかった。ペトロフが説明してくれる。「収容所の所員に、自分がよき共産主義者である、ということを示せば、早く解放される可能性があったのです。マルクスを読むとか、『アンティファ〔反ファシスト〕』の教習に出るとか」。だが、その中には祖父は明らかに入っていなかった。ペトロフはまるで友達だったかのように祖父のことを「フェリ」と呼んだ。「フェリは収容所での最後の日々の多くを独房で過ごしたようです」。そう言いながらペトロフは月報をめくっていく。一九五三年の一一月。一九五四年の二月。このとき、ミニ・スターリンと呼ばれたマーチャーシュ・ラーコシは、すでに権力を失っていた。フルシチョフは、より穏健なイムレ・ナジ

〔一八九六―一九五八年〕のほうを好んだ。ドイツとオーストリアの首相であるコンラート・アデナウアーとユリウス・ラープは政治的圧力をかけ、ついに最後まで囚われていた捕虜たちを解放することに成功した。それは文書番号03-1875446に記録されている。日付は一九五五年一一月二〇日。「キットゼー、一九一五年生まれの捕虜、バッチャーニの件は終結」

本国送還前の数週間、彼はパンとソーセージとスープで太らされた。家に帰ってから、彼がひどくみすぼらしい状態で一〇年間を過ごさねばならなかったことを気取られてはならないからだ。帰りの列車の中ですら、家に帰ってからよき社会主義者であることを示さなければならないかもしれない、と思って、マルクスとエンゲルスの論文を覚え込んだ。祖父は〔かつての〕ハンガリーとウクライナの国境シゲトゥ・マルマツィエイにたどり着く。二万人のユダヤ人が、一〇年前、この町からアウシュヴィッツに送られた。今は赤十字のテントがいくつかあるだけだ。ロシアから帰還した人々は、まっすぐ家には帰らせてもらえず、まるでダイバーのようにまず休息し、ストレスから回復し、よく食べ、よく眠って、ようやく出発できる。一九五五年のクリスマス休暇の間、フェリは祖母に電報を打つ。「興奮デ死ヌコトナケレバ、明日昼、帰ル」

このとき父は一四歳になっていた。彼は数枚の写真以外、自分の父親を見たことがなかった。ストーヴの上で肉のスープがコトコト煮込まれている間、少年は母が小さな住まいを掃除しているのを見ていた。そして午後いっぱい、彼は待たなければならなかった。疲れ果て、もうテーブルで寝そうになっていた頃、もう暗くなった時分に、庭の門が軋《きし》むのが聞こえた。そして軍服を着て、リュックを背負った男が自分の前に立っているのを見た。

「私が誰か、わかるかね?」と、その見知らぬ兵士は彼に尋ねた。髪は残っておらず、ひどい歯をしていて、将来認知症の兆候を示すことになる男。死ぬまでずっと足に寒さを感じ続けていた男。

少年はうなずいた。

＊＊＊

祖父は、シベリアから帰還して数ヵ月後、一九五六年の民衆蜂起の混乱の真っ只中で、妻と子供を連れてハンガリーから亡命し、まずマルギットとイヴァンの夫妻を頼ってルガーノのヴィラ・ミータに行き、その後ラインラントでティッセン工業の代理人として働くことになる。六〇年代、七〇年代には、彼はかつての収容所仲間のうち結構な数の人々と会っていた。彼らはこの会合を「収容所ミーティング」と呼んでいた。ドイツのどこかで、ケーキを食べ、ビールやワインを飲む集いだ。その間、子供たちはカウボーイとインディアンごっこをし、妻たちは煙草を吸っていた。そして男たちは話し合う。「マイナス三〇度の日に、岩からアスベストを切り出させられたのを覚えているかね?」彼らは小声で互いにささやき合う。鮮やかな色をしたプラスチックのガーデンチェアに座り、居間にはテレビがあり、そしてゲルト・ミュラーがバイエルン・ミュンヘンのために毎週土曜日に得点していた。「熱があるように見せかけるために、どんなふうにスープをすすったか、覚えているかい?」

だが、祖父はしばらくすると退屈し始める。よくしつけられた子供みたいにあくびをした。「おい、フェリ、覚えてるかね?」いや、あんまり詳しいことはもう覚えていない。細部はぼやけてしまったし、地名も忘れてしまった。だが収容所仲間たち、かつてのドイツ兵たちは（彼らが戦争のときヒトラーのために何をやったかなんて誰にわかろう？）、祖父がそういう集まりに次第に行かなくなり、ある時点で完全に参加しなくなったのをあまり快く思わなかった。「おい、フェリ、いったいどこに行っちまったんだ？」

彼らは傷ついた。誰かが踊りの輪をはずれ、もう思い出そうとしないこと、あるいは思い出せないことで、まるで新しい戦傷を受けたようだった。祖父が完全に記憶を失う頃まで、その日常はこまごました反復でできていた。朝食のカリカリに焼いたパン。入浴。公園までの散歩。それらは過去の記憶をどこかへ押しやってしまうまで続けられた。

ある朝、手紙が来た。祖父はそれをゆっくりと開け、拡大鏡をとって、長い間読んでいた。そして禿げた頭を振った。サインにも見覚えがなかったし、書いてある内容にも覚えがなかった。その手紙は、こんなふうに始まっていた。「あなたは若いソヴィエトの兵士を覚えておられますか？」それは、かつてのロシア人エフィム・エトキントからだった。彼は、祖父を通訳にしたのだ。そして、ずっと何年も祖父を探し続けてきたのだが、最近たまたま祖父の住所を知ることになった、と書いていた。二人は会うことができたか？　数週間後、二人は向き合って座っていた。国際史によってめぐり合うことになった、二人の年老いた紳士だ。

「どなたですかな？」と祖父が尋ねる。

「エフィム・エトキント」

「まだ毛がたくさんありますな」

11

「まあ。卵に比べれば少しはね」

数ヵ月後、祖父は亡くなった。

12

その日の午後、我々はモスクワからエカテリンブルクに飛び、そこで収容所の痕跡を求めて四日間を過ごした。ガタガタの黄色いミニバスと、中国人のアーティスト艾未未（アイ・ウェイウェイ）みたいな運転手、そしてスヴェトラーナというユーモアを欠く通訳が道中一緒だった。ここ数年、この地域を訪れる人がだんだん増えている、と彼女は語った。イタリア人、フィンランド人、日本人。「皆さん、自分のお父さんやお祖父さんがここでどんな暮らしをしていたかを知りたいと思って来るんです」。外は雪が積もっていた。数メートルというほどではないが、それでもあらゆるものを包み込んでしまうのに十分なくらいの深さだ。「この季節としては寒さは比較的穏やかで、マイナス一五度くらいです」とスヴェトラーナは言った。「冷気が肺を傷めるので、息をするのが困難なときもあります」

エカテリンブルクはヨーロッパとアジアを分けるウラル山脈の中にある。シベリアの向こうの端、オホーツク海に面したマガダンまでは八五〇〇キロある。そこまでの中間には、ツンドラがあり、バイカル湖があり、果てしないステップが広がって、夏にはブヨだらけになり、冬は凍土に覆われる。

我々はレヴダと呼ばれる小さい町に入っていった。ここは祖父が一九五一年に囚人として数ヵ月を過ごしたところだ。「あまり見るものはありません」とスヴェトラーナが我々に言う。彼女は一度ここにドイツ人夫妻と一緒に来たという。シベリアの北のほう、森の中に、かつての見張り塔がいくつかあり、鉄条網の残りが今もある。「まるで人間が数週間前まで暮らしていたかのようだ」と、ある人が書いているのを読んだことがある。数日間も雪の中を歩き続けて、小屋とヘルメットを見つけた、という。シベリアの雪はあらゆるものを保存する、とその著者は書いていた。時代の空気まで感じられるようだった、と。

しかし我々の黄色いバスは、見張り塔ではなく、木の塀で囲まれた鶏舎のあたりに停まった。車から降りると、ぬかるみにくるぶしまで埋まってしまった。「お祖父さんはどこかこのあたりにいたはずです」とスヴェトラーナは言った。

「ここに?」

我々はこの塀の前に立つために何千キロも旅してきたのか? 父が咳をして、煙草を探している。彼はモスクワに着いて以来、また煙草を吸うようになった。不安なんだ。煙草屋からマールボロを数箱買って出てきたとき、父はそう言った。鼻に立ちのぼってくる鶏たちのひどい臭いの合間に、この咳と、喉の奥でグルグルいう音が聞こえて、私は小さい頃のことを思い出した。セーターの下のシャツのポケットに入ったマールボロ、銀紙を剝がす音。私は鶏舎を眺め、そこにいる栄養の足りていない数千羽もの鶏たちを写真に撮った。鶏たちは糞で汚れた止まり木に立って、互いの羽を突っつき合っていた。彼らは面白くもなさそうに小さな卵を産み続け、その卵もついにはバルコニーもないコンクリートのアパートの七階に住む人々のフライパンで焼かれる。

どこにも銘板一つ見当たらないことが、今さらながら奇妙に思えた。ここで過去に何が起こったかを示すものはなにもない。今では人々はここで暮らし、働き、子供をもうけ、結婚し、そして鶏を飼っている。かつて囚人たちが搾取され、殺された場所で。過去と未来の関連という主題はいつも私を魅了してきた。それこそ私がスイスであんなに求めていたものではなかったか？　スイスでは通りも、家々も、街角も、なんの物語も語ってくれない。何一つ大きくは変わっていないし、もし変わっていたとしても、それはよい方向に変わっているのだから。安定していて安全なこの年月は、スイス人があれほど自慢するものだが、人の心をいささか鈍《にぶ》くするところはないだろうか？　あらゆる変化が常に前向きで上向きであるというのは、どこか深さを欠いた話のような気もする。

ヴィーンやブダペストのビルの入り口についている、あの金属の銘板。ほんの数語で、そこで過去に何が起こり、誰が住み、誰がそこで亡くなったか、といった情報をまとめたあの銘板が、私はとても好きだった。それらの言葉が、今学校が建っている場所に、かつて野戦病院があったのだ、拷問部屋があったのだ、といったことを空想させるとき、私にはそのスリルがたまらなかった。ビルというのは過去からの時間の切れ端のようなものではないだろうか？　さまざまな沈降物が積み重なった土のサンプルは、それぞれの層が、その土地の過去の状態を示しているとは言えないだろうか？

「バスに戻ろう」と父が言って、アイ・ウェイウェイがエンジンをかけた。だが、私はその鶏舎から目を逸らすことができず、もう少しその場に止まっていた。そのうち男が空になったエサやり用の桶を持って出てきて、ここで彼らは何をしているのか、と我々のことをいぶかしく思うかもしれない。あるいはその男の名はシマノフスキといって、祖父のかつての見張り番で、祖父の熱を測り、そして祖父を何度も独房送りにした男の息子なのかもしれない。どうしてそうではないと言えよう？　人間用の施設も鶏の施設も、同じ家族がやっていてもおかしくない。アイ・ウェイウェイが指笛を鳴らし、バスに乗り込むよう手招きして、ようやく私はその場所から離れた。

最後の日にアスベストに行った。エカテリンブルクのウラディミル・モトレヴィッチ教授が同行してくれた。長年、彼はこのスヴェルドロフスク州にあった一〇〇ほどの流刑地について研究している。常に発掘し、墓を掘り返し、過去の痕跡を探し求めている。彼は、囚人たちの中で最もタフだったのはハンガリー人だった、と言う。彼らは、例えばイタリア人に比べて寒さに慣れていた。モトレヴィッチ氏は戦後、一九四六年から四九年にかけての食糧危機について話してくれた。「囚人たちの状況は地元の住人たちに比べればマシでした」。自分は地域の人々に喜ばれているわけではない、と教授は言う。なぜなら誰もがかつて何が起こったかを忘れたがっているのに、自分は歴史を浮上させてしまうからだ、と。「カニバリズムもありました」と彼はロシア語で語り、スヴェトラーナが訳す。その間、我々の黄色いバスは、雪に覆われた景色の中、氷の道を走っていった。「モトレヴィッチ教授は、子供たちが食べられることがよくあった、と言っています」。彼女が言いたいことを語り終える前に、教授は何千人もの人々が自殺した、と続ける。私は父を見て言う。「これ、どこまで続くんだろう？」

「地獄だって言ったろ？」

スヴェトラーナは、我々が驚いているのを見て、言った。「昔は状況は最悪だったんです。もちろん、今は違います。夏になれば自転車に乗って素敵なハイキングもできます」

「夏って、いつのこと？」
と訊くと、モトレヴィッチ氏は我々の顔を見て笑った。彼はロシア人だけに似合う、毛皮のついた大きな帽子をかぶっていたが、その帽子を脱いでしまうと彼に備わっていた威厳は多少失われた。スヴェトラーナは、田園地帯について、自然について、土地の食べ物について、際限ない賞賛を述べ始めていた。「それに、ここにはオーケストラだってあるんです」と彼女は言った。バスは、葉を落とした木々の林を抜け、巨大なパイプがまわりを蛇のように取り巻いている工場の間を走っていった。「それに、いい大学だって」とスヴェトラーナは続ける。バスは古い鉄道の平面交差の上で少々スリップしていた。

七万人にのぼるアスベストの人々の大半は、鉱山での仕事で生計を立てていた。ロシアの多くの街はそうなのだが、皆が同じ会社で働くというモノカルチャーの街だ。もしウラル゠アスベスト社が閉山すれば、何千もの人々が路頭に迷う。街の中心というものはなく、何本か街路があるだけで、そこに立つのはほとんどが工場の建物であり、そして世界最大の野外アスベスト鉱山がある。それは三〇〇メートルの深さで、一一キロにわたるクレーターであり、そこに掘削機とクレーンが立ち、巨大な傷跡を削り、日々生産物を中国やインドに売りさばいていた（アスベストの使用は、ヨーロッパでは現在禁止されている）。その繊維質は、人間の肺の小部屋に入り込み、長い年月のうちに小さな瘤を作ってしまう。

アスベストの人々は、なにもかも覆い尽くす埃について話していた。窓ガラスも、庭に干してある洗ったばかりのリネンも、黒スグリも。彼らは、つらい咳が止まらないとこぼしていた。アスベストという物質は、今では「白い錐」として知られている。引退した労働者は「工場の空気は埃っぽくて、自分の手が見えないほどだ」と話していた。別の人は肺を病んでいる、と言っている。煙草など吸ったこともないのに。それでもここを離れるなどということは彼の頭には一度も浮かばなかった。ここを去って、どこに行けばいいというのか？

祖父は一九五三年の夏の終わりにここに来た。収監記録によれば、祖父はそのとき心理的な問題を抱えていたようだ。「神経が閉ざされた。自分が弱々しく、病気だと感じる。こんな状態では、どんな仕事も私に死をもたらすだろう。自分で自分を破壊しているように感じる。療養が必要だ」。だが誰もそんなことは気にとめなかった。この囚人は働く能力を保持している、と記録には書かれている。季節に適した服が与えられ、そして彼は鉱山に連れられていった。ファイルには、彼が正確にどのような仕事についたかまでは書かれていない。モトレヴィッチ教授は、現在では機械がやっている仕事のすべては、当時は戦争捕虜によって行われており、彼らの多くは、この仕事とそのひどい労働環境のせいで死んだ、と語った。

教授は、アスベスト市の近くに、いくつかの墓地を見つけ、そこにはドイツ国防軍の将軍六人の墓も含まれていた、と言う。収容所の事務局は、彼らの死を詳細に記録し、書き留めていたが、それは最終的には「極秘」のスタンプを押され、内務省の文書館で保管されてきた。アスベスト市民は、ここでいかに多くの人が死んだかを知って、ほとんど信じられなかった、とモトレヴィッチ氏は語った。彼は今やまた帽子をかぶっていた。市民たちは取り乱した。どうやって、そんなことが可能だったのか？　我々の目の前でそんなことが起こりうるのか、と彼らは訝《いぶか》った。ユダヤ人の虐殺など見たこともない、と語った（ほとんどが老人の）レヒニッツの人々と同じように、シベリアの人々も自分たちが小さな家で過ごしている間、白昼、何が行われていたのかを知って驚いたのだ。

私も自分に問いかける。いったい人々はどうやったらそんなに盲目になれるのか？　一つの国民全体が目をつむってしまうなどということがどうして起こるのか？　だが、それは現代とどれほど違うのだろう？

＊＊＊

記録ファイルによれば、祖父は一九五三年の冬にも脱走を試みたらしい。彼はリュックサックにパンとソーセージを詰めているところを見つかり、捕まった。彼は白状しなかったが、あらゆる証拠が彼の有罪を示している、とすでに記録簿ではおなじみのシマノフスキ少佐が書いていた。私はその文を父に読んで聞かせた。フェリが逃げようとした、ということを知って私は嬉しかった。また、いくつかの記録は、彼が自分をハンガリー人ではなく、オーストリア人だと当局に信じ込ませようと試みたらしい、ということを示している。ほとんどの自分の資産は現在のオーストリアの領土にある、と彼は書いていた。オーストリア人なら、多少はマシな扱いをしてもらえるし、家にも早く帰れるかもしれない。だが、彼の主張は却下された。それが彼の行動をより過激なものにしたように思われる。彼は食物を自分のためだけではなく、他人のためにも盗んだ、と一九五四年四月のファイルには書かれている。彼は一九五四年五月には衣服が粗末なことを訴え出ており、日曜には働くことを拒否した。「私はカトリック教徒であり、私の信仰では日曜は休息の日である」。一九五四年冬からは、ほとんどずっと独房に入れられていた。それは暖房もなく、陽も差さない窮屈な部屋だ、とモトレヴィッチ氏が語ってくれた。捕虜バッチャーニは（と書いているのはシマノフスキではなくクズネツォフという人物だ）、働かず、自分のノルマをこなさなかった。「彼は他の隊員に悪影響を及ぼす」

「素敵だ」と私は父に言った。「彼は抵抗してるんだ。なにもかも受け入れるんじゃなくて、ちゃんと自衛したんだ。臆病者じゃなかったんだよ」

「あの時代に、何が素敵だったっていうんだ？」と父は答えた。父はその朝、ずっと静かなまま車に座っていた。時折、スヴェトラーナとあたりさわりのない話をしたが、ほとんどの時間はじっと窓の外を見ていた。

我々はアスベスト郊外の荒廃した一角を訪れた。教授が、かつて看護婦をしていて、戦争捕虜たちの面倒を見たという九〇歳過ぎの老女を知っていたからだ。タチアナ・ヴォダモニアは震える手で拡大鏡を取り出し、ファイルにあった祖父の二枚の写真の上にかざして見た。私たちがいたのは彼女の小さな住まいだ。彼女は祖父のことを知っているだろうか？　祖父の面倒を見たことがあるだろうか？　あるいは祖父と一緒に働いたのではないか？　祖父はここで衛生兵として働いたのではなかったか？

彼女はまず一九四五年の健康な若者だった頃の祖父の写真を見た。そしてもう一枚、収容所の囚人で、病人になった人物の写真。「自分で自分を破壊しているように感じる」と祖父は書いていた。私は記録の中にあったこの言葉が頭から離れなくなっていた。

　だがタチアナは祖父のことを知らなかった。その代わり、彼女は全然別の中隊の話をしてくれた。解放され、絶望した男たち。村の女たちは彼らのことを気の毒がったが、でも彼女たちにどうすることができただろう？　彼女たち自身も空腹だったし、ほとんどは独り身だった。夫たちはスターリングラードか、あるいはその他の戦いで亡くなっていた。

「捕虜たちは一日に一二時間働かなければなりませんでした」とタチアナは言った。だが、最悪なのは寒さだった。「小屋には小さな木を焚《く》べるストーヴがありましたが、そのストーヴのすぐ隣に座らないと暖かくならないのです」。捕虜たちは、食べ物の空き缶で「コリムカ」と呼ばれる小さなパラフィン・ランプを作った。それで小さな火を灯すと、酷い臭いが充満した。「寝床も本当に寒くて、朝には髪が枕に凍りついているのです」。そして戦争捕虜とロシアの女性との間のいくつかの話もしてくれた。ドイツ人の何人かは、自由になった後も、彼らの自由意志でこの地にとどまり、家庭を作って、ウラル＝アスベスト鉱山で働いたという。

　午後、私たちは雪の中を車で引き返した。モトレヴィッチ氏は収容所の古い地図を持っており、窓の外を指して言った。「このあたり、鉄道の近くに第八四収容所があったはずです」。私は祖父の資料のコピー、尋問書、地図、医療記録などが詰まったファイルを膝に抱えていた。そういえば祖父が手に怪我をしたのは「軌道敷設の現場だ」と書いてあったはずだ。「ちょっと止まって」と私が言うと、アイ・ウェイウェイは車を止めた。我々の黄色いバスは道の真ん中でワイパーを動かしたまま止まったが、そのワイパーは左右に動くたびに、疲れて歳をとった馬がぜいぜい喘《あえ》ぐような音を立てた。窓は曇っていて、露を袖で拭うと背の低い樺《かば》の木が見えた。雪は深く、小屋や独房や監視塔など跡形もなかった。驚いたことに、あんなに一日中疲れた顔をしていた父が、スライドドアをこじ開けて、寒風の中に出ていった。

「どこに行くの？」

「このために来たんじゃないか？」

「でも、ここじゃないかもしれないよ」。だが彼はもう坂になった道に降り立っていた。彼は滑って転んだが、すぐに立ち上がってズボンの雪も払わずに進む。私はあとを追ったが、まあすぐに戻ってくるだろうと高を括っていた。枝が顔をひっかくかもしれないし、雪が靴に入るかもしれないし、それにこの寒風だ。今にそういうものがいまいましい、と言い出して、バスに戻るだろう。こんなところで二分も我慢できまい。だが、彼はどんどん進み、若い木々を抜けて、空き地のようなところに出た。「ここにいたんだ」と父は言ったが、その顔つきはいつもと違っていた。目は大きく見開かれ、口元には子供のような喜びが見て取れた。背筋を伸ばして、雪の中をずんずん進み、いつのまにか彼はいつものように内向的ではなくなっていた。父がこんなに生き生きしているのを見たのはいつ以来だろう。

　我々は鉄のパイプが地面から伸びているのを発見した。それは錆びついていた。私はもうバスに帰りたかったが、父はこう言い出した。「これはトイレだったんじゃないか？」

「トイレ？」と私は繰り返した。「彼のトイレを発見したっていうの？」

　父はうなずき、生き生きした目で私を見た。

閉じこもりがちで、寒い寒いと言っているのは、今では私のほうだった。その間にも父はまた新しいものを見つけて、手にしていた。古い木の切り株の一片だ。彼はまるで木の専門家ででもあるかのようにそれを仔細に観察して言った。「少なくとも何十年か経ってるな。彼はこの木に触ったかもしれないよ」。そして父はその切れ端をジャケットのポケットにしまい込んだ。私にはほとんど信じられなかった。「ベッドの横にでも置くことにするよ」と父が言うので、私はうなずいた。そうしながら、先日、あのペトロフのオフィスにいたときと同じようにやるせない思いが込み上げてきた。どうしたらいいか、わからなかった。それで、同じように枝の切れ端を拾い上げてみたが、妙な気持ちがしただけだった。父はまた新しいことを思いつき、小山になっているところに登って、そこから木々の陰に何か見つけられないかとあたりを眺めていた。「記念碑かなにかを建てるべきだな」と父は言った。私のほうは、寒さでもう感覚がなくなった爪先のことを考えていた。父は、この雪に埋もれた樺の林にまだ全然興味が尽きないようだった。

魔術が消え、父がまただらりとしてしまうまで、我々はそこに半時間ほどもいた。まるでドラッグの効き目が失せるときのようだった。我々はスヴェトラーナとアイ・ウェイウェイと教授が待つバスまで、黙って戻った。

すぐに日が落ち、父は高速に入るまでにもう眠り込んでしまった。手を両足の間に挟んで、まるで子供のように見えた。このところずっと私につきまとっていた怒りは失せていた。私は、父があんなに生き生きして好奇心に満ちているのを見たことがなかった。孫が生まれたときも、私の結婚式でも、あんなことはなかった。この林が、あのトイレが、そしてジャケットにしまい込んだあの一片の木切れが、私がやってきたどんなことより、彼に生気を吹き込んだのだ。

私はシベリアまでやってきて、自分が国際史、つまり父の心に引っかかっているあの戦争にはかなわないということを学ばねばならなかった。もう腹は立たなかったし、彼に向かって怒鳴ることもない。事態はもっと悪い。スターリンは、おまえの家族からまず土地を奪い、そしておまえの祖父を封じ込め、その後でおまえから父を奪ったのだ、と私は自分に向かってぶつぶつ呟《つぶや》いていた。

翌日、父と私は帰国した。陽が差して、空港までの道ではバスの窓に氷が輝いていた。スヴェトラーナは別れを述べ、そしてすべてのものが花開く夏にまた来るように、と言ってくれた。私たちはまた来るよ、と言ったが、でももうアスベストに来ることはないだろうと思っていた。モスクワではさらに二日過ごしたが、私たちは荒野から帰ってきたように感じられて、もうなにが起こってもビクともしない、という気になっていた。昼前から私たちはウォッカを飲み、ロシア人のように煙草をふかし、何日か前にはあれほど戸惑ったスイングドアももう今では平気で押し開けることができる。喧嘩をすることもない。あれこれについて語り合う。もうお互いに磁石みたいに斥け合ったりしない。そしてミュンヘンまで飛び、お互いの家へと飛行機を乗り換えた。父はブダペストへ、私はチューリヒへと。

手記Ⅴ

アグネス

ブダペストに戻って、幾晩か私は難民キャンプで過ごしました。私のように、どこに行ったらいいかわからない人々がそこに集まっていました。かつての生活を探し求め、そして見つけられなかった人々です。しばらくすると私はそのキャンプで働きさえしました。毛布を配るという仕事です。なにかやることがある、というのはよいことでした。でも、すぐに肝臓炎で寝込みました。私は一人ぼっちで、面倒を見てくれる人はいませんでした。病院に連れていかれ、そこで看護してもらって、しばらくすると病気は治っていきましたが、それでも私は気分が優れませんでした。ある日、看護婦がやってきて言いました。「あなたが何を必要としているか、知ってるわよ。あなたは寂しいのよ。誰も話しかける人もいない。廊下にいるあの人を見てごらんなさい。彼はポーランド人よ。あの人もあなたと同じようにアウシュヴィッツにいたの。肺に水がたまってここにいるんだけど、彼も独り者なの。あなたのためになると思うから、話しかけてみたら？」その肺に水がたまっているポーランド人が、のちに私の夫になりました。

私たちは大部分の時を一緒に過ごしました。彼は熱心なシオニストで、他の人がパレスチナに行くのを手伝っていました。もっともイスラエルという国家はまだありませんでした。彼は時々数日間、町を離れる必要がありましたが、いつも戻ってきました。五人の兄弟と義理の妹がいましたが、家族全員が収容所で亡くなっていました。奥さんと子供も含めてです。彼は私と一緒にイスラエルに行って、新しい生活を始めたかったようですが、私のほうがまだ決心がつきませんでした。両親がもう生きていないことはわかっていましたが、だからといってハンガリーを永遠に去るということになるのでしょうか？　誰か両親のことをよく知っていた人が現れて、二人がどんなふうに亡くなったかを話してくれる、というようなことはないのでしょうか？　それで私はあちこちで訊いて回りました。自分でも正確には何を求めているのかわからないままに。そして自分が気が違ってしまうのではないかと恐れていました。ですが、最終的に私は、そのポーランド人と一緒に生きていくことにし、昔から知っていたラビに結婚式をあげてもらいました。

ハンガリーを離れるのは簡単なことではありませんでした。そのときまでに国はロシア人に支配されていたからです。私たちは書類をでっち上げ、そして最初にフィウメに行き、次にミラノに行き、そしてトリノの近くの小さな村に行きました。そこで彼の家族の残りの人たちが古いパラッツォで私たちを待っていたのです。私たちは自由になりました。でも、なにもかもが不確かに感じられました。

マリタ

ゴガはだんだん弱っていった。ある晩、私は彼女の痛みを和らげようと睡眠薬を飲ませたが、彼女は翌朝意識が戻らず大変なことになった。手助けしてくれる人が、農場の荷車に干し草を敷き、二頭のよぼよぼの牛にそれをくくりつけた。いちばん近い病院は九キロ先だった。死にかけの老女をこの即席の寝台車に運び上げ、そして出発した。石だらけの、でこぼこ道を進むと、ゴガの体もひどく揺すられ、そうしながら彼女はあの世に旅立っていった。彼女とともに、私がかつて属していた世界の最後の輝きも失われた。

それからすぐに私たちはまた引っ越さなければならなかった。共産主義者たちがその狩りの小屋まで取り上げてしまったからだ。私たちはここにようやく落ち着いていたというのに。彼らは私たちを世界の端っこのような小さな村に追いやった。私たちは二つの農場で別々に暮らすことになった。両親は農家の二部屋に住まわせてもらうことになった。そして、よりによって、母がキッチンで眠ることになった。私と息子はある家族と同居することになったが、彼らは私たちに特に好意的なわけではなかった。牢屋にいるように感じたし、実際それは牢屋だった。

もちろん夫が置かれている捕虜の状態とは比べものにならなかったが、我々も同じように未来の展望を奪われていた。ただ森だけが、隠れ家になり、慰めになってくれ、そして私たちに薪を提供してくれた。政府に雇われた林務官は私たちを日雇いとして雇用した。ほんの数年前まで、そのあたりの土地はすべて私たちのものだったというのに。

アグネス

私たちはしばらくそのイタリアの村に住むことになりました。旅は途中で中断されたのです。ですが、ある日、青天の霹靂のように赤十字から電報が来て、私の弟が生きていることがわかりました。

嬉しさで我を忘れました。「弟がどうしていたかわかるまではどこにも行けない」と私は宣言しました。そんなわけで、私たちの道はまた二つに分かれました。夫の家族たちはパレスチナに向かい、私たちは元の場所に残りました。ですが、イタリアでの暮らしも楽ではありませんでした。失業者が多く、警察は詮索好きで、いつも私たちのまわりをうろつき、私たちが何をしているのか知りたがりました。三年がそんなふうに過ぎました。そして結局、私たちは待ち疲れ、弟に私たちと一緒に来るよう説得することもできませんでした。私たちはアルゼンチンの領事館に行ってヴィザを出してもらい、しばらくして南米行きの船に乗りました。

夫の叔母がブエノスアイレスにいて、私たちを引き受けてくれたのです。私たちはほとんど何も持っていませんでした。服を少し、古いマーガリンの箱に縫いつけてあった私の両親の写真、そして夫がアウシュヴィッツから解放された日に看守から取り上げてきたベルトくらいです。私たちはブエノスアイレスでタクシーに乗り、すぐに街中に飲み込まれました。一九四八年のことです。

弟は私たちについてこようとはしませんでした。彼は結婚し、人生の残りをハンガリーで暮らしました。彼は社会主義の政府で重要な地位に就いていました。彼は収容所でのことを妻や子供たちには一言も話しませんでした。そして若くして四九歳で亡くなりました。

マリタ

世界の果てのような村での生活は、そんなふうに過ぎていった。森で働き、息子がいて、時々散歩し、両親と夕食をとる。それ以外にはなにもない。母はもともと不機嫌な人だったが、今ではほとんど話もしなくなった。父は無口で、私はどうしたら気分がよくなるのかわからないままだった。だから私たちは暗い家族だったと思う。皆、内にこもっていた。ほんの時々、新鮮な空気を求めて外出し、人生を味わった。つまり、ほんの一時にせよ、かつて戦争の前にそうしていたように、会話し、歩く。だが、すぐに私たちは引き返し、自分たちの軽薄さを恥じた。そして私たちはそれ以来、モグラになったのだ。

ある晩、遅く帰ってきたときのことをよく覚えている。寒くて、息子はもう眠っていた。薪がほとんどなかったので、私は家の外で見つけた枝を何本か暖炉に焚《く》べた。その匂いは、昔のこと、かつての狩りのパーティのこと、ラム酒、そして女性たちの白粉《おしろい》のことを思い出させた。それで私はペンと紙をとり、それら思い出したもののすべてを細々と書き留めた。疲れ果てて、何を書いたか読み返した頃には夜が明けてきた。それで私は書きつけた紙を全部、もう消えかけている火床に焚べてしまった。結局のところ、それはとりとめのないものにすぎなかったからだ。それが一九五五年のこと。私は一〇年以上も夫に会っていなかったし、息子はいつしか痩身の若者になっていた。

その間に、私はかつて持っていたものをすべて失っていた。家も、故郷も、国も。私はもうすべてがここで、この小さな村で終わるのだ、と諦めていた。だが、それから奇跡が起こった。フェリから電報が来て、もうすぐ家に帰ってくるという。それから一年ほど後、ロシア人に対する蜂起が失敗に終わった後、一九五六年一一月には私たち三人はハンガリーを離れた。それから何年も経って国に帰ってきたときには、過去はなにも残っていなかった。私の幼年時代は、東側のコンクリートの瓦礫の下か、あるいは西側の廃棄物の下に埋められてしまった。永遠に失われたのだ。どこか忘れられた道の曲がり角の向こうに。

アグネス

ブエノスアイレスに到着して一七年後、私たちは初めてハンガリーに戻る旅をしました。貯金全部をはたいて飛行機代にしました。それまでずっと両親のことが気にかかっていました。私はずっと両親がどんなふうにどこで死んだのか知りたいと思っていましたが、その答えを知るのはずっと後のことでした。私の八〇歳の誕生日、夫が亡くなってずいぶんしてから、娘がプレゼントに何がいいかと尋ねたので、私はハンガリーに帰って自分の村をもう一度見てみたい、と言いました。その旅の準備をしながら、私は新聞、本、記録など、手に入るあらゆるものを読み始めました。あるいは何らかの手がかりがあるかもしれない、と思って。

そしてわかったのは、近隣の村々から集められた三〇〇人のユダヤ人がゲットーに押し込められ、そこに両親もいた、ということでした。私は娘にこう言いました。「シャーロシュドに行くのはやめて、このゲットーがあったところに行きましょう。すぐ近くのシャールボガールドというところよ」。そこに着いて、町役場に行き、一九四四年、ここでユダヤ人たちに何が起こったかを問うてみました。若い女性が私たちのために書庫に降りていき、古い書物を持って上がってきました。私たちの苗字と日付が目に飛び込んできました。一九四四年七月一日。父は朝五時に自害し、母は同じ日の夜一一時に命を絶ちました。毒をあおったのです。父はそのとき四七歳でした。母は四四歳でした。

その後で、私たちはユダヤ人墓地に行きました。墓を探しましたが、見つけられませんでした。ですが、名前も日付も書かれていない古い石を見つけ、「これにしよう」と娘に言いました。「両親はここに埋められて、私たちはその墓を見つけたことにするわ」。そして墓の前に立って、写真を撮りました。そして、こう言いました。「もう行きましょう。二度とここに帰ってくることはないよ」と。

13

シベリアに行った次の夏、私は数週間、無給の休暇をとった。友人の一人がカナダに行くので、その間、彼の部屋を寝たり書いたりする場所に使えばいい、と言ってくれた。「なんでもやりたいことに使えばいい」と言って、彼は鍵を手渡してくれた。それで突然、私は新しい部屋の主となった。床は歩くと軋《きし》んだが、じっとしていればそこは信じられないほど静かで、子供も叫ばないし、電話も鳴らないし、締め切りもない。別の人生に放り込まれたかのようだった。世俗から切り離されることを目的に孤独な森の小屋に行く人がいるが、私の場合、チューリヒの怪しげな一角にある二部屋の住居で同じことをしたわけだ。それも午後遅くまでで終わり。その後、私は自転車で子供と妻の元に帰り、パスタを作り、洗面台に残った干からびた歯磨き粉を掃除し、夜中に床で決まって二匹のゴムの恐竜を踏みつける。子供のどちらかが泣いているので、何が起こったのか見に行かなければならないのだ。

だが、それ以外の時間は、ここ数年で初めて自由にしていいことになった。そして、ついにレヒニッツやロシアに行って以来ため込んでいた本や記録やファイルやノートを読んでみた。考え、書き、コンピュータに文をいくらか打ち込んだ。だが、数時間もディスプレイを見ていると、たいていなにもかも嫌になって、コーヒーを淹れに立ち、本を取り上げて読むのかというとそうでもなく、窓に映った自分の姿を見たりしていた。自分がこの見知らぬ部屋にいて、あたかも読書しているようにふるまっているのが見えた。でも、実際は読んでなんかいないのはわかっていた。私はいったい誰を騙そうとしていたのだろう？


「今日、君が話しているのを聞いていると、君には男性の役割モデルがないんだ、と気づいたよ」とダニエル・シュトラスベルクは言った。私の精神分析医だ。それは再び水曜日のことだった。いや、ひょっとしたら金曜日だったか？ 他の人ならフィットネス・スタジオに行くような昼間のことだ。私はもう何ヵ月も彼のカウチに寝そべりに来ていた。その二時間は、もう私の一週間に溶け込み、日常生活の一部となり、私たちの実験は機能し始めていた。私の当初の問い、つまり過去は私に何を残したのか、という問いに満足のいく答えが出るまで、もうそんなにかからないだろう、という気がしていた。もちろんレヒニッツも、マルギット伯母も、まだ宙ぶらりんではあったが、それでもそれらはもうどこか遠くに行ってしまい、時々シャボン玉のようにどこからか現れて目の前を漂ったりもするが、すぐに弾けてなくなってしまうようになっていた。

「男性であるとは何を意味するか、という問題なんだよ」

「そうですか？」と私は答えた。その診察のとき、私はまず祖父のことを話し、彼との関係、彼がシベリアの収容所にいたこと、そして彼のロシア時代が父にどんな影響を与えたかについて話した。

「男性が弱い家族なんだよ」とシュトラスベルクは続けた。

また私は黙っていた。私はイライラし、傷ついていた。誰がそんなことを水曜の昼間に聞きたいと思うだろう？　太陽が小さな窓から射し込み、埃が舞っているのが見えた。本棚に大きなお尻と分厚い唇をした小さな木像が置かれていた。診察室を整えたときに彼が置いたのだろうか？　彼は自分のカウチに寝そべってみて、ここに寝るとどんな感じがするか確かめたことはあるのだろうか？　たぶん夕方遅くに、ここで寝たりもするのだろう、という気がした。彼も奥さんと喧嘩したら、ここにこもってパイプをふかし、本を読んだり考え事をしたりするのだろう。どこかにきっとコニャックの瓶もあるはずだ。

「別の言い方をすると」と彼が続ける。「家族の中で唯一、君が男性的なもの、つまり権力とか財力とかセックスとか強さとか暴力といったものと結びつけて見ていたのは、マルギットだけ、あの怪物的な伯母さんだけだったんだ」

「マルギット伯母？」驚いて私は答えた。彼女の名前は、もう何週間も出ていなかった。私は彼女のことを忘れていた。仕事や子供など、他のことのほうが重要だったのだ。「じゃあ、僕の唯一の男性的役割モデルは女性だったということ？」私はまだ木像を見ていた。「そして、よりによって、マルギットだったと？」

「そんなところだよ」

私は黙っていた。

「悪いね」と彼は言った。「妙な言い方だったよ。でも言いたいことはわかるだろ？」

「わかりません」と言ったが、もちろん私にはわかっていた。そんなことは、とっくにわかっていた。自分自身、父、祖父、そして私の子供たち。しばらく黙った後、私はまた話し始めた。「週末によく山に出かけたんです」

「うん？」

「家族のハイキング。みんないつもやってるでしょう。でも、うちの場合はうまくいかない。僕は抑制がきかなくなって、息子を殴ったりするんです」

シュトラスベルクは答えなかった。

「なぜかそんなことになっちゃうんです。よく言うでしょう、手が勝手に動いちゃうって。本当にそうなんです。息子は、子供のおもちゃみたいに、目を見開いて私を見つめました。『僕をぶった』と唇を震わせながら息子は言いました。そして、しまいには泣き出した。あんなにひどく泣く人を見たことがありません。大きな涙が目から溢れ出た。息子がそんなふうにしているのを見ると、いつもひどくこたえます。それで私はどうしたか？　ごまかそうとしました。『そんなことないよ。殴ってなんかいないよ』と私は言いました。まず息子を殴り、後でそれを否定する？　ひどい話です」

私はシュトラスベルクがなにか言うのを待っていた。できれば励ましのような言葉をかけてくれるかと思ったが、なんの返事もなかったので、私は先を続けた。

「それで息子を抱き上げて、すまなかったと言いました。妻のところに行って何があったか話しました。妻の前で自分が子犬になったような気がしました。妻は、自分の子供を殴り、それからそんなことしてないって言うなんて、なんてひどいことを、と言いました。確かに彼女の言うとおりです。僕たちのまわりは、幸せな子供たちがいる幸せな家庭だらけでした。もう耐えられない。自分に、自分の姿に、自分のジョークに我慢ならなかった。自分という存在の内側にいるのがもう不愉快でたまらなくなった。わかりますか？　自分の声を聞くことにも耐えられないので、何を言うこともできない。フィットネス・センターで壁の鏡を見ながらダンベルを上げている自分を見ているように、自分のことを外側から観察していて、しかも自分のことを憎んでいるんです。僕はティーンエイジャーみたいにひどいことをしたけれど、自分でもその日はどうしたらいいかわからなかったんだ。ああ、でも僕は何を言ってるんだろう？」

シュトラスベルクはまた黙っていた。

「あなたが強さが欠けているということを話していたとき、突然自分の暴力のことが思い浮かんだんです。どうしてだろう？　僕は疲れてたり、機嫌が悪かったりすると、子供に怒鳴りちらしている。子供たちは、ただ遊んでほしくて家の中を走り回っているだけなのに。面白がってベッドの上で跳ねたりしてるだけなのに、僕はイライラのたまった年金生活者みたいにそれをやめさせる。『いくらすると思ってるんだ？』　子供たちがなにかを壊したりすると、怒鳴りつけ、可愛い瞳を睨みつける。すると子供たちはクスクス笑って逃げてしまう。僕は子供たちにどんなお手本を示すべきなんだろう？　示すべきものなんてなにもない。その空虚さが僕をイラつかせるんです。何言ってるかわかりますか？　ある午後、一四歳の頃に、友達と雪の中を外出しました。プールに行くのにバスに乗り、喧嘩になったんです。その年頃の子供ならよくあることです。帽子を床に投げ捨て、お互いに水着の入ったバッグで殴り合いになりました。僕は椅子から押し出されて、年配の男性の脚の間に投げ出されました。すると、その男性が私の頭を脚で挟み込んだのです。よく覚えています。彼の靴の匂い、土と革の匂い、そしてバスの暖房の熱気。必死で逃れようともがきましたが、男は脚を締めつけて離そうとしませんでした。僕は叫んだり、助けを求めたりせず、ただおとなしくなった。男のほうは一言も発しなかった。黙ったまま僕を痛めつけたのです。男はあらん限りの力で挟みつけました。男の筋肉が軋むのを感じたほどです。そして友達が『もう来いよ！』と叫ぶのが聞こえました。友達は僕が何と戦っているのかなんてわかるはずもなかった。バスが止まり、なんとかフランネルのズボンを通して彼のふくらはぎをひっかき、ようやく逃れることができました。そしてドアが閉まる前にギリギリでバスから飛び降りました。耳も、そして顔も真っ赤になっていたんじゃないかと思います。あの靴の匂いを忘れることができません。それは今でもずっと鼻の奥にとどまっています。でも、なんでこんな話をしてるんだろう？」

シュトラスベルクはそれでもまだ何も言わなかった。私も黙っていた。ずっと走ってきたみたいに息があがっていて、木像を見上げた。「なんてことだ、僕はその男みたいなんだろうか？　あの静かな暴力を行使した男のような？　どうしたっていうんだろう」

沈黙。

「子供部屋のナチだ」と私は独白した。

14

ある日、友人のマンションで机の前に座って、私は祖母のくすんだ緑のフォルダを取り上げてみた。祖母が亡くなってから父にもらったものだ。それは開けられないまま二年間も机の中に眠っていた。祖母の手書きの原稿を読み解くのがひどく億劫だったのだ。最初のほうには、狩りのこと、射撃のこと、農民たちと野うさぎのことなどが書かれていて、あまり興味をそそるところはなかったが、別の話に惹きつけられた。そこでは彼女の語る声は、強く、しっかりしていて、諦めやかよわさは消えていた。自分について、両親について、そして戦時中のハンガリーで起きたことについて語るとき、祖母は何をなすべきかわかっている人の語り口になった。なにものかが彼女をせき立てているようだ、ということは私にも読み取れた。

フォルダには何百ページもの原稿があったが、ほとんどは手書きで、しかも次の紙片に話がつながるわけではなかった。どこから始めるべきかもわからず、私は途方に暮れてしまった。文章全体に×がついて消されていたりする。明らかに彼女は何度も何度もこれを見直したのだ。コメントを加え、感嘆符をつけ、どれかわからないページに関連づけられた小さな星印が書き込まれている。コンピュータの文章なら、最終版に至るまでの道筋はわからないが、ここではすべてが開いた傷口のようだった。適切な言葉を見つけ出し、正確さと真実を語るための格闘、彼女の絶望や怒り、それらはみんなこのページの上にあらわになっていた。時々彼女が自分の文章を読んでいて思いついたことがページの余白に書かれている。それらの付け足しは見直されたりせずに、思考と競争するように書かれている。そのことはその走り書き風の筆跡でわかる。彼女は決して満足しなかったのだ。

私は紙片を床に並べ、机のところからバスルームまで、さらには台所まで並べていった。白く、罫線もない紙が、長い蛇のように並ぶ。その蛇の頭はどこにあるのかと探してみた。ある種の順番があるはずで、話の冒頭はどこかと探ったのだ。ジグソーパズルを始めるときに隅っこ、角を探すように。だが見つかったのは名前だけ、マンドルという名前だけだった。そして、シャーロシュドの城館の中庭で、一九四四年の夏、ある午後に起きた出来事の描写。このとき、ドイツ軍はハンガリーに進軍し、アドルフ・アイヒマンはブダペストのアストリア・ホテルを接収し、そこを中心にして数週間でマルガレーテ作戦が実施された。ハンガリーの制圧と、ハンガリーのユダヤ人五〇万人を収容所送りにする作戦だ。

＊＊＊

「祖母の手記のことはお話ししましたっけ？」と私はシュトラスベルクに尋ねた。いつものように彼の診察室のカウチに寝て、天井を見つめながら。

「いや」

「何年か前に譲り受けたんです。でも、まだ読み始めてもいなかった。たぶんお年寄りが書いた他愛ない回想録の類だろうと思い込んでいて。でも祖母はもうちょっと大規模なものを書こうとしていたみたいです」

「もうちょっと大規模なもの？」

「彼女は本を書こうとしていた。告白の書を。亡くなる前に、父に全部燃やしてくれと頼んだのですが、父はそうしなかった。私がその手記を読む最初の人間なんです」

「彼女は何を書いてるんです？」

「彼女の人生。子供時代。一九二〇年から一九五六年までのハンガリー。かなりの土地を所有する貴族の娘として育ったこと。中庭のある城館に住み、執事がいて、女中がいて、フランス語の家庭教師がいて、御者がいた。そして戦争が起こり、その村、シャーロシュドにも及ぶ。戦争がすべてを変えてしまう。ハンガリーはドイツの同盟国になり……」

「知ってるよ」

「ユダヤ人がまとめて強制収容所に送られたり、あるいはドナウの冷たい水に溺れさせられた。貴族はそれに比べればマシだったけれど、彼らも苦しみました。戦争が終わると、彼らの土地はすべて接収され、そしておまえたちは人民の敵だ、と宣言された。祖母はそんな変化について書いています。彼女は何年も、そういうことすべてを書くんだと言っていました。でも、どうやって書いたらいいかわからなかった。そして、ある朝、目が覚めると彼女は頭の中ですべてを見通せたのです。その始まり、その構造、重要な場面が突然くっきりと見えたんです。なんだか映画の中の話みたいだけれど、本当にそうだった。自分が属していた世界の崩壊は一九四四年のある午後に始まった、と祖母は書いています。彼女はある犯罪を目撃した。ユダヤ人の夫婦が城館の中庭で殺されたんです」

「正確にはそれはいつ起こったの？」

「わかりません。彼らの名前はマンドルです。二人が死んだ状況は完全にはわからないんです。祖母は自分が彼らを救えたかもしれないと書いています。『私はマンドル夫妻のことを考えずに鏡を覗き込むことができない』と言っています」

「マンドル？」

「混乱してるんです。紙切れはごちゃ混ぜになっていて順番がわかりません。まるで推理小説みたいだ。そんなこと言っていいのかどうかわからないけれど」

「もちろん、いいよ」

「ともかく二人の人間が亡くなった」

「君は、いつもあることをやっていいかどうかと尋ねることに気づいているかい？　それが君の話を貫いている。正当性の問題なんだ。君の生活、君の経歴、その希望や感情、いつも君はその問いに突き当たる。推理小説みたいだって君が思うなら、それは君にとってはそうなんだ」

「いえ、気づいていませんでした。どうしてそんなこと尋ねるんだろう？」

「それについて考えなくちゃね」


部屋に戻って、私はまた紙片を次々と読んでいき、ある場面の出だしを台所で見つけ、その続きを廊下の隅で見つける、という具合だった。祖母は、いろいろなペンを使っていた。頭の中に、彼女が背筋を伸ばして机に向かっているところが浮かんだ。背が高く、細身の女性で、鼻が赤い。青いタートルネックのセーターを着て、薄色のズボンをはき、お年寄り向けの立派な底のついた靴を履いている。宝石は？　絶対つけない。読書灯が点いていて、居間の他の部分には夕方の薄暗さが広がっている。彼女の前には、きっと水の入ったコップがあるだろう。その横にペン。そして、たぶん白い皿にはリンゴが一つ載っている。いや、リンゴは彼女らしくない。クルミのほうがふさわしい。セーターの左袖からティッシュペーパーを出して、それを細かくちぎり、親指と人差し指で小さく丸めて口に押し込む。彼女の奇癖の一つだ。

彼女はほんの二、三の文章を除いて、ほとんどなにもかもが気に入らなかった。書いたものに線を引き、修正し、消し、目を閉じる。言葉が出てこないのだ。あるいは文章が正しくないからだ。ネム・ヨー。よろしくない。何事も彼女が望んだようにはいかない。そして再び目を開けると、曇った二重ガラスの窓から、けばけばしい色のアノラックを着た旅行者の一群が見える。ブダペストは秋には中国人観光客だらけになるのだ。

コップの横に茶色のフェルトペンがある。私は想像する。彼女がそのペンをとって紙の左上に置き、そこから対角線の方向に紙のいちばん下まで一気に線を引く。茶色のインクはかすれてほとんど色がなくなってしまう。そして文章に対するコメントとして、何時間もかけて推敲した文章にこう書きつける。「でも、こんなのは全部嘘だ！」　どの文字も、茶色のインクが出るまでペンを強く押しつけなければならない。

そのかすれたフェルトペンが、彼女の居間の静けさの中で軋む音を立てていたのが聞こえるような気がする。キッチンでは時計がカチカチいっている。そして街を歩いてきた中国人たちが、バスに戻ってくる。

なにも失われてはならないの――何時間も、終日書いてばかりで、庭に出たり、散歩に行ったりする様子がいっこうにないので、私が彼女に尋ねてみると、祖母はいつもそう答えた。そしてまた、彼女の世界と私とを結びつけている見えない紐帯のようなものについても話していた。バラバラになった部分を組み合わせさえすれば、祖父母の世代と孫たちの世代を結びつける絆が見える、とも。それは一〇〇年にわたる絆だ。それ以上になると結びつきはなくなる。祖母の両親の世代は私からは遠すぎるし、私の子供たちは祖母からは遠すぎる。

一〇〇年？　何の絆だろう？

彼女が生きていたときには、私は彼女の言うことにほとんど注意を払わなかった。だが、こうして彼女の書いたものを読んでいると、自分が祖母に近い存在になったように感じ、彼女が私を支えてくれるなにかを手渡そうとしているという気がしてきた。私は祖母の書いたものを取り憑かれたように調べ、考古学者がモザイクのかけらを一つ一つ組み合わせてついには一つの絵を浮かび上がらせるように、解読しようとした。何日もそれに没頭したのだ。

夏だった。男たちは無精髭を伸ばし、女たちのTシャツは肩までずり落ち、そしてシリアの内戦で何千人もの人が亡くなっている間に、私は祖母の描く歴史の上を裸足で歩き回っていた。それはほんの少しだけ、私の歴史でもあった。私はまだシュトラスベルクのところに週二回通っていて、彼に今取り組んでいる自分の「モザイク」について熱心に語っていた。彼はその前の月のように全能のアドヴァイザーではなく、今や私の同盟者だった。我々の役割はだんだん曖昧になり、上下関係はなくなっていった。彼の診察室に行くのはカフェに行くようなものになり、シュトラスベルクもいつも同じテーブルにいて私の話を聞いてくれる友達みたいな気がしてきた。そして、そんなことはあまり意識もしていなかったのだが、自分の口をついて出てきたのは次のような言葉だった。「そんなことができたなんて思えない。ユダヤ人を匿《かくま》うなんて」。それはチューリヒの空にまだ太陽がある昼のことだった。路面電車が走り、人々は泳ぎに行こうとしている時間帯だ。私はシュトラスベルクといろいろなことを話し合い、とても内密な話もしてきた。だが、この言葉を発したときは、私はどこかに浮かんでいるような、これまで行ったことのない場所に来たような、妙な気分になった。私の言ったことはもちろん馬鹿げたことだったけれど、それによって突然あらゆるものが意味を持って立ち上がってきたように思えたのだ。なぜ私がユダヤ人を匿ったりなんかしなくてはならないのか？


「それが君の判断基準なんだ」と彼は言った。

「私の何ですって？」

「君の参照点なんだよ」

「意味がわかりません」

「君の人生の焦点は過去にあるんだ」


　それが祖母の言っていた紐帯だというのか？　私は角のパン屋で考え込み、自分に問いかけた。シュトラスベルクのところで診察を終えるたびに、私はここでチーズサンドとコーラを買う。カウンターの向こうにはいつも同じ若い娘がいた。パン屋の帽子をかぶり、鼻ピアスをつけて、腕には鯉の入墨《タトゥー》があった。世代間を繋ぐ絆のようなものが目に見えたら、と想像してみた。一部は霧の中に隠れているが、ともかく時を超えて、そこにはなにかが存在している。祖母と私の間には、多くの年月が流れ、多くの戦争があり、そして多くの国境が横たわっている。だが、それでも祖母の語ることは、秘密を分かち持つ者同士のように、なにか親しいものに思えた。

「他には？」と鯉のタトゥーをつけた娘が尋ねる。

「いや、なにも」

私は少なくともマンドル家の人々だけは救えたかもしれない、と祖母は繰り返し書いていた。あの午後について、マンドル夫妻が中庭の小道の砂利に倒れ込んだその音について、彼女は書いている。**でも、救おうとせずに私は何をしたか？**　と彼女は自分に問う。**何も。**彼女は一生の間、何もしなかった。それを隠し、避け、モグラのように過ごした。だが、私はこういう言い回しをどこで知ったのだろう？　何週間か前、シュトラスベルクの診察室で、私は自分に気骨がないと嘆いたとき、そしていつも地下に潜り込もうとするのが自分でも嫌だと訴えていたとき、まったく同じ言い回しを口にしたのではなかったか？　私たち、祖母と私は、同じようなことに苦しんでいたのではないか？　ただ私はそれを戦争の時代にではなく、オフィスと台所のテーブルで経験しただけなのではないか？

「八フラン五〇です」

「え？」

「八フラン五〇」。鯉の娘が腕を掻きながら繰り返した。鯉が私の目をまっすぐ見つめていた。

友人のアパートメントに帰る道すがら、私はもう祖母の手記のギャップを埋めて完成させるのは自分しかない、と言い聞かせていた。マンドル夫妻についてインターネットで調べてみると、すぐにヤド・ヴァシェムのホームページが見つかった。ナチスによって犠牲になったユダヤ人のすべての名前とその生涯が記録されているページだ。その記録のページには、アグネスの名が娘として記されていた。彼女の苗字は結婚してクプファーミンツになっており、ブエノスアイレス在住と書かれている。つまり、アグネスはアウシュヴィッツを生き延びて、戦後はブエノスアイレスに行ったのだ。彼女の苗字をグーグルで検索してみると、女性の画家のホームページが見つかった。そして、その絵画を見て、私は自分が正しいコースをたどっている、と直感することができた。この女性が、私の祖母が住んでいた城館の中庭で亡くなったマンドル夫妻の孫だ。疑いはなかった。

＊＊＊

また水曜日になって、白い本棚の前のカウチに寝そべる。カウチの頭の高さには、Lの字で始まる本が並んでいる。レヴィ＝ストロース Lévi-Strauss、ラカン Lacan、ルカーチ Lukács。背表紙はみんななじみになった。そして、もちろんライプニッツ Leibniz も。ズールカンプ社の一巻本で、黄色いレタリングで *Philosophie der Gerechtigkeit*『正義の哲学』と書かれている。「マンドル夫妻には、祖母と同じ年頃の子が二人いました。アグネスとシャーンドルです」。私はシュトラスベルクのところで横になってすぐにそう切り出した。目をこすり、セーターがずり上がっていないか確かめながら。

「三人は子供の頃、一緒に遊んだりしました。それはもうお話ししましたよね？」

「うん、覚えてる」

「祖母は、マンドル家の子たちがアウシュヴィッツでガス室送りになった、と思っていました。でも彼らは生き残ったのです」

「そうだったんですか？　どうやってわかったの？」

「グーグルです。戦後、アグネスはやはり収容所を生き延びたポーランド人と結婚しました。彼らには二人の娘がいます。そのうちの一人をインターネットで見つけたんです。画家をしています。ブエノスアイレスにいて、ミルタ・クプファーミンツという名前です。彼女の絵は、両親や祖父母の歴史をたどるものです。彼女のホームページで彼女はインタビューに答えてこう言っています。『私の人生でいちばん重要なことは、私が生まれる前に起こっているのです』。なんだか、すごくないですか？」

シュトラスベルクはなにも言わない。

「彼女はインタビューしている記者に、彼女の祖父母はアウシュヴィッツ送りになる直前に自ら命を絶った、と語っています。ドイツのガス室に送られるのを逃れるために毒をあおった、というのです。ですが僕の祖母は手記の中で、彼らは撃たれた、と書いています。彼女はその場にいて、それを目撃し、詳細な記録を書いているのです。奇妙だと思いませんか？　展覧会のカタログでは、ミルタの創造性と絶望は、ともに彼女の家族史のトラウマに由来する、と書かれていました。そして作品の中で、彼女は決してなにものも破壊しない。付け足すだけなのです。道端にあった古い椅子を見つけてきて、それに羽根を取りつける。彼女はユダヤ的伝統を現代の生活に結びつけようとしている。カタログによれば、彼女は過去への、歴史への、そして古い家具や写真へのノスタルジアの只中で育った、ということです。普通の家族なら、世代から世代へと受け継がれていくものたちです。でも彼女はなにも持っていない。アウシュヴィッツの後では、なにも引き継がれなかったんです。でも僕のほうは逆だ。僕は、彼女が持っていない過去をあまりにも多く持ちすぎている。何を言ってるか、わかりますか？」

「わかるよ」

「あなたは、僕の焦点は過去にあると言いましたね」

「そして、そのミルタという女性も明らかにそうだよ」

「ミルタが看護婦や教師だっていうことだって十分ありえたんです。そうだったら、彼女を見つけることはできなかったでしょう。でも違う。彼女は画家だった。そして風景なんかを描いてるわけじゃなくて過去の影を描き続けている。ネットで彼女のインスタレーションを見ました。《皮の記憶》というのです。彼女はアグネスが腕に施された番号の入墨を、現代の若者がやるタトゥーと比べているのです」

「それでどうするつもり？」

「手紙を書きます。そして彼女に会いに行ってみようかと思っているんです。ミルタの母アグネスがまだ生きているとしたら？　彼女に何と言えばいいんだろう？　起こってしまったことについて、申し訳なかった、と言うんだろうか？　忘れてくれ、と？　祖母はマントラみたいにずっと同じことを書き続けていたんです。**少なくともマンドル家の人々だけは救うことができたかもしれない、少なくとも彼らだけは、**と」

＊＊＊

二〇一三年九月二日、月曜、15：30
Subject: スイスのジャーナリストより

ミルタ・クプファーミンツ様

大変個人的な要件でメールしています。私は祖母がつけていた手記を見つけました。何百ページもあります。彼女はハンガリーのシャーロシュドという小さな村で、城館に生まれました。彼女はこの手記の中で、あなたの祖父母について、さまざまなことを書いています。マンドル家の人々について、その夫妻と子供たち、アグネスとシャーンドルについて。このアグネスがあなたのお母さんだと私は推測していますが、それで合っているでしょうか？

私たちは話をしてみる必要があると思います。私の家族にとってはあまりよい話とは言えない、いくつかのことについても。

二〇一三年九月二日、月曜、20：13
Re: スイスのジャーナリストより

サーシャ様　すごいニュースです！　あなたのお祖母さんのお名前はよく存じ上げています。私たちはよく彼女のことを話していました。そしてシャーロシュドの城館を私も見に行ったのです。確かに私たちは話をしてみるべきだと思います。ちょうど今、私はロンドンの空港にいて、これから家に帰る飛行機に乗るところです。いつか私たちの家に来ていただけませんか？　母アーギはもうすぐ九〇です。彼女はきっと喜ぶと思います。

二〇一三年九月二日、月曜、20：25
Re: スイスのジャーナリストより

そもそもどうやって私を見つけたの？

二〇一三年九月二日、月曜、20：26
Re: スイスのジャーナリストより

つまり、どうやってマンドルという名前を見つけたのか、ということです。質問が何千もあります。すっかり混乱しています。

二〇一三年九月二日、月曜、21：19
Re:re: スイスのジャーナリストより

　ミルタ様　あなたを見つけるのは難しいことではありませんでした。マウスを何度かクリックするだけで、あなたのホームページに行けて、あなたの絵を見つけました。質問が何千もあるって？　私のほうもです！　ブエノスアイレスに行って、あなたとお母さんに会いたいと思います。祖母は手記の中でハンガリーの収容所にあなたのお母さんを探しに行った、と書いています。でも、見つけられなかった、と。本当にそんなことがあったと思いますか？
　シャーロシュドに行ったんですね。あのハンガリーの小さな村に。数日のうちに私も行こうと思います。一度電話で話してみましょう。

二〇一三年九月四日、水曜、13：27
Re:re:re: スイスのジャーナリストより

　サーシャ様　あなたのメールを妹や家族の他の人たちに転送しました。皆、とてもびっくりしています。わかりますよね？　祖父母たちのことを知っているという人から手紙をもらうなんて、毎日あることじゃないですから。あなたもご兄弟がおありですか？

あなたの質問について：母はアウシュヴィッツにいましたが、その前にはハンガリーの収容施設にいたので、手記に書いてあることはあってもおかしくなかったと思います。ただ、逆にこちらからも質問があるのですが、どうしてあなたのお祖母さんは母を探しに行ったりしたのでしょう？　つまり、彼女に何を望んでいたのでしょう？　そしてあなた自身はシャーロシュドで何をする予定ですか？

おそらくご存じかと思いますが、この時期、私たちはユダヤの新年のお祝い〔ローシュ・ハシャーナーのお祝い。年によって違うが、二〇一三年は九月四日から六日にかけてだった〕をします。だから今はわりと多忙です。でも明日の午後、私は仕事部屋にいますので、そのときお話しできるでしょうか？

二〇一三年九月四日、水曜、18：27

Re:re:re:re: スイスのジャーナリストより

明日、大丈夫です。ユダヤの新年のことは知りませんでした。素敵なお祝いになりますように！

私に兄弟がいるかって？　はい。二人います。兄と弟です。他にも明日いろいろお話ししましょう。お互いのことを「発見」できたのだから、今や時間はあります。

二〇一三年九月四日、水曜、19：02

Re:re:re:re: スイスのジャーナリストより

時間？　これ以上、無駄にしたくないのです。明日、私が電話で泣き出したとしても、気にしないで話を続けてくださいね。

15

数日後、私はチューリヒからブダペストに向かう列車に乗り込んだ。寒くて雨の降る日で、種なしブドウを食べながら窓際に座って、膝の上には祖母の書いたものをまとめたフォルダを抱えていた。ブダペストで乗り換えてシャーロシュドに向かうつもりだった。七〇年前に起きたことがずっと秘密にされてきた、あの中庭に自分も立ってみたかったのだ。

手記の他の文章とは違って、その午後の出来事については、いくつかの異なる説明がなされていた。そのことは祖母のフォルダを開き、紙切れを床に並べたとき、すぐに気づいた。はじめのうちは、これらは推敲の跡で、どこかに清書があるのだろうと思っていたのだが、一つ一つ比べてみてようやくわかったのは、これらが次第に詳しく、長く、より目に見えるように書かれたものだ、ということだった。祖母は、ことの核心に近づくために、長い助走を必要としたかのようだった。そして彼女は古いバージョンを捨てるのではなく、全部ため込んでいった。たぶん、核心に少しずつ近づいていくときにたどった長い道のりの証だったのだろう。最初のバージョンの終わりでは、彼女はまだ人が撃たれたことなど書いていない。そして茶色いフェルトペンで、**でも、こんなのは全部嘘だ！** と書いてある。二番目の文章の終わりには、**でも、もっとずっとひどいことだったとしたら？** という書き込みがある。

チューリヒのプラットホームには、体にぴったりしたセーターを着た女性たちがいた。革のブーツを履いていて、ヒールの先は錐のように尖っている。彼女たちは重いスーツケースを列車に運び上げるまで煙草をふかしていた。彼女たちのことを気にしていたのは、たぶん私だけではなかった。他の乗客たちも彼女たちを見つめ、お互いに目配せし合っていた。そう、あれがここ数ヵ月間テレビや新聞で話題になっている例のハンガリーからの風俗嬢たちだ、とでもいうように。

それらの女性たちの一人は私の隣に座った。ハンドバッグにはチワワが入っている。列車がチューリヒの郊外を走っている間、チワワは金色のファスナーをなめていた。女性がスーツケースを荷棚に載せようとしていたとき、彼女のセーターがまくれ上がり、ズボンからお腹がこぼれ出した。子供たちにミルクを温めていて、カップをホットプレートの上に置きっ放しにしたときみたいだ。彼女のお臍のピアスについた宝石が、すぐ目の前にある。それで我々は会話することになった。

もしあの午後に起こったことを、そのまま書くことができたら、それで私は満足なのだ、と祖母は手記に書きつけている。**私は何を見たか？　そして何を私は想像しているのか？**　と彼女は自分に問うている。**どうして母はあのときサナトリウムにいたのか。そして、どうして私は家族の皆にアリバイを作ってあげているのか？　どうして私は父を生涯守ったのか？　父は私のことなどほとんど気にもとめなかったのに。もう父の罪を暴いてもよいときなのではないのか？**

「名前はリンダよ」とチワワを連れた女性は退屈そうに言った。私がブドウを勧め、彼女がそれを断ったときだ。「あなたも家に帰るところ？」

「家に？」と問い返す。「まあそう、ある意味では」

私は、もうちょっと言うことがあるとでもいうように、彼女のほうを少し長く見やっていた。彼女はなにか言われるのを待っているとでもいうように、携帯電話をじっと見つめていた。だが、なにも言うことを思いつかない。過去のことを話すなら、ハンガリー語で、つまり両親の言語で語るほうが私には楽だった。あるいは食べ物のことでもいい。私は強制収容所や土地改革といった言葉をハンガリー語で知っていた。私のハンガリー語の語彙は一九世紀的だ。イースターのミサ、馬車、アプリコットのジャム。それらは子供の頃から聞き慣れた単語だ。だが、現代の話になると、私のハンガリー語では言葉が足りない。若者たちがどんな会話をするか知らないのだ。ハンガリー語でヘッドフォンのことを何と言うのか、トレーナーや嫉妬やよろめきや踊りやツイッターのことを何と言うのか、私は知らないのだ。古めかしいハンガリーのことなら知っている。でも、この列車のコンパートメントの中で、チワワを抱えたリンダと真夜中少し前に語り合うには、私のハンガリー語はあまり役に立たない。

ブフスで、もう一人のハンガリー人女性が乗り込んできた。彼女は明らかにリンダの知り合いで、すぐに二人はあれこれ話し始めた。彼女たちはビスケットやコーラやチューインガムを取り出し、それがずっと続いた。目を閉じれば、レールを走る台車の軋《きし》みが聞こえる。ポテトチップスの袋がガサゴソ音を立てている。そして、なにより二人の女性たちが爪につけているけばけばしい色のプラスチック製の付け爪で彼女たちが携帯をスワイプする音が、その夜、特に印象的だった音響だ。リノリウムの上をネズミが走り回っているみたいだった。

二〇一三年九月六日、金曜、23:15
Re:re:re:re: スイスのジャーナリストより

サーシャ様
電話でお話しして以来、私たちは皆、ちょっとショックを受けています。お話の全体はとても重く、こちらに来て私たちを訪ねてくださるのがいちばんだと思います。あなたは私たちのアイデンティティについて私たち自身よりよくご存じだという気がします。
母はこれまでの生涯でずっと、どうして自分の両親が自殺しなければならなかったのか、と問うてきました。理解できなかったのです。もしあなたのおっしゃるように彼らが別の仕方で死んだのだとすると、私たちにとってそれはまったく違った意味を持つことになります。どうしたらいいか、母にそれを告げるべきか、そしてもし告げるとしたらどんな方法がよいのか、考えなければなりません。あなたのお祖母さんの手書きの草稿を私も見てみたいと思います。持ってきてくださいますか？　いつ来てくださるか、教えてください。

「チューリヒで何してるの？」と私はリンダに訊いた。

「レストランで働いてる。ウェイトレスよ」

「どこの？」

「郊外の小さなところ。きっと知らないわよ。誰も知らないの」と彼女は言いながら、あくびを嚙み殺しているように見えた。私はメールに返事する。

二〇一三年九月六日、金曜、23：21
Re:re:re:re:re: スイスのジャーナリストより

ミルタ様　今ハンガリーに向かう列車の中で、返事できません。電話します。

列車がトンネルに入った。今度も私はリンダに言うようなことはなにも思いつかなかった。もともと会話を途切れずに続けたりするのは得意ではないのだ。頭の中では、新聞で読んだリンダのような格好をしたハンガリーからの女性たちの記事を思い出していた。そこには、駅の裏側の道端にいる娼婦たちの写真が載っていた。何ヵ月か前に彼女たちをそこから立ち退かせ、街の特定の場所、工業地帯にある空のガレージに追いやる試みが実施された。役人が、ソーシャル・ワーカー、女性支援組織、衛生の専門家たちと協力して、その特定の場所が設営された。きっと何度も会議やラウンドテーブルが行われ、計画書があり、設計図やらリストやら実施見積書やらでいっぱいのフォルダが出来上がったことだろう。人々は隅っこにゴムの木が置いてあるオフィスに集まって、頭を絞ったはずだ。どんな施設を作るべきか？　どんな外観にすべきか？　全員一致したのは、安全第一という点だ。女性たちの安全が最優先になる。

じゃあ赤いネオンの照明を壁につけるのは？　グッド・アイディア！　提案が通る。

で、これをなんと呼んだらいい？　誰かが、このガレージにはメディアだけのためにも名前が要る、と言い出す。

さらに会議。新しい案が回覧され、誰かが「赤いライト」をめぐって掛け言葉を考えるが、よい考えが浮かばない。他の誰かがフランス語ではどうだろう、と考えて「アムール〔愛〕」とか「ヴォワチュール〔車〕」とか、そんな言葉のほうがロマンティックだ、ということになる。「我々は即物的であるべきだ」と局長が諭《さと》す。「その点で間違いを犯すわけにはいかない」。局員は全員うなずく。もちろん。

計画が始まってすぐテレビ局の人間がやってきて、「処理室」（という名前で呼ばれることになったのだ）の様子が放映される。画面ではモザイクがかかった男性が乗るモザイク付きの車に、モザイクがかかった女性が乗り込んでいる。後方の壁には赤いネオン。そしてカメラはパンしてチューリヒの夜空を映し出す。その後、何が起こっただろう？　男は車を運転して、おそらく家に帰ってなにか食べたか、あるいはオペラにでも行ったか？

女性のほうは？　彼女はまたスタート地点に戻ったのだろうか。

二〇一三年九月七日、土曜、00：19

Re:re:re:re:re:re: スイスのジャーナリストより

ブダペストにいるなら、ホロコースト博物館に行ってみて。私の絵があります。帰ってきたら電話で話しましょう。

ミルタ

列車はインスブルックで止まった。雨が窓を叩く。リンダが家に帰って両親に、自分が働いているレストランはとても人気があるのだ、と話すところを想像してみる。両親にはなにかプレゼントをするのだろう。時計だろうか。誰でもスイスに行ってきた人は時計をお土産にするものだ。それが中国製だったとしても。なにもかもがとても高価だ、と彼女は言うだろう。だが、街路は清潔だ。「信じられる？　みんな湖に泳ぎに行くの。そこには白鳥がいて、その白さといったら、こっちの国の雪より白いのよ」。彼女はそんなことを話すが、毎晩小部屋の前に立っているのがどんな気分か、そして見知らぬ男の車に乗り込むのはどんな気分がするか、といったことは一言も話さない。ドライバーがダーク・ブルーのマツダのイグニッション・キーを抜き、ライトが消え、でも音楽は続き、ボリュームは大きすぎず小さすぎず、すべてが快適。そんな瞬間に、どんな気分がするものか、彼女は語らない。

彼女は男に、三〇フランだと値段を告げる。ドイツ語の数の言い方を彼女は覚えたのだ。スイスでは口でのサービスより安いメニューはない。「始めていいよ」と男は英語で言う。「出身は？」彼女はチューインガムを舌で口の端に押しやり、男のベルトを緩め、そして黒いジーンズのボタンを外す。ジッパーを降ろそうとするが、はじめのうちはうまくいかないので、男が手伝う。二人で協力して男のズボンが膝下まで下ろされる。男の白い太ももが暗いシートに並んでいる。ファレル・ウィリアムズがラジオで「ハッピー」を歌っている。リンダはこの歌が好きだ。夏中、皆がこの歌に合わせて踊っているのを見てきた。彼女自身、シャワーを浴びるときに口ずさんでみる。「ハッピー」。Aの音は深めで、ほとんどOに近い。だが、今はバックミラーに掛けられている木の形をした芳香剤を払いのけてかがみ込み、赤いネオンの光の中で頭を上下させる。

Because I'm happy / Clap along if you feel like a room without a roof

「だって僕は幸せなんだ/屋根のない部屋になったような気がしたら手を叩いてごらん」

彼女の顔はカーラジオの高さにあり、ダーク・ブルーのディスプレイには、筆記体でラジオ・トップ局「オール・タイム・ベスト」という文字が浮かび上がっている。彼女はエンジンから来る暖かくてプラスチックのような臭いがする空気を吸い込み、左手を男の下着の中に入れる。

Because I'm happy / Clap along if you feel like happiness is the truth

「だって僕は幸せなんだ/幸せが本物のような気がしたら手を叩いてごらん」

Because I'm happy / Clap along if you know what happiness is to you

「だって僕は幸せなんだ/君にとって幸せが何かわかるなら手を叩いてごらん」

男のぐったりしたペニスを手にとり、少し強く締めつける。男のため息が音楽に混じる。Happy, happy, happy　そして男の手が彼女の後頭部を押さえつける。彼女は臭いは無視して（それが得意なのだ）、男のリズムに合わせ、太ももあたりにチワワみたいに横たわっているペニスをつかんで口の中に入れ、そして男が気持ちよくなるようにしてやる。

リンダはそんなことを家では決して話さない。

「私は昔、スイスでウェイトレスとして働いていました」というのが彼女の公式の物語だ。マンドル夫妻が、公式には彼らが経営していた食料品店に買い置かれていたネズミ用の毒をあおって自殺したことになっていたのと同じように。公式にはそう語られてきたのだ。本当は、背中を撃たれ、地面に崩れ落ち、彼らの薄い灰色のレインコートが血で染まったというのに。**何が本当で何が間違いかということを誰が決めるのか？　歴史が語ることを決定するのは誰か？**　祖母は回想の中でそう記している。

列車は走り続ける。ザルツブルクを過ぎた。窓を見やると、外には農家の明かりが二、三見えるだけだ。まだ起きているのは誰だろう？　私の顔が窓に映る。疲れて、年老いて、目のまわりには隈ができ、髪もひどい刈り方だ。私の向こうにはリンダと膝の上の犬が暗い輪郭で浮かぶ。誰が本当と嘘を決めるのか？　誰が殺人を自殺にすり替えうるのか？

祖母は書いている、**権力のある誰かが、**と。

一九四四年七月のその晩、父親が地域の村長のところに出向いたとき、祖母はその場にはいなかった。その後、牧師がこの件について何をなすべきか話したときにも、いなかった。だが、ことはおそらくそんなふうに進んだはずだ、と祖母は人生の終わりに至って考えた。**父は当時、まだ重要な人物だった。貴族にはまだ力があった。その数年後にはそうでなくなったにしても。共産主義者たちは、私たちから土地を奪っただけでなく、権力も奪ったのだ。**

祖母の父親が、一生の間ずっと、真実が明るみに出るのを待ち続けた、というのも十分にありうることだ。彼は、誰かが突然肩を叩き、あのとき何が起こったのか話してみろ、と言ってくれるのを待っていたとさえ言えるかもしれない。だが、誰も現れず、事実はシャーロシュドを囲む沼の底に沈んでいった。何年も経って、祖母がそれを引きずり上げ、泥を洗い落としたのだ。

＊＊＊

会いに行く、とブダペストの父に一週間前に電話したとき、我々は政治について話したりもした。世界中で批判されているハンガリーのヴィクトル・オルバーン首相についても話をしたが、父は彼を崇《あが》めているようだった。新聞は、この「小さな独裁者」に関する話でいっぱいだった。彼は自分の住居の隣にサッカー・スタジアムを建造した、ということだった。あるいは他にも、極右の議員がEUの旗を外し、一九二〇年当時の古いハンガリー王国の旗に置き換えた、という話もどこかで読んだ。ハンガリーが強国だった時代の旗だ。

父はきっと歓迎しているはずだ。きっと『レッド・リバー』のジョン・ウェインみたいなアクセントで、オーイェーと言ったに違いない。父にその話をしてみた。

「旗の話は本当なの？」

「オーイェー」

「どういうことなんだい？　なんでいつまでも昔の栄光にすがってるの？」

「どういうことか、わからんのか？」

「わからない。ただの布切れじゃないか」

「わからないというなら、おまえを哀れに思うよ」

「どうして？」

「祖国というものがどんなものか、おまえにはわからない、ということだからな。祖国が脅かされれば、痛ましく感じる。そして祖国が奪われたら、それは痛ましいことなんだ」

「痛ましい？　祖国？　中世から出てきた人みたいだよ」

「ところで、いつ着くんだ？　そのときに話そう」

「午前一一時少し前に着くよ。列車で一晩生き延びられればね。駅に来てくれる？」

「もちろん」


列車はブダペストに一一時一五分に着いた。晴れた秋の日だった。ハンガリーの秋は素晴らしい。父を連れて、祖父がかつて戦前に暮らした城館を見に行くつもりだった。そしてその後、祖母たちが住み着いた狩りのための小屋も見てみたいと思っていた。そして共産主義者たちが支配するようになった頃に彼女が働いた森や野原を歩いてみたかった。私はリンダがスーツケースを列車から下ろすのを手伝った。彼女は犬を自分のハンドバッグに入れていた。プラットホームの端で、私は電話番号を交換してくれないか、と彼女に尋ねた。

「なんで？」と彼女はぞんざいに言った。いつも断り慣れているようだった。

「もしなにか手伝えることがあれば、と思って。僕はドイツ語が話せるし、地域の事情も知ってるし」

「助けはいらないわ」

「じゃあ、いいよ」

「まあいいわ」と言って彼女は一〇桁の数字を言った。スイスの電話番号だ。遠くで父が手を振っていた。彼は我々のほうに歩いてきたが、立ち止まった。リンダはピンクのヘッドフォンをつけて歩き出した。「じゃあね」と彼女が言う。

「じゃあ」と答える。

「あれは誰？」と父が尋ねた。ハイヒールとともに彼女が人混みの中に消えていくのを見ながら。

「リンダ。チューリヒのウェイトレスだって。郊外のレストランで働いてるんだ。でも、どこだかわからないよ。誰も知らないんだ」

それから四日間、我々は過去を旅して過ごした。

＊＊＊

シャーロシュドで私たちは城館の部屋を見て回り、手記にあれほど何度も書かれていた中庭の砂利を拾ったりした。そしてマロニエの樹の写真を撮った。ここに祖母は、両親と、家政婦のゴガと、馬具屋と庭師とフランス語教師と一緒に住んでいたのだが、今では老人や社会不適合者たちが住むケア・ホームになっていた。介護士たちが入居者たちに、灰色のプラスチックの皿に入れたスープを配って回っている。かつては馬車が停まった車寄せでは、スカーフを巻いた老女が歩行器を押して歩いており、時々車輪が砂利から抜けずに動けなくなっている。狩りの小屋にも行き、**世界の果てのよう**

な村にも行ってみた。我々の家族が西側に亡命する前にたどり着いた最後の場所だ。「あのあたりだと思うよ」と父は言って、小さな窓が並ぶ灰色の家々が並ぶところを指差した。「残忍な共産主義め」と彼は何度か共産主義を呪っていたが、それはモスクワ旅行とロシア人への呪詛を思い出させた。「もう行って、なにか食おう」と父が言った。

「ウォッカ?」と尋ねてみた。突然、父の胸ぐらをつかんで、私の額が父の鼻先にくっつきそうになった、あのシーンを思い出したからだ。

「ヘルメットでもつけないかぎり、おまえとウォッカは飲まないよ」

注文をした後、私は祖母の原稿が入ったフォルダを鞄から取り出し、その一つを読み上げた。

午後遅く、私は自分の部屋で、ベッドに寝ながら読書していた。トルストイの『戦争と平和』をお腹の上に置いて読んでいたのだ。叫び声が私を夢の世界から引き剝がした。

「何だね、それは?」と父が尋ねた。

「マンドルという名前に覚えがあるかい?」

「いや」

数週間前にも、同じ質問を別の人にしていた。リヒテンシュタインにいる祖母の妹を訪ねたときだ。二人は一緒に子供時代を城館で過ごしたのだ。戦後、リリィはまずイタリアに行き、今ではファドゥーツ〔リヒテンシュタインの首都〕の近くの小さな村で過ごしている。

「マンドル夫妻。彼らの名前で何か思い出しませんか?」一緒に腰かけているときに尋ねてみたのだ。リリィは九三歳で、私は同じ質問を五回繰り返さなければならなかった。「ＭＡＮＤＬ」と叫ばざるをえなかったのだが、そうすると彼女は、そんな大きな声で叫ぶなんて頭がどうかしたのではないか、というように目を丸くした。

「ああ、村にいたユダヤ人たちよ」と彼女は言って、手を私の手に重ねた。昔の彼女は決して私に触れようとなどしなかったのだが、我々の親族たちは歳をとるにつれて、丸くなり、優しくなるのだ。彼女の指には、生涯ずっとつけてきた指輪の跡が見えた。指先の皮膚は薄く、医者が採血のために腕に針を刺してもなかなか血が出てこないだろうと思われた。「マンドル家は小さな店をやってたわ。あの店にあった瓶入りのサクランボのことをよく覚えてる。とても甘くてジューシーだった。でも、もしドレスにサクランボの汁がついたりしたら大変だった。私たちのお母さんがどれほど厳しかったか、話したっけね？　そして父さんもどれほど厳格だったか！」

「一九四四年の夏のことを思い出せますか？」　私は彼女の話を遮《さえぎ》った。

「毎朝、父さんと朝食を食べなくちゃいけないのよ。そのときにはシャワーを浴びて、お行儀よくしていなくちゃならない。私たちがむずかっていたりするのが父さんには我慢ならなかったの」

「あの日、何が起きたんです？」と私は尋ねた。

「何のこと？」

「マンドル夫妻が亡くなった日のことです」

「ワインをもっと飲む？」

「お願いします」

彼女は立ち上がって、うなり声をあげた。ここ数ヵ月、背中が痛むらしい。「その場にいたんでしょう?」と私は繰り返したが、それはラジオの地方局のレポーターの声みたいに響いた。そして、それを聞いて馬鹿げたことを言っていると我ながら思った。一九四四年といえば七〇年前だ。人の一生分である。彼女は肩をすくめてみせた。

「昨日のことだってろくに思い出せないのよ」と言いながら、彼女は私のグラスにワインを注いでいる。「どうしてそんなことが知りたいの?」

「マンドル夫妻は、中年のカップルだったんだ」と私は父にレストランで説明した。「村にいたユダヤ人だよ。城館から遠くないところで店を開いていた。一九四四年、ドイツ人たちがハンガリーを支配するようになった後、城の庭で他の一〇人ほどのユダヤ人たちと一緒に働いていた。そして彼らは我々家族に助けを求めた。そうここに書いてあるんだ」と言って、私はフォルダを叩いた。「マンドル夫妻は我々に助けてほしいと頼んだ」

「我々に?」と父が尋ねる。ビールがもう半分空いている。

「我々っていうのは我々家族に、という意味だよ」と私は答える。「父さんがあれほど大好きな父さんのお祖父さんに頼んだんだ」

「ああ、それでここに来たというわけか」

「そうだよ」

「先を読んでみてくれ」

中庭の砂利は、すっかり踏み荒らされた。タイヤの跡もはっきり見て取れた。ドイツ兵たちが数週間前にやってきて一階を占拠したのだ。どの部屋も、兵隊や、避難民や、怪我人でいっぱいだった。犬たちはひどく興奮し、母はもう何週間もサナトリウムに行ったきりだった。私の部屋の窓から父が見えた。父は車寄せに立っていて、マンドルさんが父に向かって手を上げたり下げたりしていた。マンドル夫人が父に向かって叫ぶ。夫妻は大きすぎる薄い色のレインコートを着ていた。服につけられたユダヤの星が見えた。私は階段を降り、砂利が私の足元で音を立てる。マンドルさんが私の目を見る。父は振り返ろうとしない。


「続ける?」

「もちろん」

「聞いてると、だんだんつらくなるよ」

ウェイターがパンと、塩と、コショウとパプリカ粉を運んできた。

「彼女はその午後に起きたことについて、いくつかのバージョンを書いてたんだ」

「なんでそんなひそひそ声なんだ?」と父が尋ねる。

「ひそひそ声なんかじゃないよ」

「いや、そうだった」

「奇妙じゃないかい? なぜ彼女はその日の出来事が自分にとってどれほど重要だったかということを誰にも話さなかったんだろう?」

「わからん」

「戦争中に何があったか、彼女に訊いてみたことはないの？」

「あまりうるさくは訊かなかった。続きを読んでくれ」

「それは彼女が一生明かさなかった秘密なんだ。どのページもどのページも、その一瞬のことを書いてるんだ。それでいて自分の二番目の子供、父さんの弟の死については一行も書いてない。どうして？」

「見当もつかん」

「息子をどこに埋めたのか、誰も知らないんだよ。赤ちゃんが腕の中で死んだとき、彼女はどうしたんだろう？　彼女に尋ねたことはないの？」

「とにかく続きを読んでくれ」

「なんで怒鳴るんだよ」

「怒鳴ってなんかない」

ともかく私は紙切れを取り上げて、さっき止まったところを探してみた。

「子供たちは収容所に送られている途中なんです。二人とも死んでしまいます」とマンドルさんは言った。アーギとシャーンドル、マンドル家の子供たちのことだ。二人はもう列車のどれかに乗せられている、ということだった。マンドル夫人は熊手をつかんでいた。「助けてください！」と彼女は叫ぶ。「どうか、ご慈悲だと思って助けてください！　なんとかしてください！」

「列車って何のことだ？」と父は尋ねた。「何を言ってるかわからんよ」。マンドル夫人は金切り声をあげ、マンドルさんは父に近づき、つかみかかった。父は彼を押しのける。マンドルさんは倒れ、帽子が脱げた。

「何をしてる?」 父は彼に怒鳴った。マンドルさんは砂利の上に座り込んでいる。かつては背が高く、よく肥えた人だったのに、今は小さく見えた。

「子供たちが死んでしまう。私たちは皆、死んでしまう」と彼は答えた。顔が真っ赤だった。そして、ゆっくり立ち上がり、帽子を取り上げ、ズボンの埃を払った。

「仕事に戻りたまえ」と父が命令すると、マンドルさんは夫人の手をとってこう言った。「私は仕事なんかやりません。ここを出ていきます。それだけです」。二人は歩いていった。早足で、少し身をかがめ、小走りに池の向こうに行こうとした。「止まれ!」とまた父が怒鳴った。一度、二度、ついには怒声になる。だが、二人は戻ろうとしない。父の顔を見た。父は腹を立てていた。「止まれ!」そして銃声が響いた。

「他のバージョンも読んでほしいかい?」と父に尋ねた。「他のも内容的には食い違ってないよ。ただ何が起こったかが、もっと詳細に書いてある。でも我々には結局のところよくわからないんだ」

「我々?」と彼はまた尋ねた。

「うん、まあ、ある意味では」

「誰が撃ったんだ?」

「ドイツ兵。国防軍の兵士たちが当時、城に住んでたんだ。負傷兵が、部屋に入れられたり、家のまわりにいたりした。彼らはそこらじゅうに立ったり座ったりしていたんだ。もちろん、マロニエの樹のまわりのベンチにもね。煙草を吸ったり、話し込んだりしていた。そして、その中の誰かがピストルを取り出して撃った。明るい髪をした男だ、とお祖母さんは書いている。若く、細かったって。たぶんその男はまだ生きてる。ありうるだろ？」

「ありうるな」

「その男は自分が何をしたか取り調べられたりしなかった。だって公式にはそんなことは起きなかったことになってるんだ。男はある夫婦を殺害し、そして今アルゼンチンで生きている家族全員を不幸にした。その午後の出来事は、あなたのお母さんの頭から決して離れたことはない。でも兵士のほうは……ひょっとしたら彼はライプツィヒでパン屋にでもなったかもしれない。あるいは地理の先生にでも。子供が二人いて、小さなアパートに住んでいて、土曜日はスタジアムでロコモティヴの試合を見ているかもしれない」

「何だって？」

「いや、ただの想像。ロコモティヴ・ライプツィヒ。サッカーチームのことだよ」

「ああ、そうか」

「彼の名前は例えばベーメっていうことにしよう。クラウス・ベーメ」

「ベーメ？　チューリヒにいたときのお隣さんがベーメだった」

「うん、わかってる。でも、とっさに他の名前を思いつかないんだ。このベーメ氏は、一九四四年の夏に二〇歳だったとすると、えーと、ちょっと今計算するよ、たぶん一九八九年に定年の歳になる。おそらくベルリンの壁が壊されたあの冬だ。一人のドイツ人の一生。おかしなこと考えるって言うかい？　僕が父さんとここに来たのは、このベーメ氏のゆえなんだ」
父はなにも言わなかった。ウェイターが注文の皿を持ってきた。グヤーシュ〔ハンガリー風の牛肉スープ〕だ。

＊＊＊

Re:re:re:re:re:re:re: スイスのジャーナリストより
二〇一三年九月一六日、月曜、15：45

ミルタ様　もっと早く連絡すべきだったのですが、できませんでした。ハンガリーに行き、その後の週末は子供たちにかかりきりでした。あなたたちが皆、あの手記の記述にそんなにショックを受けられたと聞いて、申し訳なく思っています。できれば、苦痛とともに、ある種の慰めがそこにあることを願います。連絡したのは私の間違いだったのでしょうか。一ヵ月ほどしたら、そちらにうかがえるはずです。一〇月一四日の朝早く。月曜です。それでよいでしょうか？

Re:re:re:re:re:re:re:re: スイスのジャーナリストより
二〇一三年九月一六日、月曜、22：20

間違いだったわけではありません。あなたは私たちが何度も何度も自分たちに問いかけてきた古い問いに答えを与えてくれたのです。一四日で大丈夫です。私たちの家に泊まりますか？　空港に迎えに行きましょうか？　ハンガリーはいかがでした？

＊＊＊

ダニエル・シュトラスベルクも同じ質問をした。彼のカウチに寝そべったまま何を言ったらいいのかわからず、五分も黙っていたときのことだ。私の話は彼を退屈させているだろう、という気がした。いつも同じ古い話。彼はあくびをしたような気もした。

「ハンガリーはとても面白かったですよ」と私は抽象的な答えをした。「父はマンドル夫妻の話を聞いても驚くほど落ち着いていました。奇妙なほど物静かでした。それ以外は特になにも起きませんでした」

シュトラスベルクはなにも言わなかった。

私もしゃべらなかった。

「あなたはなにか他のことに気をとられているようですね」とついに私は言った。

「どうしてそう思うんですか？」

「あくびしたでしょ？」

「あくび？　うん、そうですね」

「もちろん、そんなことも時々あるよ」

「怒ったんですか？」

「いえ、わかりますよ。私も実はここに来るのはあんまり気が進まなかったんです」

「そう？」

「何を話したらいいか、わからなかったんです。新しいことはなくて、いつも同じ話を繰り返してる。空気が抜けちゃったんです。夏に感じていたあの興奮が過ぎちゃったんですよ」

「推理小説の終わりだね」

「何のこと？」

「推理小説。君が言ったんだよ、何週間か前に。これは推理小説みたいだって」

ちょっと間を置いて、私は言った。「はい、確かに。推理小説だ。最初がレヒニッツ。そして手記。マンドル夫妻。そしてアグネス、ミルタ。あらゆる物語が流れ込んできた。あなたの話も」

「そうだね。私にとっても奇妙な数週間だったよ。私たちは兄弟みたいだった」

「兄弟？」

「心理学的に言えばね。兄弟でも父子でも。どちらでも好きなように。君には君の物語があり、私には私の物語があった。私の父はシオニスト共産主義者のグループで働いていて、ユダヤ人をスイスからマルセイユに送り出す仕事をしていたんだ。マルセイユから彼らはパレスチナ行きの船に乗る。アグネスの夫のようにね。私の母は、アグネス自身と同じように、強制収容所で生き延びた。父は彼女が国境を越えるのを手伝おうとした。彼女は密航者だったんだ。だが、彼らは恋に落ち、そして私はその帰結というわけだ。子供の頃、あるいは学生の頃、私はホロコーストをアイデンティティにしたくないと思っていた。ホロコーストの子供だなんて考えるのは嫌だったんだ。だが、それは私の上に刻印されていて、そんなことのすべてがこの数週間、君と話しているうちにまた浮かび上がってきた。君の言うとおり、我々二人の物語は、お互いがお互いに流れ込んだ。『象徴《シンボル》』という言い方が何に由来するか知っているかい？」

「いいえ、もちろんわかりません。あなたにあれを読んだか、とか、これを知っているか、と訊かれると私はいつも、いいえって言ってますね」

「なぜ？」

「あなたと比べると、私は馬鹿みたいに思える。でも気にしないでください。こんなこと話すべきじゃなかったんだ」。私は黙った。おまえはなんて阿呆だ、と私は自分に問いかけていた。そして会話を続けるために言った。「それでシンボルっていう言葉の話は？　どこから来たんですか？」

「古代ギリシアのSymbolonという言葉が元で、これは印とかマークという意味だ。認識の手段ということを表したんだ。陶器の指輪が二つに割られ、片方が去っていく者に渡された。誰でもこの指輪の半分を持っている者は、もう半分を持っている者のところに泊まることができる。我々の物語も、これと同じように進んだんだ。二つで一つの全体を形作っている。でも、なぜ君が気が抜けてしまったように感じているのか、わかるよ。それは愛でも、友情でも、そして精神分析でも同じことなんだ」

「本当ですか？」

「勉強してた頃に、私自身、分析されたことがあるんだ。誰でもやらなくちゃいけないんだよ。あるとき、分析者に、自分がよく眠れないという話をしたんだ。それで私自身の結論としては、原因はたぶんガールフレンドとの関係にあって、私は誰かが自分に近づくのを許せないのだ、と考えた。分析者は何と言ったと思う？」

「わかりません」

「彼はね、ベッドの幅はどれくらいあるか、って訊いたんだ。一メートル四〇センチだって答えた。すると、もっと幅の広いのを買いなさいってアドヴァイスをくれて、そしてそれで問題は解決したんだ。私が言いたいのはだね、もし私があくびをしてたとしたら、それは疲れているからであって、その背後に隠された意味があるわけじゃないっていうことだよ。君の旅について話して。私はそれに興味を惹かれてるんだから」

「ハンガリーに行く直前にミルタに電話したんです。あのアグネスの娘の画家です」

「うん、覚えてるよ」

「通話の最後に、彼女はもうずっと昔からあなたのことを知っていたように感じるって言ったんです。私もそう感じていました。私たちの先祖が昔知り合いだったから、というわけではなくて、我々の間にはなにか奇妙な共通性があるからなんです。あるいは僕がそう思い込んでるだけかもしれないけれど。彼女の家族全員が彼女の祖父母の話にどれほど関心を寄せているか、そしていまだにその最期について考えているのだ、という話を彼女はしてくれました。そして彼女は僕にどうやってこれらの経緯を知ったのか、と訊きました。だから私はあたりさわりのないところから始めたんです。店の様子、カウンターの上に置かれた瓶詰めのチェリー。私が手記の中から、彼女のお祖父さんがいつも頰に赤みがさしていた、というところを読み上げると、彼女は嬉し涙を流しました。私には、なんだか気味が悪いくらいでした」

「気味が悪いって？」

「彼女が祖父母に感じている感情はとても強いものなのに、彼女は実際には会ったこともない。ほんの些細なことが彼女の心を揺さぶる。そして、ある時点で、彼女は私に尋ねました。この手記にはショックなことも書いてあるのか、って。僕はそのとおりだと答えました。僕は手記をすべて解読するまで待ってほしいと言ったのですが、彼女は譲りませんでした。それで僕は彼らの最期の一五分間について、知っているかぎりのことを話しました。彼らが城館で働いていたこと。他のユダヤ人たちと庭で手伝いをしていたこと。彼らが僕の祖父に助けてほしいとどんなふうに頼んだか、そして言い争い、叫び声、銃声。彼女は泣き出しました。僕は謝るべきなのかどうか、わからなかったんです」

「そうだったの？」

「はい、わからなかった。私は黙っていました。彼女は、母にこの話をすべきかどうかわからない、と言いました。ちょっと考えて、妹たちと話し合ってみる、と彼女は言っていました」

「どうして彼女は躊躇してるんでしょうね？」

「あまりにも苦痛に満ちた話だから。アグネスにそんなことに耐えろと言うのは酷でしょう。どうして十分苦痛に満ちた生涯を送ってきた年老いた女性に、新しいニュースを知らせてもっと苦しめる必要があるでしょう？」

「私にはわからない理屈だな」

「僕にだってわからないですよ」

「ご両親が自殺したって考えるほうがつらいんじゃないのかな」

二〇一三年九月一六日、月曜、22：41

Re:re:re:re:re:re:re:re:re: スイスのジャーナリストより

ミルタ様　迎えに来ていただく必要はありません。街にはバスで出ますので。ホテルも見つけました。ハンガリーはうまくいきました。でも、ホロコースト博物館には行けませんでした。あなたの絵はどんなものですか？　昼食のときに会えるでしょうか？

二〇一三年九月一六日、月曜、23：03

Re:re:re:re:re:re:re:re:re:re: スイスのジャーナリストより

いいですね。エルサルバドル通りとアルメニア通りの角にあるレストラン・モットに一時でよろしいですか？

16

だが、まずは一九八二年のハンガリーに遡ってみよう。ヤーノシュ・カーダール政権の時代だ。カーダールは人気がなかったが、それでも国はある程度開放的になった。人々は自由を感じ、賃金は上がり、西側への旅行が許されるようになった。とてつもなく値段は高かったが。その頃、多くのハンガリー人たちは、ブダペストから一〇〇キロほど離れたバラトン湖のほとりで数日の休暇を過ごすことに夢中になっていた。そこにはどんどんレストランができ、キャンプサイトがあり、小さな宿舎があり、女性たちの靴を売る店ができていた。女たちはギラギラ光るドレスを着て街路を歩き、男たちはそういう女性たちに口笛を吹くのだ。水泳場では、ネーナとスーパートランプと、ハンガリーのヒット曲がかかっていて、揚げた鱸《スズキ》を食べたり、ビールや本物のコーラを飲んだりすることができた。水に入って葦を通してみると、そういう人々の様子が見えた。霞がかかった日には、シオーフォク〔バラトン湖南東岸の町〕から西のほうを見ても対岸はほとんど見えず、まるで海に来たみたいだった。そのあたりは「リヴィエラ」と呼ばれていたが、当時はブルガリアからの旅行者もいれば、ソ連からのパッケージツアーの人々もいた。そして、なにより東ドイツからの家族連れが多かった。東欧には他に、明らかにもっと美しい場所もあった。ポーランドにはもっと大きい湖があったし、メクレンブルクの砂はもっと細かいし、ドブロヴニクに行けばもっといい魚が食べられた。だが、ハンガリーがいちばんリラックスできたし、それに進歩的だった。「南のほうはこんな感じなのよ」とドレスデンから来た夫婦は、トラバント〔東ドイツ製の小型乗用車〕の後ろの座席にぎゅうぎゅう詰めになっている娘たちに言って聞かせた。娘たちは窓から見える鏡張りの壁で囲まれたアイスクリーム・パーラーに目を見張っていた。六月から八月の終わりまで、バラトンフュレドのあたりには自由な空気があった。ブダペストから来た若者たちは、リュブリアナやライプツィヒの女の子たちを「ディスコ・フレート」〔シオーフォクに現存するディスコ。「フレート」はイチャイチャするというようなニュアンスがある〕の外に連れ出してディープキスをしようと必死になっていた。彼らは白いフィルターのついた煙草を吸い、この地方特産のプラムのパーリンカ〔ハンガリー特産の蒸留酒〕に漬けたスイカの切れ端が浮かんだパンチを飲んだ。毎晩、男子たちは、そういう女子の一人を、太陽の熱がまだ残っている湖の桟橋に連れ出すというゲームに躍起になっていた。そこには小さなボートがくくりつけてある。彼はそのボートに飛び乗り、器用にバランスをとって彼女の手をとり、ボートの舳先に座らせる。そしてオールを取りつけて、いつもと同じように葦の真ん中へと漕ぎ出す。でも、彼女にとっては全部初めてのことだ。泥の嫌な臭いが鼻をつき、葦の茎がボートの間近を滑っていく。そして頭の上の真っ暗な空の他は右も左もなにも見えなくなるのだ。

空を見上げて、これから何が起こるんだろうと考えているこの女の子が、ベーメという苗字だったとしてみる。彼女は、この八〇年代初頭の奔放な夏の日、シオーフォクに両親と妹と一緒にキャンプに来ていた。折りたたみのテーブルがちょうど収まる茶色のテント。彼女の父、五八歳になるクラウス・ベーメは、昼間はほとんど、キャンプ場にある小さなパインの木陰でエア・マットの上に寝て過ごしていた。耳にはポータブル・ラジオのイヤフォンが入っている。サッカーのワールドカップがスペインで開催されていて、東ドイツは予選の肝心な試合でポーランドに負けて出場してはいなかったが、それでも彼はどの試合も聞き逃すまいとしていた。

　家族でバラトン湖に来るのは二年目だった。そこで西側から来る妻の従姉妹とその夫に会うことになっていた。ベーメ氏のトラバントは、マンハイムから来た親戚のものであるメルセデスの横に停まっていた。普段は壁に隔てられている何千もの家族が、バラトン湖で数日間、一緒に水遊びをすることができた。ドイツ連邦共和国〔西ドイツ〕の国民とドイツ民主共和国〔東ドイツ〕の国民が、派手な柄のタオルに並んで寝そべっていた。前者はココナッツの香りがするハワイ製のサンオイルを体に塗り、後者はレボナ〔東ドイツ製〕のクルミ・オイルを塗って。テントのデザインによって、どちら側から来た人間かを見分けることができたが、でも数日すればそんなことはどうでもよくなる。当時、誰にもわからなかったのは、バラトン湖周辺のキャンプ場にも東ドイツ秘密警察《シュタージ》の人間がいた、ということだった。彼らは、善良で親切な人間として、毎朝おはようございます、と挨拶し、ときには子供たちにアイスクリームを買ってやったりする。そして、午後の数時間いなくなって、奥まったところでハンガリー側の同僚たちと落ち合い、人々が何を話題にし、誰が誰とどこのテントに入っていったかを報告し合うのだった。

　一週間前、家族とハンガリーにやってきたとき、ベーメ氏は気分がよかった。気候はいいし、彼は妻の従姉妹のことを気に入っていた。ただ、その夫のほうは、ちょっとなんでも見せびらかしすぎるところがあった。彼は誰よりもピチピチの水着を身につけ、いちばん大きい腕時計をして、なにすについても自分の意見をさしはさんだ。だが、パインの木陰に避難することを覚えてからは、ベーメ氏はまた気分よく過ごすことができた。もっとも、この二日ほどは、あることが気になってはいたのだが、さてそれは何か？

たぶん食べ物のせいだ、と彼は自分に言い聞かせていた。なんにでもかけてある、あのサワークリームのせいだ。そうして彼はシャツを着て、ビーチサンダルとサングラスという姿で、お金の入った革の財布を持って、キャンプ場を横切ってトイレに行った。自分の娘が若者たちの中にいるのが遠くから見えた。彼女は笑い声をあげ、陽焼けのせいで彼女のブロンドの髪は、より明るい色になっていた。彼は、娘がテントに帰ってくる時間が毎晩遅くなっていることに気づいていた。

だが、トイレの青い扉の前に立っているわけにもいかず、彼は歩き続け、レストランを過ぎ、テントを立てるときに届け出をしたオフィスも通り過ぎると、いつしか自分の車の横に来ていた。彼は自分が何をしようとしているのか、あまり考えもせずに、いや正確には考えたくもなくて、ともかく車に乗り込み、エンジンをかけて取っ手を回して窓を開けた。暑かった。そして、車で踏切を渡り、一週間前にはキャンプ場に来るときに通ったメインロードを走っていく。車内にはシートの人工皮革の匂いが満ちていた。

妻は彼がいなくなっても気にすまい。ハンガリー・チームは夕方にエルサルバドルと試合をすることになっていたが、特にその実況を聞こうという気もなかった。風は気持ちよく、シャツをはためかせる。自分はちょっとまわりを探検してみるのだ、と彼は考えようとしたが、実際にはベーメ氏は自分がどこに行こうとしているのか正確にわかっていた。

バラトン湖の東側、あたりは丘がちになる。ワイン畑が見える。青いトラクターを見やり、しばらくすると沼地にたどり着いた。あたりにはほとんど木も見えなくなり、野原もないので、それが沼地であることはすぐにわかった。それに、考えてみれば、彼は地理の教師なのだ。あたりには沼地特有の匂いも漂っているような気がした。ベーメ氏はシャーロシュドに着くと車のスピードを落とした。村へ続く道沿いにあるジプシーたちの小屋を通り過ぎると、鶏や豚がいて、子供たちが地べたに座っているのが見えた。そのまま走っていくと、藁葺きの背の低い家が並び、煙突にはコウノトリが巣をかけていて、そして教会の塔が現れる。彼はそこで止めて、車を降りた。そして自分が水泳パンツと半袖のシャツ、そしてビーチサンダルしか身につけていないことに気づいた。そんな格好であたりを歩き回るわけにもいかず、どうしたものかと思いながら、車の横に突っ立っていた。教会を眺め、左右に並んでいる食料品店を眺めた。木々の間に、見覚えのある黄色い城館の屋根が見えた。彼は、もっと近づいて見てみたかった。少し歩き回るだけだ、と自分に言い聞かせながら道を渡る。どこかこのあたりに小川がなかっただろうか？

夕刻だった。あたりには誰も見えなかった。ベーメ氏は小さな橋を渡る。すると、もう城のまわりの公園の入り口に立っていた。ここから城館の中庭に続く砂利道が始まるのだ。歩くと、サンダルのゴム底を通して小石の感触が伝わってくる。彼は中庭を見てみたかった。そして実際にほんの少し中庭が見えた。まわりには誰もいなかった。それで、もう数メートル奥へと進む。石造りの壁から熱が放射されているのがわかる。マロニエの樹の枝が見えてきた。マロニエの幹はずいぶん太かったはずだ。そのまわりを囲むように円形ベンチがあったのではなかったか？　すぐにそのベンチが見えてくる。そしてもう数歩、角を曲がると不意に中庭に立つ木が見えた。戦争の頃、彼は午後中ずっとこの木の陰で過ごしていた。だが今は兵隊は座っていない。いるのは年老いた男女だけだ。皆、骨ばった体の上に病院のガウンを着ている。そのうちの何人かの横には点滴の袋を下げたスタンドが立っている。そして皆が彼を見つめた。水泳パンツとサンダルを履いたベーメ氏を。四〇年足らず前、人々はやはりこの場所でベーメ氏を見つめたのだが、そのとき彼は軍服に身を包み、拳銃を持っていた。

車に戻ってから、彼は過去の出来事が頭をよぎるたびに、ハンドルを叩いてそれを追い払おうとした。自分の拳銃から立ちのぼる火薬の煙、夫婦が砂利道に倒れ込む音。あれはどれくらい前のことだっただろう？ 彼は沼を背後にし、ワイン畑が見えてきた。それは本当に起こったことなのだろうか？ それとも、ただの妄想なのか？ ベーメ氏は湖に戻り、エア・マットやスイカを売っている店が見え始めた。子供たちが叫んでいて、それでようやく彼は我に返ることができた。道を渡ろうとしている家族に道を譲る。彼らが歩いていったあとを目で追うと、湖の岸にレストランがあるのが見えた。彼はトラバントのハンドルを切って、そのレストランの広い駐車場に入れる。九時を回ったところだった。

空いたテーブルはなかったので、年配の紳士の横に座り、ショプローニ〔ハンガリーの国産ビール〕を注文した。後ろでは男たちが歓声をあげ、手を叩いていた。ベーメ氏は立ち上がってテレビのところまで行ってみた。ハンガリーがエルサルバドルを2対0でリードしていた。ビールが来たので、それをひと飲みする。そのときになって初めて、彼は自分が午後中なにも食べず、なにも飲んでいなかったことに気づいた。男たちがまた歓声をあげる。ベーメ氏は思わずテレビを見に行ったが、画面ではハンガリーの3点目のゴールが繰り返されていた。テーブルに戻って、ビールのおかわりを注文した。「サッカーですよ」と彼は年配の紳士に語りかける。紳士はうなずいた。

中庭、砂利道、発砲――そんなことは、サッカーのスコアが4対0になり、ベーメ氏が三杯目を飲み干す頃にはうまくどこかに消えてしまった。不快な記憶が薄れていってくれるどこかへ。ただビーチサンダルの裏の赤茶けた土だけは、彼がどこに行ってきたのかを示していた。

ベーメ氏のテーブルにいるもう一人の男がロシア人だとしてみよう。短い髪で、突き出た腹。例えば彼の名前がアンドレイ・シマノフスキだったとしたら？　役人で、既婚で、子供はいない。三七年前、彼はアスベストという小さな町の収容所で看守をしていた。一九五五年、フルシチョフ政権のもとで、私の祖父を含む最後の捕虜たちが家に戻された後、彼は鉄道で働き始め、その仕事が好きになった。彼は国中のいろいろなところを旅して回り、どの町にも数ヵ月以上はとどまらなかった。そして、そういう旅の途中で、彼はしばしばかつて看守をしていた頃のことを思い出していた。捕虜たちのことはあまり覚えていなかった。ほとんどは顔も忘れてしまった。収容所長たちは皆飲みすぎていたのだったが、彼らの様子は覚えていた。いつも命令が下って、それをこなさなければならなかったことや、何かヘマをやらかしたときの恐ろしさなどを思い出した。視察旅行の一つでルハーンシク〔ウクライナの街〕に出かけたとき、彼はまったく思いもかけなかったのだが、のちに妻になるユリアと出会った。今、彼はそのユリアと一緒にバラトン湖のほとりで休暇を過ごしている。毎年、一定数のソ連の鉄道関係者たちに、伴侶とともにハンガリーで休暇を過ごす権利が与えられるのだ。今年はシマノフスキ夫妻の番だった。「リヴィエラ」で一〇日間。なんたる幸運！　シマノフスキ氏はよき夫だった。彼は酒を飲んだが、決して過度には飲まなかった。気がよくて、誠実で、物静かな男だ。そして大きなグループの中では、あまり気が休まらないタイプで、数時間なら一人でいるほうがよかった。子供の頃から一人でいるのが好きだったのだ。だが、今こうして水泳パンツでビールを水みたいに飲んでいるドイツ人の横に座っていると、自分が妻のことを恋しく思っているのに気づいた。それは自分でも驚きだった。

ベーメ　一九八二年には、彼は五八歳だ。既婚で、子供が二人。背が高く、痩せている。ライプツィヒで地理と化学の教師をしている。

シマノフスキ　ベーメより五歳年上。既婚で、ゆきずりの情事でできた息子がいるが会ったことはない。そのかわり、犬を飼っている。クラシック音楽の愛好家で、特にチャイコフスキーのピアノ三重奏曲イ短調、作品五〇の第二楽章が好きだ。そして交響曲《悲愴》の終楽章も。

時　代　一九八二年六月。フォークランド紛争でアルゼンチンが降伏した。NATOの理事会がボンで開催され、三五万人の人々がロナルド・レーガンの核武装計画に反対するデモを行った。ポール・マッカートニーとスティーヴィー・ワンダーが、ニコルの「ちょっとした平和」に代わって、ドイツのヒットチャートの一位になる。スティーヴン・スピルバーグの『E.T.』が映画産業のあらゆる記録を塗り替えていた。

場　所　バラトンヴィラーゴシュにあるレストラン良鱸亭《ツーム・グーテン・ザンダー》にて。

もちろん、こんなことが本当にあったとは思えない。この二人が実際に会うなどということがどうしてありえただろう。だが、この年代のいかに多くのドイツ人やロシア人が同じような生涯を送ったかを考えてみるべきだろう。兵士として、情報提供者として、看守として、彼らはそうとは気づかないままに、二〇世紀のヨーロッパに刻印された二つの全体主義システムに加担し、その後この二人の半袖シャツの男たちは、平均的なライフヒストリーを持った平均的な人間として過ごし、その平均的な生涯の最後の三分の一に差しかかっていた。彼らには時々過去の記憶がまとわりつく。それはいくぶんのメランコリーと不機嫌の兆候を含んでいるが、ただほんの一瞬でまた忘れ去られる。ベーメもシマノフスキも我々と変わらない平均的な人間だった。

ベーメ　ロシア人、ですよね?
シマノフスキ　そう。
ベーメ　大学でロシア語を学びましたよ。もう三〇年も前の話ですが。
シマノフスキ　しゃべるのうまいね。
ベーメ　まあね。サッカーは好きじゃないんですか?
シマノフスキ　うん、興味ないんだ。あんたは?
ベーメ　私はちょっとは興味あるんです。(どちらもしばらくなにも話さない)
シマノフスキ　他に何を勉強したんです?

ベーメ　戦後、ライプツィヒで化学を勉強しました。あの頃、東ドイツという若い国では新卒の教師が必要だと言われていたんです。それで私も教師の採用に登録しました。その後、ご存じのように壁ができた。今は化学と地理を教えています。教えるのが好きなんです。ありていに言って、楽しいんです。おわかりでしょう。お子さんは？

シマノフスキ　いや、まあいるといえばいる。長い話なんだ。

ベーメ　つまり、あなたは……

シマノフスキ　……結婚してるよ。連れあいはボウリングに行ったんだ。私は頭痛がするので行かなかった。あんたのほうは？

ベーメ　私たちは近くでキャンプしてるんです。妻と二人の子供と一緒です。私はちょっと出かけて、ドライヴしてました。私は……

背後で歓声があがる。ベーメはテレビのほうを見るが、なにも見えない。水泳パンツの男たちが煙草を吸いながらテレビに群がっていて、画面を遮《さえぎ》っていた。「どこのチームがやってるんだ？」とシマノフスキが尋ねた。「ハンガリー」とベーメが答え、ビールのジョッキを持って立ち上がる。何歩か歩き出し、背伸びしてみると、六四分、5対1になるゴールシーンが繰り返されていた。彼はこのゲームを見たいと思っていたのだが、もう今では遅すぎる。

シマノフスキ　どこに行ってきたんだい？

ベーメ　え？
シマノフスキ　ドライヴに行ったって言ってたじゃないか。
ベーメ　ああ、そのことですか。昔、私は近くで駐留してたことがあるんです。大昔です。いろんなことがありました。
シマノフスキ　そうだろうね。
ベーメ　でも、まあ不平は言えません。私たちはまあなんとかやってるんだから。ハンガリーで夏の休暇だなんてね。何というか……ビールもう一杯飲もう。あなたはどうです？
シマノフスキ　（うなずく）
ベーメ　ちょっとそこらへんを走ってきたんですよ。田舎の景色を見て、沼地に、村、気のいい人たち。わかるでしょ？
シマノフスキ　そりゃわかる。

またゴール。7対1でハンガリーが勝っている。

ベーメ　乾杯。
シマノフスキ　乾杯。
ベーメ　あなたも大学に？
シマノフスキ　いや、行きたかったんだけどね。うまくいかなくて。兵隊に行ってたんだ。わかるだろう？　あれこれ選ぶ余地はなかった。今は鉄道技師だよ。

ハンガリーが8対1でリード。他の男たちはみんな上機嫌で、ビールの泡がヒゲにこびりついている。空気は生ぬるく、太陽はずっと前に沈んだ。サッカーはそれからまだ二〇分も続いた。ベーメとシマノフスキは、自分のグラスを前にして、テーブルを見つめて座っていた。何を話せばいいかわからなかった。二人とも疲れていて、少し酔っていた。それも心地よい酔いというよりは、その逆、メランコリーに駆られ、気分が悪くなるような酔い方だった。ベーメはビールのグラスを見つめる。彼はまだテントに戻りたくなかった。シマノフスキは一緒に来たグループの仲間たちのことを考えていた。ぼちぼち戻るべき時間だろうか。彼は家に残してきた犬のことを考え、一緒にここにいてくれたら、と思った。また歓声があがる。スコアは9対1になった。ベーメはもう反応しない。ハンガリー人のアナウンサーは興奮のあまり声を嗄《か》らしていたが、ベーメはもう手も足も動かせないような気がした。ゲームはまだ一〇分続く。そしてシマノフスキがついにウェイトレスに支払いの合図をしたときには、ベーメはなんだかほっとして、この見知らぬロシア人になにか言わなければならないような気になった。だが、なにも思いつかないし、気恥ずかしくもあって、彼は勘定書きを取り上げた。「いやいや」とシマノフスキは言って断るが、ベーメは払うと言って聞かない。一瞬、そこまですることもないかと思ったが、もう取り消せない。

ベーメ　お話できて楽しかったですよ。

シマノフスキ　私もです。

二人は普通より少し長く握手した。スコアは10対1でハンガリー。審判がホイッスルを吹き、ゲームが終わった。エルサルバドルは、ようやくこの惨めな状況から解放された。そして二人の男もまた。

17

私はブエノスアイレスのレストラン・モットに、一時少し前に入った。それは昔ガレージとして使われていた広々した空間で、光が溢れていた。テーブルは濃い色をした木製だった。ミルタが立ち上がって、手を振った。ウェブサイトの写真で見た顔だ。カラフルなフレームのメガネをかけていて、にっこり笑っている。彼女についてグーグルでヒットした項目は全部読んでいたし、彼女のウェブ上のインスタレーションも見た。我々は会う前にフェイスブックを通じて友達になっていたのだ。部屋を横切り、人が長いブランクの後に久しぶりに会ったときにするように、彼女が両手を差し出してきたとき、何と挨拶したものかとちょっと考えた。少し後に彼女の妹のマルガが到着した。マルガのほうは、ミルタより控えめで優しい話しぶりで、言葉を慎重に選んだ。そんなふうに、私たち三人は南米の真ん中で、テーブルを囲み、Eメールや電話での会話などなかったかのように、もう一度はじめから話をたどり直していた。

「私はここではいつもサーモンにするの。でも今日はマグロにしようかな」とミルタが言った。「あなたはステーキにする？」

私はうなずいた。

「レアがいい？」

「うん、そうしてください」

私は両腕に浮き輪をつけた水着姿の子供たちの写真を見せた。スイスの湖のほとり、口の端にはケチャップがついたままだ。彼女たちのほうも携帯を出して、家族の写真を見せてくれた。「私たちの家族は皆、ハンガリーの歴史との結びつきを感じているの」。みんなフラッシュで目に赤い点がある、見知らぬ人たちの写真を見ていると、彼女たちが言った。「ここ数年、誰かがヨーロッパに行く機会があると、みんな自分たちのことをもっと知ろうと努めてきたの」

「でも、どうして？」と私は尋ねた。「そんなことしてもキリがないよ。君たちの子供たちまで過去と格闘してるなんて、おかしい気がする」

「でも、あなたもそうしてるんでしょ？」

「うん、確かに。それがいちばんいいことなのか、それとも寝てる犬は起こさないほうがいいのか、いつも迷いながら」

「何のために？」と彼女たちは尋ねた。皮肉っぽい調子ではなかったが、ただそこには、彼女たち自身もよく同じことを考えてきたのだろう、ということが聞き取れた。答えはいつもお決まりのものだ。ミルタは言う。「私たちは、自分たちの人生が苦痛に満ちた過去によって決定されてきたという考えとともに育ったの。それは私たちが受け継いだものなのよ。常に私たちのまわりにあった。子供時代も、若いときも、ずっと一分たりとも私たちの身のまわりからなくなったことはないの」

私はうなずいた。そして、今見せた写真に写っていた湖のことを考えた。岸辺には小石があり、湖水にたどり着くまで、その小石の上を渡っていかねばならない。子供たちと泳ぎに行くと、私は木陰で明るい色をしたタオルを広げて彼らを迎えてやった。草むらの上には綿毛が舞っていた。その後で私は子供たちにソーセージやアイスクリームを買ってやった。私と弟が小さかった頃、両親がそうしてくれたように。単純に、私たちはスイスに根を下ろしている、ということではだめなのか？　それこそ私が子供たちに手渡そうとしているものなのではないのか？　あるいは、それでは当たり前すぎるのだろうか？　もう家に帰ろうとするときの、あの安心感。水浴びの後の疲れ。髪にはまだ太陽が照りつけ、ビニールのバッグには湿った水着の匂いが残る。ミルタとマルガには、嘆くべきホロコーストがある。でも私にはいったい何があるのだろう？

我々は乾杯した。そして私は姉妹に、自分のこと、レヒニッツのこと、そして祖母の手記にどのようにしてたどり着いたのか、ということを話した。姉妹は私に、彼女たちの父親アロンのことを話した。彼はアグネスに出会う前に一度結婚し、そしてその妻と赤ん坊をアウシュヴィッツで亡くしていた。「アーギとは違って、一九四八年の船でアルゼンチンに来て以来、アロンはポーランドのことは知ろうとしなかったの」。私たちは貧困のうちに育った、と姉妹は語った。風呂場もなかった、でも、あらゆるものがきれいで清潔だった。「ヨーロッパ風だったわ」と彼女たちは付け加えた。両親の以前の生活から今まで残っているものは二つだけだ、と姉妹は言った。一つは、アグネスがアウシュヴィッツで看守の目を盗んでマーガリンの箱に縫いつけておいた写真だ。「今は私の家で、フレームに入れられているの」とミルタが言う。もう一つは、アロンがアウシュヴィッツから解放された日に看守の目を盗んで持ってきたベルトだ。もう戦争は終わり、アロンはガス室送りを免れ、だからズボンが膝まで落ちるようなことがあってはならない。それは尊厳の問題なのだ。

「ミルタが写真を持っていて、私はベルトを持っている。私の家の壁にかかってるわ」とマルガが言った。

「彼のベルトが？」

「そうよ」

「なるほど」と私はすぐに返した。アウシュヴィッツの看守のベルトが家の壁に釘からぶら下がっているなんて、これほど当たり前のことはない、といった調子で。

「私たちはアーギと一〇年前にハンガリーに行ったの。お祖父さんたちのお墓を探しにね」とミルタが言う。一九四四年の春、シャーロシュドのまわりのユダヤ人たちはすべて、彼女たちの祖父母も含めて、家を追われた、という新しい情報がもたらされたのだという。ユダヤ人たちは家畜のようにまとめられ、近郊の村の農場に住んで、作業をさせられたのだ。

「じゃあドイツ人たちは、そこからユダヤ人を僕の祖母の家族のところ、城館の農園に送ったんだろう。手記にはそう書いてある」と私は姉妹を遮って、ページを繰った。「ちょっと待って。ほらここ」と言ってから私は読み上げた。**その日から、二〇人ほどのユダヤ人たちが農場に毎朝やってくるようになった。彼らのジャケットには黄色い星がついていた。ゴルドナー兄弟は馬の世話をし、メダック夫妻とマンドル夫妻は庭で働き、そしてそれ以外の者たちは農園に行った。**

「彼らは厩舎を掃除し、雑草を抜き、鯉の池を掃除させられたんだ」と私は言った。

「あなたがたの奴隷だったのよ」とミルタが言う。

「僕たちの？」

「あなたの家族の」

私はさらに読み上げる。**彼らの多くには見覚えがあった。私たちは彼らに挨拶し、彼らもそれに応える。だが、もともと知らなかった人たちは、私たちのことが怖くて目も合わせられないようだった。私たちが何をしたというのだろう？**

そのハンガリーへの旅で、彼女たちは祖父母の名前と死因に関する情報を見つけ出した、と姉妹は言った。「マンドル夫妻、自殺」と。「そう書かれていて、それで私たちは祖父母たちが実際に存在した、という公式の記録にようやく出会うことができたの。しかも、彼らがどんなふうに亡くなったのかも書かれていた」。マルガは目を見開いて言った。「それが私たちにとってどれほど重要な瞬間だったか、わかる？　初めて彼らは幽霊ではなく本当の存在だったってわかったのよ」。私はうなずく。だが嘘だ。本当は理解できなかった。

その日はずっと大騒ぎだったという。墓地の片隅に植物が育ちすぎている一角があり、その向こうに、アグネスがなんの文字も彫られていない荒れ果てた石を見つけた。彼女たちはそれを祖父母の墓だということに決めた。私のステーキがテーブルに運ばれてきた。私は脂肪と肉の繊維を横に切り分ける。赤い肉汁が出て、皿の上でポテト・サラダに流れ込んだ。「私たちはそれで祖父母に近づけたような気がしたの」

「自殺だって？」と私は尋ねた。

「そう」

「でも手記には違うことが書いてあるよ。なぜだろう？」　私は、膝の上の、ナプキンでカバーされたフォルダを指して言った。

「そこが私たちにもわからないところなの」

私たちは黙って食べ続けた。

「誰が罪を犯したの？　あなたの家族？」と彼女たちはしばらく後に訊いた。「誰が揉み消したの？」

「ドイツ軍の兵隊の一人が撃ったんだ。背の高い、細身の男だった、というのが祖母が彼について書いていることのすべてだよ。そして僕の祖父がそれを揉み消した、と書いてある。そんなことは簡単なことだった。彼には権力があり、影響力があった。彼は君たちが話したような話、あるいは我々がそう思い込まされているような話をでっち上げた。係官に君たちが見つけたような記録を書かせるには、電話一本で十分だったはずだ。たぶんそんなことだったんだと思うよ。ありそうな話だ。当時、あの村に電話はあったんだよね？」

私たちはもう一度、夜に会う約束をした。ミルタから、祖母の手記を持ってきてくれるように、そしてコピーをとってきてほしい、と頼まれた。午後はずっと雨が降っていた。その雨は何日も続いていて、パラグアイでは洪水が起きていた。テレビで写真を見たが、バスがひっくり返り、茶色い水がいっぱいになっていた。カフェに入りたかったが、どれにするか決めかねていた。あるカフェはうるさそうだったし、別のカフェは値段が高すぎ、また別のところは満席だった。それで私は歩き続けた。ショーウィンドウに映る自分の影を見ると、雨で髪はぐしょぐしょで、あちこち頭皮まで見えているし、派手な色をしたソールのついた馬鹿げた靴を履いている。普通はティーンエイジャーが履くようなものだ。私は叫びたくなった。やってみろよ、と私は自分に語りかけた。なぜ叫ばないいんだ？

そういう考えは若いときからあった。なぜ人は突然通りの真ん中で立ち止まって叫び出したりしないのか？　あるいは崩れ落ちたり、立ちすくんだりする人を見ないのはなぜか？　どこから私たちは自分をコントロールする強さを得ているのか？　長女が生まれたとき、私は赤ん坊というものがどんなふうに泣き、むずかるかを初めて知った。私は新しい親たちがそうであるように気を揉み、そしてしばらくすると気に障ることにもなったが、ともかくなによりも私は驚いたのだった。娘がやっているのは、私がやりたかったことではないのか。私のほうは結局、その叫びを心の中であげているだけではないのか。

その晩、私は、ミルタ夫妻とマルガ夫妻と一緒に夕食を囲んだ。私たちはあらゆることについて語り合った。ハンガリー、スイス、そしてこの雨について。食べ終わると、私はノートを取り出し、それを読み上げた。最初はドイツ語で、そして英語で。適切な翻訳の言葉を頭の中で探しながら。カスタニエンバウム（マロニエ）は英語で何だったか？　小石《キーゼルシュタイン》は何？　サクランボ《ザウアキルシュ》は？

以前は考えもしなかったのだが、このとき私は初めて、一つ一つの言葉がいかに重要かということに気づかされた。彼らがたどろうとしている痕跡の行方を決めるのは私だった。私が語る言葉が彼らのものになり、私は彼らの過去を決定していた。私が言葉を選び、私が物語を語っていた。力を持っているのは私なのだ。なんとも言えない妙な感覚だった。

誰かが私の前にウイスキーのグラスを置いてくれた。私はその氷が表面にのぼってくるのを見ながら、彼らの祖父母の店の様子を読み上げていた。いろいろなものがストックされている棚。マンドル夫妻が、砂糖や小麦粉や、そして秋になるとリンゴを量る秤。そして彼らは最後には少しおまけをしてくれる。

「祖父が気前よかったなんて、素敵な話だわ」とマルガが言う。涙が乾いた跡の残る彼女の目は輝いていた。

私は祖母がある日曜日に野原から見たという列車の話を読んで聞かせた。その列車の屋根は太陽に輝いていた。**あの列車にはユダヤ人が乗せられてる**と誰かがささやく。祖母はその列車が走り去ってしまうまで、目を逸らすことができなくなった。

私はアグネスがアウシュヴィッツに移送される前に、祖母がハンガリーの牢屋に彼女を探しに行ったというくだりを読んだ。二人の少女は、会う寸前のところまでいったが、実際には会えなかった、と手記には書かれている。そして、マンドル夫妻が亡くなった午後についてのさまざまな記述が来る。私はいちばん短いバージョンから読み、続いて二つ目、三つ目を読んだ。テーブルにいた誰もが私の唇を食い入るように見つめていた。私にはそれが感じられた。彼らは一つ一つの言葉に聞き入り、そしてそこからイメージをふくらませる。**マンドルさんは妻の手をとり、庭を横切っていった。****「その場で止まれ！」**と誰かが叫んだが、マンドル氏はそれに従うそぶりは見せず、池のほうへ、そして橋を渡って自分の店に行こうとしていた。そのとき、兵士が引き金を引いた。ミルタとマルガはハンカチで目を拭《ぬぐ》っている。「勇気のある人だったんだ」と彼女たちは泣きじゃくりながら言った。「彼は人の言いなりにはならなかった。私たちと同じよ」。私はウイスキーを一口含んだ。心地よい香りがする。温かい感触が、最初は食道に、やがて胃に広がる。しばらく続いた沈黙の後、彼らは、どうして私がアルゼンチンに来たのか、と問うた。

「どうして？」

私は驚いていた。数年前に作家のマクシム・ビラー氏がある集まりで、私がその大伯母マルギットと何の関係があるのか、と訊いてきたときと同じように。レヒニッツでの一八〇人のユダヤ人殺害の罪のいくぶんかを負っているかもしれないマルギットと私？　何も関係はない、と私は答えた。だが、そのとき私が感じた気恥ずかしさは、話はそれでは済まない、ということを物語っていた。そして、ここでも私は自分の答えがいかに頼りないものであるかということを思い知らされた。「私はただの伝達者です」と私は答えた。ただのニュースの伝え手だ、と。だが、それは正しくない。手記の中で彼らの家族に何が起こったのかを記しているページをくれるか、と彼らにもう一度訊かれたとき、私はうなずき、「もちろん」と答えたのだが、本当はあんまり乗り気ではなかったからだ。その話は、私自身の家族の話でもあるのだ。

「マンドル夫妻はあなたの家の中庭で亡くなったんだね」とミルタの夫が言った。「そして私が意味をつかみ損ねていなければ、あなたのお祖母さんは、彼らを救うことができたのにそうしなかった、ということ？」

「そうです」と私は答えた。彼らは我々の中庭で亡くなった？　私の中庭？　私は結局、伝達者以上の何者かなのか？　「祖母は一生そのことで苦しんでいました」と私は慌てて付け加えた。それはなんだか言い訳みたいに聞こえた。

「彼女はアーギを牢屋に探しに行った、と？」

「キシュタルチャの街に行って、兵士にアグネス・マンドルと話ができるか、と訊いたのです。正直に言うと、私も本当に彼女がそこに行ったのかと自問しました。あるいはただ彼女はそうしたかった、というだけではないのか、と。だってシャーロシュドからそこまで行くには、子供を両親に預けていかなければならなかったはずだし、それに彼女はまた妊娠していたのです。おまけに国中ドイツ兵だらけで、状況はまったく不透明でした」

「本当に行ったのよ」とマルガは言って黙ってしまった。彼女は寒気がして、しばらく腕をこすっていた。「何年か前、居間でいつもと同じように母と一緒にいたとき、突然母が収容所と収容所の間に別の収容施設にいたという話を始めたの。そこに誰かが母を探してやってきた、と言ってたわ。誰かが母と話したいと言ってきた、と。『誰だったの?』と訊くと母はわからない、と言ってた。そのとき、彼女はあまりにも怯えていた。まだ母は若く、なにもかも自分一人で、両親も、弟もなしでやらなければならなかったんだもの。でも今、ようやくそれが誰だったのか、わかったわ。勇敢なあなたのお祖母さんだったのよ」

私たちはある種のパズルが解けたみたいに、お互い顔を見合わせた。

「それで二人は会えたの?」と彼らは私に尋ねた。「お祖母さんは何て言ったの? あなたのご両親が私たちの家の中庭で亡くなって申し訳なかったたって?」

「わかりません」と私は答えた。そして、もう少しなにか言いかけたとき、玄関のベルが鳴った。テーブルにいた誰もがその大きな音に驚いた。ミルタとその夫は眉間にしわを寄せて言った。「誰だろう?」夜のそんな時間に、しかもまさにこんな日に訪ねてくる人などあるとは思っていなかったのだ。ミルタは立ち上がり、鍵を開け、チェーンを外した。彼女が複数の人間に挨拶するのが聞こえてきた。そして彼女たちの長男が、ガールフレンドとその両親と一緒に入ってきた。長男は自分がそのガールフレンドと来年結婚することになった、と告げた。それを聞いて皆はようやくお互いに顔を見合わせ、そして立ち上がって抱き合った。まだ収容所のアグネスのことが頭から離れなかったにしても。ミルタは息子を抱きしめたときには、嬉しくて泣いていた。彼女のマスカラは、その前に流した涙で、もうすっかりとれてしまっていた。

＊＊＊

二〇一三年一〇月一五日、火曜、09：45

Re:re:re:re:re:re:re:re: スイスのジャーナリストより

サーシャ様

昨日の夜の話に、私たちがどれほど考え込まなければならなかったか、ご想像がつくでしょう。息子が到着し、婚約の嬉しい知らせを運んできたせいで、なにもかも混乱してしまいました。だから、玄関のベルが鳴る前に私たちが話していたことについては、今はいったん置いておきます。私たちの物語は書き直されなければならなくなりました。私たちにとっては、それは大変なことなのです。つまり、それはグーグル検索で出てくる私に関する記事、私の過去について書かれている記事は全部間違っている、ということです。何年か前に私が話したことは、もう本当のことではない。あなたにはそれはちっぽけな話に思えるかもしれませんが、そして実際にそうなのかもしれませんが、でもそこまで話は及ぶということなのです。

おやすみなさいと言って別れたとき、あなたは自分がもたらしたものがこんなことになって驚いた、とおっしゃいました。おそらく私たちが生まれる前のことが私たちにどんなに大きな影響を及ぼしているか、もう理解し始めておられるでしょう。それは私たちの体の組織のいちばん奥にまで達する影響です。いつもマルガと私はそうでした。それこそが、お話ししていた遺伝のことなのです。恐れることはありません。

この物語を持ってきていただいたことに感謝します。その物語は、私たちのものであり、そして少しはあなたたちのものでもあります。あなたがそれを話すと決めたのですから。母の家でお会いしましょう。お迎えに行きましょうか？

二〇一三年一〇月一五日、火曜、11：53
Re:re:re:re:re:re:re:re:re: スイスのジャーナリストより

ミルタ様
迎えに来ていただく必要はありません。ホテルから遠くないですし、それに雨もきっとやんでいるでしょうから。おそらく。

18

最初に見えたのは、彼女たちの母親が押している歩行器具だった。アグネスが寝室から出てきた。彼女は少し化粧をし、髪を梳《と》かして、私のためにおめかししてくれていた。ミルタとマルガは彼女と一緒に立っていたが、母親がそんなふうにしているのを見て嬉しそうだった。「ヨーロッパからのお客さんよ」と二人は言った。「知り合いのお孫さん」

「誰なの？」と、彼女は心持ち大きすぎる声で尋ねた。

「お孫さんよ、わかってるでしょ？」いや、アグネスはわかっていない。私はそれが彼女の様子から見て取れた。

私たちは互いに挨拶をし、居間の丸いテーブルのまわりに座った。私は旅行中に立ち寄った、ということになっていた。家族たちはアグネスにそのように伝えていた。そして私が祖母の手記の中に、アグネスに関することが書かれているのを見つけたのだ、と彼らは話しかけていた。「お父さん、お母さんのことが書かれてるんだって」と彼らは言う。七〇年ほども昔のことだ。それで今日はその手記から一部を読んで聞かせてくれるのだ、と彼らは言った。

「まあ、素敵」とアグネスは言って、私を見つめる。彼女は少しためらっていたが、やがて小さな声で尋ねた。「あなたはマリタのお孫さん？　それともリリィの？」

記憶が戻ってきているのだ。

「マリタの孫です」

「マリタはまだ生きてるの？」

「いえ。でも妹のリリィは生きています」

「なんですって？」

私たちは並んで座っていた。ほとんど触れそうなくらいだ。彼女の腕にアウシュヴィッツで刻まれた数字の入墨が見えた。それはもう彼女の皮膚の皺の中に消えていこうとしていて、ほとんど読み取れない。802……6？　それとも8だろうか？　「リリィはまだ生きています」と彼女に告げる。

「まあ、それは素晴らしい」

アグネスは文章の途中でハンガリー語とスペイン語とドイツ語を切り替えながら話した。そして私の祖母は、背が高く、細く、黒い髪をしていた、という話をしてくれた。子供の頃、祖母とアグネスは毎日会っていたが、そんなに話さなかった、という。「あの頃は誰にでも簡単に話しかけたりしちゃいけなかったの」と彼女は言った。私はアグネスにドイツ語を教えてくれたのは彼女のドイツ人の乳母だった、という話を昨晩聞いたのを思い出した。「それが収容所で彼女の命を救ったのよ。よりにもよってドイツ人の乳母が」

シュトゥルーデルは二種類あった。アグネスは彼女の父が家族にどんなに優しかったかということを話してくれた。「それに近くに住んでいたご家族は特別な人たちだった」と彼女が言った。「よき隣人よ」。部屋にいた誰もが、それを聞いて息を呑んだ。

よき隣人？

前の晩、私は姉妹たちに本当のことは話さない、という約束をしていた。彼女はあまりに歳をとっていて、弱っており、心臓の病気もある。彼女は耐えられないだろうと娘たちは考えていた。それで私はアグネスのために一芝居打つことにした。妙な感覚だった。皆が結託して秘密を守り、彼女には嫌な思いをさせないようにする。アグネスはアウシュヴィッツにいたのだ。あの焼き場に。そしてメンゲレの前に立たされたのだ。一人の人間の生涯にとっては、もうそれで十分だ。どうして九〇歳近くにもなって、自分の両親が背中を撃たれて死んだなどというニュースを受け取らねばならないだろう？

「あなたの優しいご家族は、私たちの木や花を冬の間、面倒見てくださったのよ」とアグネスは続ける。二人の娘たちは驚いているようだった。そんな話、聞いたことがなかったからだ。「お城の横に小さな温室があってね、そこに花が咲く植物が枯れないように置かせてもらったの」。あの方たちはとても親切だった、と私を見ながらアグネスは言った。「村にはね、私に向かって『臭いユダヤ人め』と言う人たちもいたわ」。彼女は最初の単語をドイツ語で、二番目の単語をスペイン語で、でも両方ともハンガリー語訛りで発音した。*stinkändä judía* と。話しながら、彼女はシュトゥルーデルをひと切れ、親指を使ってフォークの上に載せた。彼女の父親は、「マンドル（Mandl）」という苗字を、よりハンガリー風に聞こえる「メレー（Merő）」に変えることさえした。「そのせいでナチスやドイツ人が少しは容赦してくれると父は思ったの。でも役には立たなかった」。ユダヤの臭い、というのは当時人々がよく使った言葉だった、と彼女は言う。「でも、お城の人たちは、そんなこと言わなかった。あの人たちは違ったわ」と彼女は話し、そしてまた皿に向かった。私は祖母の両親のことを考えていた。なるほど、あなたがたは冬にはマンドル家の植物を預かって凍えないようにしてあげたってわけか。バラやベゴニアの間に、よい土と素敵な場所を見つけてあげたんだ。なんて親切なこと。

で、人間のほうはどうしたんですか？

彼らはあなたたちに懇願したのだ。「助けてください！」と。彼らの子供たちはもう列車に乗せられていたというのに、あなたたちは彼らが何を言っているのかわからないかのようにふるまった。どうしてなにもしなかったんだ？　あなたたちは彼らを匿《かくま》うことだってできたはずだ。あの城のまわりの土地は全部あなたたちのものだったんじゃないのか？　森だって、厩《うまや》だってあった。あなたが一言発すれば、牧師だって手伝ってくれただろう。農夫も、御者も手伝ってくれただろう。どうしてそう言わなかったんだ？　危険が大きすぎたって？　それとも自分のことで精一杯だったって？　あなたの階級全体がゆっくりと滅んでいくのに気をとられていた、と？　あなたたちは、もう無感覚になり、まわりのことに無関心になり、疲れ果てていたって？　祖母が手記に書いているように。**母はサナトリウムにいて、いつも機嫌が悪く、いつも病気がちだった。父は狩りに行くことだけが楽しみだった。**

そして、ミルタがシュトゥルーデルをもうひと切れ、皿に盛ってくれたとき、あなたがたが救えたのはマンドル家の人々だけではなかったのだ、と私は考えた。毎日城で働いてくれた他の人たちは？

メダック夫妻は？　ゴルドナー家の人たちは？　彼らについてはどうだったんだ？　皆、ガス室送りになったのか？

　あなたがたは彼らがどうしたのか、考えてみたこともないのか？　彼らは夢に現れなかったのか？　彼らの叫びが聞こえてきたのではないのか？　そして戦争の後で、共産主義者たちがあなたがたからすべてを奪い、小さな農家で御者も小間使いもなく、そして地位も権力もなしでやっていかなくてはならなくなったとき、小さい台所であなたがたは彼らを見たのではないか？　彼らのことが両肩にのしかかってきはしなかったか？

　彼らはさらに私の祖父の肩にものしかかり、私の父にも、そして私にものしかかってきたのではないのか？

　いや、それでは話が単純すぎる。それとも単純な話なのか。

「小間使いのゴガって知ってた、ママ？」と娘の一人がアグネスに尋ねた。アルゼンチンの居間でその名前を聞くのは妙なものだった。ゴガ。手記でずっと読んできた名前だ。**ゴガは、子供たちが太陽を描くように、自然な人だった。**私はこの表現が好きだった。祖母はきっと彼女のことを愛していたのだろう。たぶん自分のお母さんよりずっと好きだったのだ。

「誰？」

「ゴガ」

「いいえ」とアグネスは答えた。そのとき、私は城で働いていた他の家族の子孫も生き残っているのではないか、と考えていた。メダック夫妻の孫やゴルドナー夫妻の子供たち。彼らがもし生きていたら、どうなっていただろう？　束の間、私は心の中で、彼らが生きている世界のパラレルな生が見えたような気がした。あるいは彼らはアメリカにいたかもしれない。彼らは大きなカップで薄いコーヒーを飲んでいるのではないか？　そしてエアコンのきいたオフィスに通っていて、感謝祭《サンクスギビング》を祝っていたかもしれない。もし祖母の両親があの人々を救っていたら、人生がまったく違っていた人たちが世界にはいったいどれほどいただろう？　私はたまたま、そういう家族の一つの家庭の居間に座っている。けれども他の人たちは？　世界にちらばっていった人々のネットワーク。もし彼らすべてを訪ねていったら、彼らの間にはなにか共通するものが見出せるのだろうか？　私もそういう人々の一人ではないのか？　そうして、ある一つの考えに私はギョッとさせられた。もしあのとき彼らがただ立って見ているだけではなく、なにかをしていたら、私自身が違ったものになっていたのではないか？

「土地の人たちのとても多くが私たちを知っていたの」とアグネスは語った。「私たちは店をやっているユダヤ人だったから。でも私はほとんど誰も知らなかった。村の子供たちとはほとんど遊んだこともない。お城の子供たちとだけ、ほんの時たま遊んだだけよ」と彼女は言う。貴族の人たちは、戦後は大変だった。「あの人たちも苦労しなければならなかった。もちろん私たちとは違う意味でだけれど。でも、あの人たちはなにもかも取り上げられた。私はあの人たちとはよい思い出しかないの」。私たちはまた黙り込んだ。気まずい顔をして、自分の皿を見るばかりだった。それだけにアグネスが嬉しそうにしていてくれることで、気持ちが安らいだ。よかれと思って嘘をつく、というのが取り決めだったのだ。

私は手記を取り上げた。その朝、ホテルで私は読み上げるべき箇所に印をつけておいた。私はなにも付け足したりはしなかったが、彼女の昔のイメージをかき乱したりしかねないところはかなり飛ばすことにしていた。**マンドル夫妻がやっていた店は魔法みたいだった、**と私は読み始める。**小さくて、薄暗い灯がついていて、でも黄昏にはあらゆるものが輝き出す。**

「何て？」

輝き出す、と私は大きな声で繰り返した。**角に置かれた棚には砂糖の袋があり、天井からは、イチジク、タマネギ、ソーセージがぶら下がる。そして部屋の隅には、クルミとリンゴでいっぱいの袋が立てかけてあった。**

「リンゴ、そうそう覚えてるわ」

引き出しの横の黄色い机の上には大きなガラスの壺があって、明るい色をしたお菓子やシロップ漬けのサクランボが入れられていた。部屋には甘い香りが漂っていて、ガソリンの匂いも少し混じっていた。マンドルさんのところでは、この地方で唯一のガソリン・スタンドもやっていたからだ。マンドルさんとその家族。赤い頬をした、強い男の人だった……

「そう、お父さんはそうだった」

……そして、なにかを秤にかけたときには、必ず後で少しおまけをしてくれるのだった。私たちは日曜ごとに、教会の帰りに店の前を通り過ぎたが、マンドルさんはいつも帰り道に食べるお菓子を一つくれた。それはいつもちょうど家に帰る頃にはなくなっていた。

「そう、そのとおりだった」とアグネスは言った。「うちの店は日曜は休みだったの。でも伯爵家の人たちには別だった。お父さんはあの方たちのためにはあらゆることをしたわ」と彼女は続ける。私たちを見つめながら、輝くような笑みを浮かべて。私たちのやっていることは間違っていないのだろうか？　だが、私は読み続ける。ブダペストからの列車について。それが立てる煙のせいで遠くからでもそれがやってきたことがわかった、ということについて。そして村の入り口にいたクロヅルたちについて。私はあたりさわりのない文だけを読み、それ以外は飛ばした。

19

ホテルへの帰り道、パン屋を過ぎ、ほのかに明かりのついたバーの前を通り過ぎる。中では男たちがスロットマシーンの前に立って、煙草の灰でズボンを汚したりしている。そのとき、私は考えていた。何が私の祖母の両親とマルギット伯母とを区別するのだろう？　私の曾祖父母はマンドル夫妻が撃たれるのを黙って見ており、そしてそれを揉み消すことしかできなかったのに対して、レヒニッツで終戦直前、一八〇人の人々が自分のために掘らされた墓穴に落ちていったとき、マルギットはダンスをしていた。

もう午後も遅く、雨は本当にやんでいた。アスファルトはあちこち乾き始めていた。私はヘッドフォンをつけ、ホテルを通り過ぎて歩き続けた。芝生を刈るときのように四ブロック左に歩くと一つ上がって今度は四ブロック戻る。彼女たちは血に飢えたモンスターではなかった。私の親族たちは、誰かを拷問したり、撃ったりしたわけではない。彼女たちはただ起こっていることを見つめ、そして何もしなかっただけだ。彼女たちは考えるのをやめていた。人間として在ることをやめていた。何が起こっているか知っていたにもかかわらず。それはハンナ・アーレントの有名な言葉「悪の凡庸さ」ではないのか？　私はどんどん歩きながら、そう自分に問いかけていた。片方の足の前に、もう一方の足を置くのをやめることができなくなっていた。誰もがすべてを知っていた、と私はぶつぶつ言っていた。通りかかった人は、私を見て歌に合わせてハミングしているとでも思ったかもしれない。だが私はジャーナリストだったリリィ・ケルテースの『炎に焼き尽くされて』〔Lilly Kertész, *Von den Flammen verzehrt*, Donat Verlag, 1999. この書物は、まずイスラエルで一九九四年に、そしてハンガリーで一九九五年に出版された〕という本の中の、ある文章のことを考えていた。彼女はハンガリーのエゲル出身で、一九四四年にアウシュヴィッツに送られた人物だ。彼女の隣人たちが庭を見下ろし、ユダヤ人が連れ去られていくのを眺めていた様子が書かれている。「もう二度と戻ってこられないぞ」と彼らは罵《ののし》り、その住まいからは音楽と笑い声が聞こえてきた、という。彼女は驚いた。「私はその建物に住んでいる人たちを知っていた。彼らはいつも親切そうに見えたのに」

極右の矢十字党は、一九四四年の冬になると殺害のペースについていけなくなる。列車は満員だったので、彼らは一万人のユダヤ人やロマたちに死の行進を命じる。ハンガリー兵が彼らを追い立て、鞭打って一日三〇キロも歩かせた。囚人たちの五人に一人が死んだ。誰もがそれを窓から眺めることができた。レースのカーテンの陰に立ち、その行進を見つめたのだ。その人たちは、その後で何をしただろう？　スープを作り、いつもより早めに寝たのだろうか？

そしてブダペストのユダヤ人たちを見ていた人たちは皆どうだったのだろう？　女性も、子供も、年寄りも皆、手錠でつながれ、氷のように冷たいドナウ川に突き落とされた。つながれた人たちのいちばん端の一人を撃てば、彼らは最初の一人に続いて皆、川に落ちて溺れたのだ。どうして通りかかった人は叫び出さなかったのだろう？　どうして人々は、その素敵なアパートで背中からひっくり返って、赤ん坊のように足を蹴り上げたりしなかったのだろう？　なぜ彼らはあんなにも静かにすべてを受け入れたのだろう？　法と秩序のため？　あるいは自分をコントロールできなくなるのを恐れたとでも？

20

タクシーを呼ぶべきだった、と街の中心の最後の高層ビルを通り過ぎるときに思っていた。私はマルガと彼女の夫が空港まで送っていってあげると言い出したとき、それを断る勇気がなかったのだ。車に乗っている間中、マルガは母親アグネスと昨晩のことをあれこれ話し続けた。「母は真実には耐えられなかったわよ」と彼女は言ったが、語尾が上がるので疑問のようにも聞こえた。彼女の夫はマルガの膝に手を置いて言った。「もういいよ、マルガ。そのことは話し合ったんだから」

「それに母があんなふうに嬉しそうにしているのは素敵じゃなかった？」と彼女は私のほうを向いて尋ねた。頰を伝う涙は隠そうともしなかった。何と答えればよかったのだろう？ 私は後部座席に座って、隅のほうにへばりついていた。まるで怪我でもしているかのように、あるいはなにかから逃げてでもいるかのように。

私は姉妹がお別れにくれた薄い紙束を持っていた。数年前、アグネスはブエノスアイレスのショアー博物館の歴史家と出会い、彼に手伝ってもらって、自分の戦争中の記憶を書き留めたのだった。それを飛行機の中で読むつもりだった。

「今やるべきことだと思うんです」と私はマルガに語っていた。そして窓の外を見ていた。彼女の涙を見たくなかったからだ。

私たち三人は、荷物をチェックインするために一列に並んで立っていた。エコノミー・クラスの狭い座席について、ヒドい映画について、そして機内食について、話した。私は自分が初めて両親の元を長く離れる子供であるかのように思えてきた。彼らと抱擁し合ってもよかったのだけれど、そして実際、彼らの骨ばった肩に頭を乗せたらどんな気分だろうと想像までしたのだが、結局そうはしなかった。我々はほとんどお互いを知らないのだ。その後、出発ロビーになっている二階の店でコーヒーを飲んだ。マルガはハンカチを握りしめたままで、もう一度、手記のコピーを送ってね、と言った。私はもう一度、そうします、と答えた。ようやくセキュリティー・チェックを通り抜け、最後に振り返ったとき、私は少年のように手を振った。どうして彼らに自分のことを謙虚だと思ってほしがるのだろう、と私は不思議に思った。

彼らが犠牲者だから？

じゃあ私は？　犯人の一人？

＊＊＊

レヒニッツについての記事を読み、マルギット伯母の写真を見、そして自分の家族の歴史を調べ始めてから七年が経った。それらは結局、何のためだったのだろう？

父がこう尋ねるのを想像してみた。「で、何かの役に立ったのか？」

いや、もちろん役になんか立たない。ほとんど怒鳴り返したい気分だった。例えば、そう、抗生物質の発見に比べれば、それは何の役にも立たない。

じゃあ、と私は自分に問う。どうしたっていうんだ？　それは、一人でいたり、列車に座っていたり、カフェにいたり、新しいホテルに着いてカーテンを開いて窓越しに外を見たりするときに私がいつも思う問いだ。どうしたって？　私は飛行機の窓際に座り、トマトジュースを飲んでいる。天井から読書灯が私の前の折りたたみ式のテーブルを照らし、そこにはアグネスと祖母の手記が載っている。暗い大西洋の上、一万メートルほどの上空についている孤独な光。隣にはスイス人のカップルが座っている。二人は、まったく同じ型のズボンをはいている。全天候型で、上にも下にも至る所にさまざまな種類のジッパーがついていて、天候が雨かカンカン照りかによって開けたり、まくり上げたり、調節したりできるようになっている。たぶんティエラ・デル・フエゴ〔チリとアルゼンチンにまたがる南米大陸南端の諸島〕の氷河にでも行ってきたのだろう、と私は考えた。それから砂漠で何日か過ごし、最後にメンドーサのワインヤードで一週間ほどのんびりしてきたのだろう。彼らのトレッキングシューズの底には乾いた泥がこびりついていた。そして私は彼らから目を逸らせなくなっていた。視界の隅に、男の唇の下に生えている顎鬚が見える。ミリメートル単位で正確に刈り込まれた小さな鬚。ジャケットについている面ファスナーみたいだ。カップルはなにか一言でも語り合うと、そのたびにキスをした。それを見ていると二つの頭をひっぺがしてやりたくなった。なぜかわからない。なぜ彼らの仲睦まじさが私の気に障るのか？　なぜ彼らのズボンは私に軽蔑の心を起こさせるのか？　そのズボンは、世界のあらゆる問題がジッパーや面ファスナーのおかげで解決できますという満々たる自信を象徴しているかのようだった。

なぜ私はこのカップルが気にくわないのだろう？　他に何をすべきかもわからないので私はノート

にそんなことを書きつけていた。彼らが私に何をしたというのか？　私はシュトラスベルクと一緒に一度この問題を考えてみようと決めていた。

おまえはうらやましいのか？　と自問して、それを書いてみた。でも何をうらやんでいる？

何年も前に休暇で友達とイタリアに行ったときのことを覚えている。我々はお金がなくて、野外で寝て、キャンプファイアーをやって、それで肉を焼いたりした。車はつぶれ、一週間もシャワーに入らなかった。家に帰るとき、山を後にしてゴットハルト・トンネル〔スイス南部のトンネル〕を抜け、瓶の底のような綺麗な緑色の湖に白鳥が浮かんでいるのを通り過ぎ、大きな農家と丸々と肥えた牛を見ながら、友達の一人はこう言った。「スイスがいちばん美しいんだ、結局」。そいつの首を絞めてやればよかった。あのときも、飛行機で家に帰るのを待ちきれないこの幸せなスイス人カップルの横にいる今と同じように孤独で惨めだった。

彼らにはなにもかも安全で素敵な場所があるということがうらやましいのだろうか？　それについてなんの疑いも持たなくてもよい、ということが。そういうことか？

そう、たぶん。私は彼らがサンドイッチを食べるのを見ている。パンくずが彼らのフリースのジャケットの細かい繊維にひっつき、そして彼らは休暇中の写真を見る。「トゥプンガート山〔チリとアルゼンチンにまたがる山。標高六五七〇メートル。南米大陸最高峰の一つ〕だ」と彼氏のほうが言った。「本当？」と彼女のほうが訊く、またキスしながら。「もちろん。ほら、この特徴的な中腹を見てごらん」。彼氏はキスし返す。

私はヘッドフォンをつけ、クラシック音楽のチャンネルに合わせた。ショパン。そりゃ素敵だ。少なくとも素敵であるかのように響いている。二人の女性の手記に当たるライトは、今や舞台のスポットライトのようだ。突然、別の時代の、人でいっぱいの部屋が目の前に浮かんだ。ある者はトレーナーを着てヘッドフォンをつけており、別の者は制服を着ている。制服というのは、ドイツ国防軍、NKVD〔ソ連内務人民委員部〕、それにハンガリー警察のもので、それらがみんな一緒にいる。妻と子供もいて、もう逃げ場はない。娼婦のリンダが犬を連れている。シュトラスベルクはパイプをふかして陰気な顔をしている。彼はここで起きていることすべてがあまり嬉しくなさそうだ。アグネスの一つ前の列にはベーメとシマノフスキが一緒に座っていて、無二の親友のように話し込んでいる。誰かが咳をして、別の人が咳払いする。「じゃあ、どうなんだ」と作家のマクシム・ビラーが怒ったように言う。「それが君にどう関係しているのかね?」

どうなんだろう、本当に。

それは正直さの欠如の問題なのだ、というところまでは今ではわかってきた。それがすべての結び目だ。人間性の欠陥。

私はマルギット伯母の権力への渇望については理解できない。彼女のナチへの共感についてはなおさらわからない。私の祖母が封建主義的なハンガリーをずっと懐かしんでいたことも理解できないし、彼女の故郷とその秩序への憧憬もわからない。ただ、彼女の弱さは理解できた。

ずっと昔のあの午後、私なら祖母と違うことができたのだろうか? 関わり合いになろうとしない父に反対して、なにかすることができたのだろうか? 私は父が殺戮を揉み消そうとするのをやめさせられただろうか？　そもそも私はなにかに異を唱えたことがあるのか？　ない。なぜそんなことをする必要がある？　結局のところ、スイスではなにもかも問題ないのだ、と私は自分が答えるのを聞いた。

そうなのだろうか？

もちろんアメリカがイラクに侵攻したとき、私は反対した。移民に対する保守的な政策にも反対だった。太地湾《たいじ》のイルカ漁にも反対だ。そしてデモがあれば、子供を幼稚園に迎えに行って、その途中で抗議のために街でそのデモに加わることもしばしばだった。最近はフェイスブックやツイッターで、誰かを応援したり、何かに反対したりすることに何時間も費やしている。事件の写真や誰かの鋭い分析をシェアし、ランペドゥーサ沖で移民たちの船が難破しているヴィデオにリンクを張り、南スーダンの女子割礼を廃止する嘆願書に署名したりもしている。だがもし、これらの出来事がコンピュータの中ではなくて、道端で起きていたらどうしただろう？　もしメディアを通してではなく、生身の人間として抗議しなければならないとしたら？　ヴァーチャルなものではなくて、リアルに抗議しなければならなかったら？　実際に匂いがあったり、痛みがあったり、うるさかったり、つまりアップル社の洗練されたデザインのラップトップ・コンピュータを通してではなく、実際に世界を感覚しなければならなかったとしたら？　もし七〇年前と同じような戦争が起こったら、私たちは結局、彼らと似たようなものではないのか。

もちろんそんなわけがない、とトレーナーを着て麻布のバッグを持っている若者は抗議するだろう。我々は過去から学んだんだ。同じことが起こるわけがない。

でも、そうなのか？

我々は、自分自身の身を守るためなら、突然従順になったり、義務を自覚したりしないと言いきれるのだろうか？　我々はシマノフスキやベーメではないと言えるのか？　我々の内には多少のマルギットが宿っていないか？

我々は看守ではないし、尋問もしていないし、人を撃ったりもしていない。だが、戦争よりずっと危険は少ないとしても、なんらかの事態に直面して、我々はどういう行動をとっているだろう？　例えば、仕事場で自分をさらけ出さねばならなくなったら、どうだろう？　我々は正直に話せるだろうか？　もし真実があまり心地よいものでなかったとしても。例えば上司にいじめられている人をいつも守っていると言えるのか？　それとも見ているだけか？　ユダヤ人たちがドナウ川に溺れるのを眺めていた人たちのように。我々は不正に苦しんでいる人々のために立ち上がれるのか、あるいは私の祖母のように沈黙を守るだけなのか？　自分を危険にさらせるのか？　そもそもリスクを引き受けたことなどあるのか？　誰が、何のために、リスクなど引き受けるだろう？

我々は講壇に立ったり、ブログを綴ったり、拍手をもらったり、握手したり、寄付をしたり、精神科医のところに行ったり、危機に瀕したマングローブの沼について怒りを覚えたり、ナイジェリアの難民を拒否したことに遺憾の意を表明したりして、たぶん一〇七人くらいの読者の歓心を買い、新しいネットワークに（XINGに、Pinterestに、LinkedInに）招待されたり、そこで友達のプロフィールを見つけて驚いたり、彼らが読んだものや行った場所に悔しい思いをさせられたりしている。友人たちは、プノンペンに行ったとか、デトロイトだとか、ＴＥＤの会議だとか、バーニング・マン〔アメリカの荒野で開催されるアートイベント」だとか、バーゼルの美術フェアに行ったとか。急がなくちゃ。だが誰か自分の弱さについてツイートしたり、不安をシェアしたり、疑いをブログに書き込んだり、ミャンマーの少数派ムスリムには興味がないとか、マングローブのことはもう知りたくないとか、自分の上司に意見を言う勇気がないだとかいうことを書いたりしたことがあるだろうか？　我々は、ヴァーチャルの世界で演じているほど汚れなき存在なのか？　我々はそんなにしっかりしているのだろうか？　私はそんなにしっかりしているのだろうか？

私はノートを広げ、離陸前に出発ロビーで、新しいページの左肩に書き入れた日付を読み、そして書きつける。「おまえにはそんなことができたのか？　ユダヤ人を匿《かくま》ったりできたのか？」　そしてその下に答えを書く。「否」

21

一週間後、私はまたシュトラスベルクのカウチに寝ていた。私はアルゼンチンの旅から帰って最初の診療が待ち遠しかった。本当に彼と一緒にブエノスアイレスに行けたらよかったのに、と思っていた。そうすれば毎晩、あのグリル・レストランの一つで会って、口の端に血のように赤い跡を残すヘビーなマルベック・ワインを飲むことができたのに。そうすれば一緒にあらゆることを語り合うことができたのに。今、私はどこから話を始めたらいいのか、もうわからなくなっていた。

「えーっと」。しばらく間を置いて私は続けた。「なんだか妙にしっくりいったんです」

「そうだったの？」

「そもそも会う前から、電話でもEメールでも親近感を感じていたんです。そして実際にアグネスの二人の娘にレストランで初めて会ってみると、こうして会えて本当によかったし、私のことをとても親しく感じる、と彼女たちは言ってました。もう何年も前からの知り合いのようだ、って。私もそう感じました。でも、結局のところ……」

「どうだって？」

「うまく言えない」

シュトラスベルクはなにも言わなかった。

「彼女たちに手記の一部をコピーしてくれ、と頼まれたとき、私は躊躇しました。そうしたくなかったんです。まだ私はそこまでたどり着いていないように思った。それはまだ私の中で生煮えで、未完成なんです。いや、つまり、それは私の物語でもある。そして彼らがそれをどう扱うか、まったくわからない」

「そこが核心だ」

「何の核心だっていうんです？」

「物語を支配する権力のありか。お祖母さんと、そして殺人を揉み消したお祖父さんの場合も、それが問題だった。今も同じだ。君とアグネスの娘たち。誰が、物語の終わりはここだ、と決めるのか？」

「うーん……」

「君がアルゼンチンに飛ぶ前には、そのことは言わないでおいたんだ。君に影響を及ぼしたくなかったから」。彼は続けた。「でも、アグネスの娘たちとの関係で言うと、君は難しい立場にある。君は失うばかりだ。もし彼女たちの望むとおりにしないなら、君は自分を悪人の一人だと思わざるをえなくなる。君の言う『しっくり』が思いのほか早く終わりを迎えても、僕は驚かないよ」

＊＊＊

四月、リンダとたまたま出会った。あの列車で会った犬を連れた娼婦だ。彼女は駅の近くの裏道にいた。最初、彼女かどうか怪しかったので、数メートル後ろをつけてみた。彼女は別の女性と一緒にいた。二人は肩が触れそうな距離で歩き、もう暖かい気候だというのに、長くて膝下まである黒いキルトのジャケットを着ていた。私は彼女たちのすぐ後ろにいたので、彼女たちが話すハンガリー語が聞こえてきた。それは父が話すのとはまるで違う言語のように響いた。より暗くて乱暴だ。彼女に話しかけるのはちょっと気が引けた。彼女にいったい何を望んでいるのか？　でも、結局、話しかけてみた。「リンダ！」　彼女は振り向き、私を見て驚いていた。彼女はほとんど化粧をしておらず、記憶にあるよりも小さく見えた。下唇に出来物ができている。「僕を覚えてる？」と尋ねてみたが、彼女はかぶりを振る。「ブダペストに行く列車の中で、去年会ったんだ。隣に座っていて、君は犬を抱えてた」。それで彼女はうなずいた。横の友達がいぶかしげに彼女を見やる。二人は長くてほっそりした、白いフィルター付きの煙草を吸っている。遠くから見るとストローみたいに見える。そういう煙草を吸ってるのは、決まって東欧から来た女性だ。

「運がよかった」と私は言ってみた。ハンガリー語で「偶然だね」という言い回しが思いつかなかったからだ。ちょっと押しつけがましいかとも思ったが「コーヒーでも飲まない？」と彼女と友達に尋ねてみた。それよりましなことを思いつかなかったのだ。

彼女たちは首を横に振って「どうして？」と言った。

「ちょっと尋ねたいことがあって」と私は答えた。ブダペスト行きの夜汽車の中でも、リンダは嫌な感じではなかった。ただ用心深いのだ。

「二人と話がしたいんだ」

「何の話？」

「君たちの生活について。ハンガリーについて」

二人は顔を見合わせて、そして同時に火のついた煙草を投げ捨てると、それは車の下に転がっていった。彼女たちの生活は退屈で、ハンガリーはシケた国だ、とリンダは言う。二人はまた顔を見合わせる。「なにか食べる?」と勧めてみた。「それもいいかも」とリンダが言う、こちらの目は見ずに。道を渡り、トルコ風のスナックに入った。タマネギと石鹼の匂いがする。そして鏡張りの壁を前にして隅っこに座った。彼女たちはテーブルの上に、まるでピストルみたいに、それぞれの携帯電話を置く。

「ハンガリーはなんでシケた国なんだい?」と私はしばらくして訊いてみた。リンダの友達マリカはあまり話さない。マリカのほうが若く、まだ二〇歳そこそこだろう。黒くて肩まで届く髪が、喉の痣《あざ》にかかっている。彼女はリンダが笑うと笑い、時々同時に答えた。

「だってハンガリーには仕事がないもの。それに生活だってひどいし」とリンダが言った。

「わかるよ」

「あんたに何がわかるの?」

皆、押し黙った。

「あんたは何をしてるの?」と彼女たちが尋ねる。

「僕はジャーナリスト。物書きだよ」

「ハンガリーでは何をしてきたの?」

「父のところを訪ねてきたんだ。そしてシャーロシュドという小さな村に行ってきた。知ってる?」

そして私は彼女たちに語り始めた。私の旅について。祖母の手記について。ウェイターが食べ物を運んできた。そして私は城の中庭で起きた犯罪について話した。「第二次世界大戦が終わる一年ほど前、ユダヤ人の夫婦が撃たれたんだ」。私はリンダとマリカがヨーグルト・ソースが滴《したた》るケバブを食べているのを見ながら言った。私は頭がどうかしている年寄りのように見えただろう。彼女たちの顔には驚き以外にはなにも認められなかった。

「第二次世界大戦？」マリカが厳《おごそ》かに繰り返す。まるで太陽光から守るために絹でくるんでおかなければならない貴重な骨董品かなにかのように。

「そう」と私は答える。彼女たちはパンから皿に落ちたタマネギを、彼女たちの長い爪でつまみ上げる。お箸みたいだ。

「そんなの、もう一〇〇年も前のことでしょう？」

「七〇年前だよ」と私は先生のように訂正したが、でもどれほど違いがあるというのだろう？　我々はあまり話もせずに食べ続ける。そして自分が馬鹿みたいに思えてきた。だって彼女たちは数時間もすれば、あの昔ガレージだった倉庫の前に立ってお客を待つのだ。なのに、ここで私は何十年も前に祖母の家の中庭で起こったことについて話している。もうなにもかもが死んで跡形もなくなった世界での出来事について。彼女たちがウェイターが持ってきたウェット・ティッシュの白い袋を破るのを手伝ってやると、あたりがレモンの香りで満ちる。そして我々は立ち上がり、外に出た。彼女たちはコーヒーより煙草が吸いたくて、入り口の横の黄色い壁の前で、ジャケットのどこかに入っているライターを探していた。

「君の両親は、娘がチューリヒで何をやってるのか、知ってるの？」

マリカは首を横に振る。

「君もあの小部屋のところで働いてるんだろ？」

「私たちのこと書くつもり？」とリンダが尋ねる。

「書いてもいい？」

リンダは言った。「父さんは出ていった。母さんは家にいて私の娘の面倒を見てくれてる。それでいい？」彼女は煙草の最初の煙を鼻から吐き出した。「写真があるといいんだけど」と私が言ってポケットからカメラを出そうとすると、「そんなことしたら殺すわよ」とリンダが目を合わさずに言った。「お化粧もしてないんだから、顔がパンケーキみたいよ」。私はなにか気のきいたことを返そうと思ったが、ハンガリー語ではなにも思いつかなかった。

「娘に仕事のことを話す人もいるわ」と彼女は言う。

「でも君は話してないんだね？」

「うん」

「娘さんに気をつけるべきことを教えてもいいのに」

「自分の身は自分で守らないといけないの」

「子供の頃、僕は母が何をしてたか、知りたかったけどな」

「いったい何の話？」と彼女は言って煙草をふかし、地面を見つめている。そして彼女の村のことを語り始めた。村のジプシーの娘たちは、プラスチックのボトルや銀紙の切れ端をハイウェイの横の木の枝にくくりつけ、それが太陽の光できらきら光るようにする。トラックの運転手たちは遠くからそれを見つけることができる。夏には娘たちは道端の茂みで誰かがブレーキをかけて降りてくるのを待っている。男は、うなり声をあげて達すると、金を払い、また車に乗って行ってしまう。ときには運転手は娘を乗せて数キロ走り、同僚の運転手に無線で女を連れていると話す。ガリガリか太っているか、ブルネットかブロンドか、そんなことが伝わって、女たちは運転手から運転手へとまるでリレーのバトンのように受け渡される。ある運転手と西に行ったかと思うと、次には別の運転手と南へ行き、国中を走り回る。厄介になると、ときにはサービス・ステーションで犬みたいに降ろされる。そして妊娠してしまうと最悪だ。「それが始まり」とリンダは平静に言って、マリカにもう行こうと合図した。別れを言って、私は紙切れ二枚に自分の電話番号を書きつけた。「もし必要になったら電話して」と言ったが、彼女たちがそんなことをするはずがない、と思っていた。そして握手した。

「犬はどうしたの?」と彼女の後ろ姿に言ってみたが、リンダは頭を振った。

＊＊＊

「去年の秋にハンガリーに行ったとき娼婦に出会った、という話をしていませんでしたね」と私は一週間ほどしてダニエル・シュトラスベルクに彼の診療室で話をしていた。

「うん、聞いてない」

「電車の中で少し話をしたんです。そして何日か前、たまたままた出会った。一緒に少しものを食べたりしました。彼女と、そして彼女の女友達と一緒に。二人ともハンガリーの小さな村から来たんです。今、彼女たちは売春婦が商売をする小部屋の前に立って、客を待っています。私は彼女たちに手記の話をし、マンドル夫妻のことを話し、そして城館を見に行ったことを話しました」

「どうして?」

「わからない。なにか自分のことを話したかったんです。それに彼女たちがどんな反応を示すか見てみたかった、というのもあります。リンダみたいな二重生活者にはいつも惹かれるんです。家ではお母さんに何を話しているんだろう、とか、娘が質問したらどう答えるんだろう、とか。現実に何が起こっているか、彼女たちはいったい何回くらい考えたことがあるのだろう?」

「娼婦みたいな二重生活者が君と何の関係があるの?」

「関係ないですよね、実際」と私は答える。ライプニッツとラカンが置いてある棚を見やり、そして本棚の上の木像を見る。誰かがその木像を動かしたらしく、彼女の後ろ姿、その大きなお尻が見えていた。「でも、ひょっとすると関係あるのかもしれない。問題は我々が自分についてどこまで公にするかということなんです。どんな話だったら我々は受け入れられるのか? どの種の真実をもって自分たちを構築しているのか? 我々は何を引き継ぎ、何については黙っておくのか? 祖母がことを明らかにしようと決心できたのは彼女の晩年でした。アグネスの娘たちは自分たちの祖父、祖母の死に関する本当の物語を話さないことにし、リンダはあの小部屋で男に身を売っていることをこれからも家族には話さないでしょう。お客の車から降りてまだ口の中には男の体液が残っているままに、また元の場所に立つときにどんな気持ちがするものか、話したりしないのです」

シュトラスベルクは何も答えなかった。

「でも、まだ問いは残っている……」

「そうなの？」

「僕はどうなんだろう？」

「どういう意味？」

「僕自身の物語はどうなるんだろう？　僕は子供たちに何を引き継ぎ、何を秘密にしておくんだろう？」

「ともかくも精神分析を受けることにしたんだ。君は自分の弱みに向き合っていたように見えるけど」

「自分の中の薄暗い場所に光を当ててるって？　でも本当に僕はそんなことをしてるんだろうか？」

「お祖母さんの手記について話したことについて、二人の女性は何と言ってた？」

「彼女たちは僕の頭がどうかしてると思っていました。ケバブを食べに行き、僕は彼女たちに第二次世界大戦の話をしたんです。馬鹿げたことでした。僕は自分が信じられないほど歳をとっているような気がしました。だって大昔の話だから。でも同時に自分が信じられないほど若く、素朴で、甘やかされているような気もしました。人生を本でしか知らない、あの青白い顔をしたイギリスの大学の学生みたいに。僕はあなたの診察をもう何年も受け、過去のことで頭を悩ませてきました。でも、その間、リンダやマリカは、その日その日のために戦っていたんです」。私はそこで黙った。その先、どう続けていいのかわからなかったからだ。だから、なにも言わずにそのまま何分か黙っていた。「僕は自分のこれまでの人生を、気球を操縦する人が錘《おもり》を捨てるみたいに、もう投げ出したほうがいいとは思いませんか？」と私は尋ねてみた。

　彼は答えない。それで私はまた無意味なことを話しているような気がしてきた。

「そうすれば僕は自分のコースに戻れる」と、それでも私は続けた。「重荷がなくなれば高いところにも行ける。祖母が話していた絆の話を覚えてますか？　彼女と我々の間の絆、祖父母と孫の間の絆」

「うん」

「それを切り離すべきなのか、自信が持てないんです。もし切り離せば、人は過去の重荷につぶされてしまうことなく、また新しく始められる。でも、そうしたらどうなるんだろう？　我々は自分のルーツを否定したり、過去をゴミと一緒に投げ捨てたりできないのか、それともできるのか？　新しくスタートを切る前に、自分がどこから来た何者であるかということを認識すべきなんじゃないのか。そう思いませんか？　そして自分の前にある絆がはっきり見える人こそ、つまりあの空港で夜に滑走路で光っているライトみたいにそれが見える人こそ、それを切断することができる。まあ、でも、もう今日はそんなことはどうでもいいや。そんなに重要じゃない話ですよ」

「またそれだ」

「何が？」

「すべて重要なことだと思いますよ。そうでなければ君はここに来ていないはずだ。たぶん、君はいろんなものを自分にとって重要じゃないと見限るのをやめなくちゃいけない。君がなにか自分自身の物事を大切に思ったって、誰もそれで傷つくわけじゃない」

「わかりません」

「私もまったくわからないよ。でも時間はある」

＊＊＊

九月、私は窓にカーテンを引いて、ようやく机の前に座っていた。話全体を見通すために図を書いた。そして、これまで行ってきた旅行や調査を、矢印や線などの記号の形でそこに書き込んだ。父は月のマーク、祖母は丸、アグネスは鳥、そしてマルギットは鉤十字。私は図を切り出して、目の前の壁に貼った。そして椅子を調節し、書き始めた。私は毎日毎日、倦むことなく書いた。最初のひと月はうまくいった。日がどんどん短くなっていくのにも気づかず書いていた。最初の枯葉が枝から落ち、子供たちは新しいレインブーツを買ってもらった。二ヵ月目、私は自分を呪っていた。三ヵ月目になると、自分で自分の精神分析を書くのは無理があるとわかってきたが、それでもまだ書き続けていた。はじめの頃の診療の主題にまで遡っていかざるをえなかった。だが、それからすべてが変わった。診療で何が起こったかを言葉にすることができなくなり、それを言葉にした途端、なにもかもがバラバラになって目の前で崩れ落ちてしまったからだ。四ヵ月目、雪が終日降り続き、レインブーツに代わって、暖かい内張りのついたブーツが必要になった。そして私は最後の旅に出かける必要がある、という結論に至った。

22

祖母の手記には、彼女が書いていることが本当なのかどうか、疑わしく思われる箇所があった。マンドル夫妻が撃たれてすぐ、祖母はアグネスとシャーンドルが捕えられている収容施設に行った、と書いている。両親にはブダペストに用があると言ったが、この旅行の本当の目的については言わないままだった。

ドイツ軍が数ヵ月前にハンガリーを占拠し、ドイツ国防軍のトラックが国中を走り回っていた頃で、極右の矢十字党が警邏し、ハンガリー政府はデメ・ストーヤイ〔一八八三―一九四六年〕の統治下にあった。彼は新首相にして親ナチ派で、ゲットーの建設を宣言し、ユダヤ人たちは黄色い星を服につけなければならなくなった。アイヒマンがブダペストにやってきた。彼の取り巻き、つまり経験を積んだフランツ・ノヴァク〔一九一三―八三年。親衛隊大尉で鉄道輸送の専門家〕やディーター・ヴィスリツェニー〔一九一一―四八年。親衛隊大尉〕などを含む特命部隊が一緒だった。ヒトラーはこの部隊の選抜に手を貸した。アイヒマンはホテル・アストリアのスイートルームに移り、三月三一日にそこでブダペストのユダヤ評議会のメンバーと接見した。「君たちは私が誰か知っているかね？」と彼は集まったメンバーに尋ねた。そこには評議会長のサミュエル・スターンもいた。スターンが首を横に振るまで、アイヒマンは先を続けなかった。「猟犬だ」。続く二ヵ月あまりの間に、アイヒマンは四三万七四〇二人のユダヤの老若男女をアウシュヴィッツに送った。そのほとんどは、そのままガス室送りになった。

ちょうどこの頃、祖母は列車で彼女の小さな村からブダペストへ行き、そこからキシュタルチャという収容所のある村まで行ったのだ。彼女はそのとき二二歳で、二人目の子供を妊娠していたが、その子は結局、次の春まで生き延びることができなかった。彼女は、最初の子（つまり私の父）を両親の元に残してきた。ブダペストで列車を乗り換えなければならなかったが、そのときには東駅で兵士と怪我人たちとすれ違い、あたりには機関車から吐き出される煤《すす》と蒸気が立ち込めていた。地方出身の、上流の若い娘がホームに降りて、ベンチに座って列車を待っている。彼女はどんな服装をしていたのだろう？　そんなに優雅な格好はしていなかったはずだ。なんといっても彼女は牢屋を訪ねようとしていたのだから、服になど構っていなかっただろう。帽子はかぶっていただろうか？　小さなカバンを持っていて、そこにはノートが入っている。列車が到着したことをスピーカーの声が告げたとき、彼女はそのノートにちびた鉛筆でアグネスに会ったら言うべきことを書きつけていたのかもしれない。

アグネスの娘は、それが本当に起こったことだった、と話してくれた。祖母は本当にキシュタルチャに行き、アグネスとシャーンドルに会おうとした。どうして祖母の言うことが、私にはこんなにも信じがたいのだろう？

彼女にそんなことができたとは、とても思えないからだ。そんな勇気がなかったとは思わないが、そんなことを決意したということ、その強さと自信が私を驚かせる。彼女は手記の中であれほど何度も自分のことをいつも隠れるように頭を地面にこすりつけているモグラだ、と書いている女性なのだ。

数年前、父が話してくれたことがある。祖母のところに、キャスター付きのケースを下げて、二週に一度やってくる男がいた。新しい消火器を買えという押し売りで、すぐに地下室は消火器でいっぱいになった。祖母がもう呆けていたというわけではない。彼女はそれが詐欺の一種であることをわかっていた。ただ、彼女は断る勇気がないという理由で、男のことを追い返すことができなかったのだ。彼女は自分の権利を主張するよりも自分が損をするほうを選んだ。この体に合っていないスーツを着た男の鼻先でドアをバタンと閉めるよりは、新しい泡の消火器がどれほど有効かという講釈を聞くほうを選んだのだ。セールスマンのほうはそれを敏感に感じており、祖母から利益をむしりとった。彼女はそんなふうに育った人だ。いつも自分のこと、自分の欲求は最後に回してきた人だ。新しいパンを買うよりは、堅くなったパンで済ませ、自分の場所を得なければいけないとき、例えばスーパーマーケットで肘で他人をかき分けて前に出なくてはいけないようなときに、すっと身を引いてしまう。それが彼女の考えていた立派な態度、つまり慎みというものだった。

それだけに、彼女が七〇年前、秘密裏に収容所に行ったということは、なおさら驚くべきことに思えた。それは私が知るかぎり、彼女が生涯で一度だけ他人の言うことに従わなかった瞬間だったということになる。その日、彼女は自分の性格を投げ捨て、彼女が抱えていたものもすべてうっちゃり、恥じらいも、そして終わりつつあった時代の苦悩も、彼女の階級特有の「なるようにしかならない《レッセ・フェール》」という態度もかなぐり捨てたのだ。彼女は当時ハンガリー中を覆っていた疲弊に打ち勝ち、君主国の終焉以来、この国を悩ませ、人々の血にまで流れ込んでいた諦めを克服した。収容施設に出かけるということは、彼女は自分の父と村の牧師にも反旗を翻《ひるがえ》したことになる。二人はマンドル夫妻に対する犯罪を揉み消したのだから。彼女は自分の第二の皮膚、つまりモグラとしての皮を脱ぎ捨て、裸で列車に座り、窓から外を見ていた。そして何かをなさねばならない、という自分の意志に駆られてそこにいたのだ。

そんなわけで、私も収容施設があったその町に行ってみようと考えた。彼女に敬意を表し、そのときの彼女のことを近くに感じるために。そして、おそらく私は、彼女を包み込んでいた強さを私自身のものにしたい、とも思ったのだ。

列車がブダペストから動き出したとき、足元に半リッターのビールの缶が転がってきた。ＩＫＥＡを過ぎ、マクドナルドを過ぎ、広告の看板と、町外れのプレハブのビルを通り過ぎる。彼女は当時、何を見ただろう？　野にはまだ雪が残っていたかもしれない。馬が牽《ひ》く犂《すき》が見え、道端には芥子《けし》の花が咲き、十字路には戦車と兵士、そして兵士はそこら中にいた。ビールの缶は転がっていったが、列車が次に止まったときにはまた足元に戻ってきた。一二月の寒い朝で、太陽はまわりの輪が見えるだけで、あとは分厚い雲の向こうに隠れていた。シートの下の暖房がくぐもった音を立てている。向かい側には二人の老女が座っていて、年金が少ないとこぼしていた。私は彼女たちの向こうの、濃紺のシートの柄を見ていた。妙な柄で、さまざまな色の束がジグザグになって、あらゆる方向に向かって稲妻が伸びているようだった。女性たちが今度は去年のガス代の支払いについて話している頃には、私はいったい誰がこんな柄を思いついたんだろうと考えていた。誰かがこの柄を案出して図面を引いたはずだし、誰かが幾晩もコンピュータの前に座ってデザインしたはずなのだ。どこかの時点で会議もあって、その人物はプレゼンもしただろうし、そしてゴーサインが出て彼は喜んだはずだ。どんな決定の背後にも人間がいる。列車のシートの柄に関するものであれ、娼婦がお客をとる小部屋に関することであれ。必ず誰かが「じゃあ、こういうやり方でいこう」と言ったに違いないのだ。私はいつもその種のことに魅せられる。

我々はマーチャーシュフェルドの飛行場を通り過ぎる。当時、この滑走路には横腹にハーケンクロイツをつけた飛行機が止まっていただろうか？　祖母は収容所の門に立ったらどんな気持ちになるか考えていたのだろうか？　何を言うか考えていただろうか？　彼女は兵士を買収するお金を持っていただろうか？　彼女はアグネスをお金で解放できると思っていたのだろうか？　あるいは罪滅ぼしをしたいと思ったのだろうか？

＊＊＊

キシュタルチャの収容施設は、一九二〇年代から存在していた。もともとそれは一〇〇〇人以上の労働者が働く繊維工場で、道を挟んで反対側に彼らのための宿舎が建てられた。しかし、一九二九年の世界大恐慌で経営が苦しくなり、内務省はこれを買い取って牢獄にした。健全な政体は有害な影響から守られねばならないという考えが当時のハンガリーでは支配的であり、それはつまり人々がそれぞれにふさわしい場所《ゾーン》で生きるべきだ、ということを意味していた。善良な人々は一定の場所で生活し、邪悪な者たちは柵の向こうに追いやられる。第二次大戦まで、この建物は共産主義者、犯罪者、同性愛者、精神病患者、つまりは社会の厄介者、国家像に合わないとされた者を収容する場所になった。この場所をアウシュヴィッツに比する人もいた。両者とも大都市の郊外に位置し、かつての工場であり、鉄道網に直結している。つまりは実際的なのだ。あたりには少数の農夫を除くと、ほとんど地元の人間がおらず、その農夫たちもここで何が行われているのか知らぬふりをしたし、目撃者もおらず、収容者が逃げる心配もほとんどない。今日、このような場所は「ブラック・サイト」と呼ばれる。キシュタルチャは、ほとんど誰も知らない場所だった。

ドイツ軍がハンガリーに侵攻した一九四四年三月一九日、収容施設は親衛隊の手に落ち、たちまち施設内はアウシュヴィッツ送りのユダヤ人でいっぱいになった。そして一九四八年、共産主義者たちが実権を握ると、マーチャーシュ・ラーコシはモスクワでスターリンが発した命令を実行し、アグネスとその弟のシャーンドルが入れられていた部屋に今回放り込まれることになったのは政治体制に順応しない者たち（つまりは少数の貴族と多数の聖職者たち）だった。さまざまな看守、収容者たちが来ては去っていく。だが、キシュタルチャは、そのまま残る。一九五六年のソ連の支配に対する蜂起までに、何千人もの人間がここに収容された。ここにはベッドはなく、毛布もほとんどなく、公正な審理はほとんど望むべくもなかった。収容者の一人、ミンドセンティ枢機卿は、ハンガリーのカトリック教会の代表だったが、勇敢にも説教壇から当時の矢十字党の体制を批判し、のちには同じように非人間的な共産主義システムを公然と非難した。だが生き残ったのは、ミンドセンティではなく、キシュタルチャのほうだった。

八〇年代初頭、施設の一部は警察の訓練のために使われるようになり、それ以外は空だった。それは、この建物が経験した最も平和な時代だったに違いない。「鉄のカーテン」の背後での凍りついた時間。だが、ベルリンの壁が崩壊すると、すべてが再びひっくり返り、キシュタルチャの本来の仕事が思い出されることになった。部屋はまたいっぱいになり、看守たちは鍵の束をベルトにつけ、手には棍棒を握っていた。以前と同じように、炊事場では皿にマッシュポテトが盛られる。キシュタルチャは生き返り、ヨーロッパで最も大きな難民収容所となった。ユダヤ人の後には共産主義の敵が、そして今度は黒人たちの番だ。彼らも、無一文で腹を空かせている者たち、どこか遠くに隔離しておかなければならない毒虫と見なされた。別の場所に移されるまで、主にアフリカからやってきた二万人にのぼる人々が、この部屋で数ヵ月を過ごすことになる。前世紀のヨーロッパにおける野蛮の歴史のすべてを目撃してきた、この小部屋で。

直近の収容者はルワンダから来た一八人だった。彼らは地中海を越えるときに友人や家族を失い、その後、旧ユーゴスラヴィアの山でほとんど凍死しかけた末にようやくそれを越えてやってきたのだが、もちろん彼ら自身はどこにたどり着いたのかもわかっていなかった。宿舎と食堂は空だった。建物には人がいなかったからだ。ただ数人の看守が暇を持て余し、難民委員会が果物を運んできたくらいだ。彼らは豚肉を使ってはいけないと言われて、肉抜きの薄いグヤーシュ・スープという不思議な料理を作ることになって当惑していた。壁の土は歳月のために剝がれ、トイレは壊れ、建物の間の廊下の舗装は木の根が押し上げて剝げていた。ルワンダ人たちがやったのは、それまでの収容者たちがやってきたのと同じことだ。つまり、彼らは待ち、煙草をふかし、あまり眠れなかった。彼らはこの場所に幽閉されてきた人々の長い列の最後に位置する残滓だ。そして、ある日、国境の外のセルビアに追放された。おそらく来たときと同じように。あるいは手錠をかけられてキガリ〔ルワンダの首都〕に送還されたのかもしれない。

以後、建物は空のままだった。そして、いくつかは取り壊され、改修され、幼稚園がここに入ることになった。かつてアウシュヴィッツに送られる前の人々が収監されていた建物が、今やEUの資金による学校になった。Magyarország megújul（「装い新たなハンガリー」）という看板が入り口の前に掲げられている。床はニスで光り、窓は二重になって、その窓を通して覗き込むと、子供たちが小さな机に座っているのが見える。

私はこの小さな町の街路を歩き、入り口の門を探した。おそらく何十年か前、祖母も同じようなことをしたはずだ。町にはあちこちバラバラに、六つか七つの記念碑が置かれていた。第二次大戦の犠牲者を悼む石碑。共産主義の犠牲者を悼む木の記念碑。一九二〇年のトリアノン条約を記念する白い石碑。ハンガリーでは悪はいつも外からやってくることになっている。あるときはドイツ人、あるときはロシア人、あるいは連合国軍として。それがブダペスト博物館を見た者全員に伝えられるメッセージだ。ハンガリーはいつも犠牲者だった。ハンガリーはいつも潔白だ。だが、この地域にとって、収容施設は本当の意味での記念碑になるのではないか？　少なくとも壁の一つくらい再建し、ハンガリーの看守たちが一世紀以上にわたって囚人たちにいかに残忍なことをしてきたか、忘れないようにすべきではないのか？　国自体は、幼稚園の外の看板に大書されているように、「装い新た」になったかもしれないが、過去から残っているものは何か？　ここで何が語られているのか？

交差点で、私はある老女と話をした。彼女は、この場所が六〇年前にはどんなふうに見えたかを語ってくれた。彼女はあちこちの建物を自分の杖で指し、「あれも、あれも、あれも建ってなかった」と言った。「それも、あっちも」

「でも、その代わり収容施設があったんでしょ?」と私は割って入った。

「そう、収容施設」。彼女はうつむいた。

私は彼女の買い物袋を運ぶのを手伝った。袋の一つからはネギがはみ出していた。そして私は彼女を家まで送っていった。「収容施設にいた人を知ってるんです」と私は言ってみたが、彼女はうなずいただけだった。それについてなにも言わず、なにも尋ねなかった。「このあたりに門があるはずなんですが」と尋ねてみた。

「ずっと向こう」。駅を越えてずっと行ったところだ、と彼女は言った。おそらくそこまで半時間も歩かなくてはいけない、と。私は彼女の家の扉の前に買い物袋を置くと、帽子を深くかぶり直して出発した。五分後には、門に着いていた。あの老女はどうやったらこんなにひどい間違いを犯すことができるのか? たぶん収容施設について人々にできたのは、それをできるだけ頭の中で遠くに押しやることだけだったからではないだろうか。何年も少しずつ遠くへ押しやって、いつしか完全に消え去ってしまう。ドイツでかつての強制収容所の近くに住んでいる人々が窓際にゼラニウムを植えるのと同じように。彼らはこんなところに住んでいて気にならないのかと尋ねられても、どうして気になんてなるの、としか答えない、という話を聞いたことがあるが、それとおそらく同じことなのだ。

私は建物のまわりの手すりをつかんだ。祖母もここに立っていただろうか? 彼女は手記の中ではあまり多くを語っていない。たぶん不安になり、怖くなり、寒気を感じていただろう。彼女は夏でも大きな木陰に入ると寒がっていたのだ。だが彼女を押しとどめるものはない。すべてが彼らとの再会にかかっているかのように、彼女は**アーギに話さなければならない**、と書いている。彼女がそのとき、どんな顔をしていたのか、どうしても見てみたかった。どんな目をし、どんな口元だったか。煙草は吸っていただろうか？　門のところの兵士に向かって歩いていく前に、彼女は急いで煙を吸い込んだだろうか？　いや、それはない。彼女は妊娠していたし、当時女性が路上で煙草を吸うなんていうのは行儀の悪いことだったからだ。だが、それがどうした？　彼女はここにやってくることで、そういう常識を拒絶したのではなかったか？　その日、彼女はもう淑女ではなかった。ついに彼女は人間になることができたのだ。

収容施設は線路のそばにあった。まわりには原っぱがあったのを覚えている。門には制服を着た兵士が立っていた。彼の階級が何だったかはわからない。軍の徽章を読むなんてことはまったく不案内だった。私はここにアグネス・マンドルとシャーンドル・マンドルという姉弟が入っているか、と尋ねた。できれば彼らと話がしたい、大事な話がある、と。彼は私の言うことをメモした。彼は無作法などではなかった。むしろ、とても親切だった。

手すりをつかんで立っているところから、割れた窓を通して部屋の中が見えた。壁には落書きがあり、外壁にはグラフィティが描かれていた。それはシモンとその友人たちのことを思い出させた。私は彼らについて何年か前に記事を書いたのだ。彼らはイギリスの若者で、週末になると閉鎖された工場や、廃院になった精神障害者用サナトリウム、あるいは誰も住まなくなって静かに朽ちていっている城などを探して回っていた。不法侵入者としてこれらに押し入ったりするわけではなく、建物を破壊したりもしない。よく準備し、土地を管轄する役所から図面を手に入れ、下水管のシステムを調べる。そして、午前中いっぱいかけて、そこを這い回り、ヘッドランプの光に死んだネズミが浮かび上がるのを見ながら、ついにサナトリウムの洗濯場の暖房パイプまでたどり着く。そこまで来ると、彼らは昔の書類をめくり、カビの生えたマットレスに寝そべって、保護壁のついた精神障害者用の病室の写真を撮る。そして一日中、かつて鬱病や統合失調症の患者たちが電気ショックの治療を受けたとき、どんなふうに感じたかについて話し合う。私はシモンとその友人たちと一緒にいて、とても居心地がよかった。彼らが持っている忘れられたものに対する嗜好がよく理解できたし、その荒廃の美学に共感できた。それらすべてが、収容所のニコチンで黄色くなった壁の外に立っていると思い出されたのだった。

手記VI

マリタ

私は収容所の門で二時間は待った。そして、うろうろしながら、アーギとシャーンドルに会ったら、どう言おう、と考えていた。

アグネス

警官がやってきて誰かが私と話がしたいと言っている、と告げたことがあります。私はこの警官を信用していなかったので、ついていくのをためらいました。「でも、誰か来てるんだよ」と彼は言ったのですが、私は首を横に振り、それっきり彼は部屋を出ていきました。

マリタ

きっと私を見たら驚くに違いない、と私は思った。

アグネス

本当に私を訪ねてきた人なんていたのかしら？　誰がそんなことをするだろう？

マリタ

兵士が戻ってきて、そういう名前の者はこの収容所にはいない、と言ったので、私は家に帰った。ブダペスト駅で列車を乗り換えなければならなかった。駅前の広場には兵士と犬と救急車がたむろしていた。中心街の家々の屋根は沈みかけている太陽の光に照らされ、あたりには花粉が舞っていた。突然、確かに顔見知りのような気がする女性が見えた。でも、私が気づいたのは、彼女がもうほとんど私の目の前に来てからだった。それはブダペストでお気に入りの香水店の女主人だった。いつも白衣を着てカウンターの向こうにいるところしか知らなかったが、彼女はもう若くはなかった。そして今、彼女はダヴィデの星がついた黒っぽい上着を着ていた。私は彼女のほうに近寄ろうとしたが、彼女は虚《うつ》ろな表情で私の前を通り過ぎた。私は近くの花売りスタンドまで駆けていき（私はとても動揺していて、なにかせずにはいられなかったのだ）、黄色いスミレを買って自分のボタン穴に挿した。一人のドイツ人が私の前に立っていて、私は彼を睨みつけた。彼はおそらく軍の高官で、「素晴らしい」とつぶやき、そして微笑んでお辞儀をして去った。私のデモンストレーションは、そんなどうしようもなくちっぽけなものにすぎなかった。ユダヤの星の代わりに黄色いスミレをつけること。私ができたのはそれで全部？　そう、それだけ。

23

もし祖母がアーギと話ができたら、彼女はどんなふうに会話を始めただろう？　彼女は何と話しかけただろう？　それは、すでにブエノスアイレスでアグネスの娘たちとも話し合ったことだった。彼女は謝罪しただろうか？　「ごめんなさい。私はあなたの両親が背中を撃たれたとき、ただそばで立っていて、なにもしなかったの」と。

あるいは説明しただろうか？　「私たちはあまりにも臆病なの。私も、父も、家族全員、そして残酷な貴族階級の人々全員が。私たちはみんなあまりにも自分にかまけて、他人に無関心に育ったの。わかってくれる？　私たちにはなにもできなかった。人間らしくふるまい、ユダヤ人を匿《かくま》ったりするなんてできなかった。リスクを冒すことができなかった。私たちは英雄の家系ではなくて、むしろモグラの家系なのよ」

そしてアグネスのほうは、この知らせをどう受けとめただろう？　彼女は祖母よりも若く、これから先、何が待ち受けているかもわからなかった。彼女は一人ぼっちで、弟からも引き離され、家族の写真を一枚持っているだけだった。そして彼女の父親が最後に言った言葉が、まだ彼女の耳に残っていた。「おまえたち二人はどうなるんだ？」

祖母があの罪を告白していたら、彼女はどうしただろう？　それは彼女にとっては死を意味しただろうと思う。アグネスが今も抱いている生への意志（彼女の娘たちもそのことを語っていた）は、おそらくそのとき挫《くじ》かれていただろう。両親に再び会えるという希望なくしては、彼女はアウシュヴィッツを生き抜くこともできなかったに違いない。アグネス自身が書いているように、他の女性の収容者たちとは違って、彼女はかなり長い間体力を維持しており、またほとんど奇跡のように病気を免れていた。その故に、ドイツ兵たちは彼女が仕事をする能力を有していると判断して、それで彼女はなんとか生き延びることができた。もし祖母の告白が彼女の力を奪ってしまったとしたら？　祖母は収容所に行くとき、そのことを考えただろうか？　**アグネスに話さなければならない**、と祖母は書いているが、それはどういう意味だろう？　そのとき、彼女がいちばん大切に思っていたのは誰か？　アグネスか、自分自身か？

　もちろん祖母は、もし罪を告白することができたら、その後いくぶんかは気が晴れただろう。そもそも人はそのために告白などに行くのではないのか？　祖母がアグネスに求めたのは免罪だったのだろうか？　その後、彼女は父親に、父が揉み消したことを取り繕うことはしない、と宣言したかもしれない。そうすれば、彼女は自分がもっと正直な人間だと感じながら残りの人生を送ることができただろう。まあ目盛り二つか三つ分だけ正直で、それ以上ではないにしても。だが、それだけでも、彼女はもっと早くあの手記を書き始めることができただろう。なぜなら、彼女はずっとそうしたいと思っていたのだから。こんなふうに手記には書かれている。**書くことは私の人生におけるただ一つの情熱だ。**ただ書くことによってのみ、彼女は自分でわかっていたとおり、彼女自身を消去しようとしてきたものに抗して戦うことができた。キシュタルチャは、彼女の生涯における転換点になりえた。そうすれば、彼女は私の父にも自分が感じえた新しい炎を伝えることができたかもしれない。息子にもっと自信を持って、自分の足で立つことを教えることができたかもしれない。それを父は私に伝えることができたかもしれない。私がここ数年、シュトラスベルクのカウチに寝そべってきた理由もそこにあるのかもしれない。それを得て、私はようやく存在できるようになり、雪の上に足跡を残せたかもしれないのだ。キシュタルチャの午後の出来事は、私にも影響を与えているのだろうか？

祖母の告白は我々の家族を再生させたかもしれないが、マンドル家を絶滅させたかもしれない。ある家族の再生は、別の家族の犠牲の上にしか成り立たなかった。だから、兵士がアグネスもシャーンドルもこの収容所にはいない、と言ったのも悪くはなかったことになる。

祖母は駅のホームで列車を待ちながら、頭をうなだれて立っていたことだろう。彼女は結局、アグネスに話しかけることができなかったし、告白したいという意志はかなわなかったから。今や、彼女は父親の待つ城館に帰るほかなかった。あのモグラの巣に、土の下に帰るしかなかったのだ。そうして彼女はその後の歳月をやり過ごし、アグネスは生き残った。

＊＊＊

私は建物を一周してみた。手すりのなるべく近くを歩き、若い木々や茂みを過ぎ、足元では凍った葉が音を立てた。登りやすい場所があって建物の向こうへ行けるのではないかと思ったのだ。そうすれば宿舎の中を探ってみることができる。イギリスでシモンと友人たちと一緒にサナトリウムを見て回ったときのように。私はトイレを見てみたかったし、壁に触ってもみたかった。今は空になっている部屋を歩き回ると、何十万人もの人々の死の恐怖がまだ感じ取れるだろうか？　もし収容所内部の音がずっと録音され続けていたら、どんなふうだっただろう、と想像してみる。何が聞こえるだろう。一〇〇年間の叫びだろうか？　あるいは彼らは皆、恐怖に沈黙させられていたのだろうか？　そして、あることに思い至って私は凝然とし、息を凝らした。まるで鹿がこちらを見つめ、ほんの少しでも動いたら逃げ去ってしまうとでもいうように。私がアルゼンチンに行ったのは、祖母が七〇年前にキシュタルチャに来たのと同じ理由だったのか？　私たちは二人とも、アグネスに、彼女の両親の死について真実を告げようとしたのだ。私たち二人が同じことを望んでいた、というのは、それまで浮かんだことのなかった考えだ。そして私たちは二人ともそれをなしえなかった。祖母は収容施設に入ることができなかった。私は、そんなことをしてもアグネスを傷つけるだけだと思う二人の娘たちを無視できなかった。それは、あのとき祖母がもし告げていたらアグネスを傷つけたのと同じように、今も彼女を傷つけることにしかならない、と娘たちは考えたのだ。

「どうしてブエノスアイレスまで来たの？」とミルタは最初の晩に私に問うた。私が手記を朗読した直後だった。そのとき私はそれに当惑し、驚いた。感情が高まっていたので、彼女は沈黙を埋めるためにそんなことを言ったのだ、と私は考えたのだったが、今になってみれば、その背後にはもっと別の意味があったことがわかる。だが、実際どうして私はそこに行ったのか？　私はあのとき、伝達者だ、と答えた。真実の物語を運んできたかったのだ、と。だが、私は本当にそれをアグネスとその家族たちのためにやったのか？　自分自身のためではなかったのか？

私は彼らになにももたらさなかった、という考えが浮かんだ。まだ身動きできなかった。私は彼らになにも与えなかった。そう、事実は私が自分自身のために取り分をとっただけだ。経験のひとかけらを。それが、のちの世代との密約なのだ。我々が犠牲者の末裔であるか、犯罪者の末裔であるかにかかわらず。我々は皆、自分の分を得る。貴重な鉱物であるかのように、それを削り取り、自分のものにする。そこまで考えると、ようやく鹿は逃げ去っていった。

＊＊＊

私はもう少しあたりを歩き、プールを通り過ぎ、中華料理店を過ぎた。雨が激しく降ってきた。そして、もしこの旅行に子供たちを連れてきていたらどうだっただろう、と考えた。上の娘は、私が初めてレヒニッツに行ったとき、まだ一歳にもなっていなかった。アグネスを訪ねてブエノスアイレスに行ったときには彼女は四歳だったが、もうすぐ六歳になろうとしている。

「パパ、寒いよ」と子供たちが言うのが想像できた。

「でも記念碑を全部見ないとね」と私は言う。

「なんでそんなことしなくちゃいけないの？」と子供たちは泣いている。「そんなのもう見たくないよ」。私はうなずく。そう、どうしてそんなことをするのか？　駅に行くには、線路に沿っていき、収容施設をもう一度、通り過ぎる必要があった。それは私の前に開かれている。一〇〇年の過去が開かれてある。ハンガリーについて、私がいつも惹きつけられてきたのは、この国の歴史が街路から見て取れる点だった。自分なりの歴史像をつかみとることができ、それに触れることができ、歴史の横を通り過ぎることができる。わざわざ博物館に行って、薄暗い照明の中で、休憩用の椅子が片隅にあるような場所で、ガラスケースに展示されているものを見なくてもいいのだ。「わかるかい？」と私は自分の想像の中の子供たちに語りかける。だが、子供たちは首を横に振る。ホームで列車を待っていると、祖母が自分の目の前に見えた。そうして、まわりを見回す。どこかこのあたりでアグネスもアウシュヴィッツに向かう列車に乗せられているはずだ。

不意に涙が出た。それはただ流れ、そして顔の上で雨粒と混じり合った。私は後ろを向く。誰にも泣いているところを見られたくなかったのだ。コートの襟を立て、帽子をさらに深くかぶった。涙は数分ほど続き、それを止めようとは思わなかった。そしてやがて吐き気のようなものが残った。なにかを吐き出せたら楽になりそうだったが、そのとき列車が来た。

私は来たときと同じ柄のシートに座った。濃紺の地に明るい色のさまざまな稲光りのようなものが走っている。私は、なぜかはわからないが幸せな気がした。そして突然、祖母の手記を捨てなければならない、と考えた。彼女が死ぬとき父に頼んだように。あの手記はその目的を達したのだ。そのときは妻と子供たちを連れていくことにしよう。そう考えると突然、曇った空の下、野原に我々家族が立っているのが見えた。頭の上には数羽のカラスが舞っている。そして、祖母の手書きでびっしり書かれた手記のページ、私がそれを読み解くのに何週間も費やしたあれらのページをつかみとり、風の中に投げる。凧をあげるときのように。地面に落ちるページもある。あるいは木の枝にひっかかるページもある。紙が飛んでいくのを眺め、そして笑う。フォルダが空になるまで。列車が動き出すと、座席の下の暖房が動き始め、私の湿ったコートの中に暖かい風が吹き込んできた。

訳者あとがき

本書は、Sacha Batthyany, *Und was hat das mit mir zu tun?: Ein Verbrechen im März 1945. Die Geschichte meiner Familie*, Kiepenheuer & Witsch, 2016 の全訳である。翻訳にあたっては、ドイツ語原書に続いて出た英語版 *A Crime in the Family*, translated by Anthea Bell, Quercus Edition Ltd., 2017 を参考にしたところも多い。出版後わずか二年の間に、フランス語版、イタリア語版、スペイン語版、ハンガリー語版も相次いで出版されており、各国での関心の高さがうかがえる。原題は『で、それが私と何の関係があるかって？——一九四五年三月の犯罪、私の家族の歴史』とでも訳せるが、翻訳出版にあたって原著者とも相談し、新たに邦題を付けた。著者サーシャ・バッチャーニは、一九七三年スイス生まれ。本書執筆時、『新チューリヒ新聞』の記者だったが、その後、特派員としてワシントンに移り、最近またチューリヒに戻ったようだ。

読んでいただければわかるとおり、本書は、ハンガリーの有力貴族バッチャーニ家の末裔である著者が、自分の家族が関わっていたかもしれない大戦末期のユダヤ人虐殺について調査し、悩み、そしてやがてソ連の収容所史も含めた二〇世紀の暴力的な歴史と向き合う過程を描いている。事件と関係したマルギットは著者の大伯母だったが、それ以外にもここには祖母マリタとその幼なじみでユダヤ人の雑貨商の娘アグネス、第二次大戦に従軍し、その後一〇年間をソ連の収容所で過ごした祖父フェリ、著者の父親、著者が通う精神分析医でホロコースト・サバイバーを母親に持つシュトラスベルク医師、さらには著者がたまたま出会ったハンガリーからスイスに出稼ぎに来ている娼婦リンダまで、さまざまな人物が登場する。著者が調査のために訪れた場所は、事件の現場とされるオーストリア／ハンガリー国境の村レヒニッツ、祖母が育った小邑シャーロシュド、祖父が収容されていたウラル山脈近くのレヴダやアスベストという名の町、さらには強制収容所を生き延びたアグネスが住むブエノスアイレスにまで及ぶ。

レヒニッツの事件自体、日本ではほとんど知られていないので、本書はその点だけでも貴重な情報源だと言えるが、それ以上に自分の親族の犯罪（かもしれない出来事）を自ら調査し、それを検証し、克明に描き出す、という点で、この書物はかなり特殊な性格を持っている。しかも、その著者がハンガリー貴族（ブダペストに旅行された方は、地下鉄の主要駅の一つが「バッチャーニ広場」という名前だったのを覚えておられるかもしれない）の末裔である上に、主人公とも言えるマルギットはドイツの鉄鋼財閥から嫁いできた女性（彼女は一時ヨーロッパで最も裕福な女性と言われていた）であり、その他にもナチスの将校が主犯格で、彼らはスイスから南米に亡命した、となると、ほとんどこれはスパイ小説のような道具立てである。だが、しばらく読み進めると、著者の祖母の手記が挿入され、さらにその祖母と同じ村で育って収容所を生き延びたアグネスの回想も重ねられ、さらに祖父の収容所での記録などもここに盛り込まれて、話は一種の「歴史認識／歴史解釈」の問題に近づいていく。そして最終的に、著者は自身の過去と内面に向き合う。訳者は、この喚起力のある語りに惹きつけられ、訳していてそれに熱狂した、と言ってよい。

読んでいて驚かされるのは、このノンフィクションが大胆にフィクションの領域に踏み込んでいくところだ。中でも祖父の看守だったシマノフスキと架空の元ドイツ兵ベーメがバラトン湖畔のリゾートでビールを飲むくだりなどは、ちょっと呆気にとられるほどである。このきわめて映像喚起的な文章は、著者が極度の集中によって幻視したもののようにも思える。一点だけ言わずもがなのことをお断りさせていただくなら、本書に示された著者の見解や意見について、訳者は必ずしも完全に同意するものではないが、一人の率直なヨーロッパ人ジャーナリストの意見として、原文を尊重している。

一方で著者の態度は、ある面に関しては、ちょっと素朴すぎると映るかもしれない。とりわけマルギットと事件の関係に関する著者の推論は、例えばエルフリーデ・イェリネク「レヒニッツ：皆殺しの天使」（林立騎訳『光のない。』白水社、二〇一二年所収）のような作品と読み比べてみると、少々楽天的に見える。バッチャーニ家の人々はおそらくこの本の出版を歓迎してはいないだろうから、その種の配慮もあるのかもしれない、とも思える。だが、それでも訳者は、著者がこの出来事と出会い、それに向き合おうとして苦しんだそのプロセスの真摯さを信じたいと思う。その真摯さのゆえに、私たちはこの本を読むうちに、私たち自身に内省を迫り、私たちの身のまわりのマルギットについて考え、私たち自身の中のマリタとアグネスを自覚せざるをえなくなる。その点において、訳者自身、本書に教えられるところが多かった。そしてなによりこの書物は、二〇世紀ヨーロッパの、微視的な、しかし異様にリアルな肖像として、大きな価値を持っていると思う。

翻訳出版に際しては、日本語の読者にとって最低限必要と思われる注釈を付した以外は、なるべく原著の筆勢を伝えるよう努力したが、思わぬ間違いもあるかもしれない。ご指摘いただければ幸いである。なお、主要な登場人物の一人アグネスは、ハンガリーでは「アーグネシュ（Ágnes）」と呼ばれていたはずである。だが、アウシュヴィッツから南米へと向かうその後の長い人生では、「アグネス」であったろうし、原著でも特にハンガリー風の表記（Aの上の長音記号）は採っていないことから考えて、訳書では「アグネス」とした。「イヴァン」（ハンガリー風なら「イヴァーン（Iván）」）についても同様である。また、「ブダペスト」の表記は日本での慣用に従ったもので、「ブダペシュト」とはしていない。そして、「ジプシー」の語は、日本では差別的であるとして避けられ、「ロマ」という言葉に置き換えられる傾向にあるが、原書では両方が用いられている。前者の語には書き手自身の偏見も自覚しながら用いられているようなところがあるので、ここでは敢えて二種類の表記をそのまま併用した。

畑違いの訳者の提案を真剣に受けとめていただき、刊行まで丁寧にサポートしてくださった講談社の互盛央さんに深く感謝いたします。講談社校閲部のお仕事にも深謝。そして、訳稿を真っ先に読んで熱中してくれた妻恵庭にも、この場を借りて感謝の気持ちを伝えます。

二〇一九年五月

伊東信宏

サーシャ・バッチャーニ（Sacha Batthyany）

一九七三年生まれ。チューリヒとマドリッドで社会学を修めたあと、チューリヒの日刊新聞『新チューリヒ新聞（*Neue Zürcher Zeitung*）』の記者、同じくチューリヒの『ターゲス・アンツァイガー（*Tages-Anzeiger*）』の記者を務める。二〇一五年よりワシントンDCで『ターゲス・アンツァイガー』などの特派員を務め、二〇一八年より再びチューリヒ在住。本書（二〇一六年）は世界的に高い評価を受け、英語やフランス語をはじめとする各国語に翻訳されている。

伊東信宏（いとう・のぶひろ）

一九六〇年生まれ。大阪大学大学院文学研究科教授。文学博士（大阪大学）。専門は、東欧の音楽史、民族音楽学。主な著書に、『バルトーク』（中公新書。吉田秀和賞）、『中東欧音楽の回路』（岩波書店。サントリー学芸賞）、『東欧音楽綺譚』（音楽之友社）ほか。訳書に、ベーラ・バルトーク『バルトーク音楽論選』（太田峰夫と共訳、ちくま学芸文庫）ほか。

月下《げっか》の犯罪《はんざい》

一九四五年《ねん》三月《がつ》、
レヒニッツで起《お》きたユダヤ人虐殺《じんぎゃくさつ》、
そして或《あ》るハンガリー貴族《きぞく》の秘史《ひし》

二〇一九年　八月　八日　第一刷発行
二〇一九年　八月二三日　第二刷発行

著者　サーシャ・バッチャーニ
訳者　伊《い》東《とう》信《のぶ》宏《ひろ》

発行者　渡瀬昌彦
発行所　株式会社 講談社
東京都文京区音羽二丁目一二―二一　〒一一二―八〇〇一
電話（編集）〇三―三九四五―四九六三
（販売）〇三―五三九五―四四一五
（業務）〇三―五三九五―三六一五

装幀者　奥定泰之
本文印刷　株式会社 新藤慶昌堂
カバー・表紙印刷　半七写真印刷工業 株式会社
製本所　大口製本印刷 株式会社

ISBN978-4-06-516855-4　Printed in Japan
N.D.C.234　294p　19cm

講談社選書メチエの再出発に際して

講談社選書メチエの創刊は冷戦終結後まもない一九九四年のことである。長く続いた東西対立の終わりはついに世界に平和をもたらすかに思われたが、その期待はすぐに裏切られた。超大国による新たな戦争、吹き荒れる民族主義の嵐……世界は向かうべき道を見失った。そのような時代の中で、書物のもたらす知識が一人一人の指針となることを願って、本選書は刊行された。

それから二五年、世界はさらに大きく変わった。特に知識をめぐる環境は世界史的な変化をこうむったとすら言える。インターネットによる情報化革命は、知識の徹底的な民主化を推し進めた。誰もがどこでも自由に知識を入手でき、自由に知識を発信できる。それは、冷戦終結後に抱いた期待を裏切られた私たちのもとに差した一条の光明でもあった。

その光明は今も消え去ってはいない。しかし、私たちは同時に、知識の民主化が知識の失墜をも生み出すという逆説を生きている。堅く揺るぎない知識も消費されるだけの不確かな情報に埋もれることを余儀なくされ、不確かな情報が人々の憎悪をかき立てる時代が今、訪れている。

この不確かな時代、不確かさが憎悪を生み出す時代にあって必要なのは、一人一人が堅く揺るぎない知識を得、生きていくための道標を得ることである。

フランス語の「メチエ」という言葉は、人が生きていくために必要とする職、経験によって身につけられる技術を意味する。選書メチエは、読者が磨き上げられた経験のもとに紡ぎ出される思索に触れ、生きるための技術と知識を手に入れる機会を提供することを目指している。万人にそのような機会が提供されたとき初めて、知識は真に民主化され、憎悪を乗り越える平和への道が拓けると私たちは固く信ずる。

この宣言をもって、講談社選書メチエ再出発の辞とするものである。

二〇一九年二月　　野間省伸

ヘーゲル『精神現象学』入門　長谷川 宏
カント『純粋理性批判』入門　黒崎政男
知の教科書 ウォーラーステイン　川北 稔編
知の教科書 スピノザ　C・ジャレット 石垣憲一訳
知の教科書 ライプニッツ　F・パーキンズ 梅原宏司・川口典成訳
知の教科書 プラトン　M・エルラー 三嶋輝夫ほか訳
フッサール 起源への哲学　斎藤慶典
トクヴィル 平等と不平等の理論家　宇野重規
完全解読 ヘーゲル『精神現象学』　竹田青嗣 西 研
完全解読 カント『純粋理性批判』　竹田青嗣
本居宣長『古事記伝』を読むI～IV　神野志隆光
分析哲学入門　八木沢 敬
ベルクソン＝時間と空間の哲学　中村 昇
夢の現象学・入門　渡辺恒夫
九鬼周造　藤田正勝
ヨハネス・コメニウス　相馬伸一
アダム・スミス　高 哲男
ラカンの哲学　荒谷大輔
記憶術全史　桑木野幸司
オカルティズム　大野英士

MÉTIER

日本語に主語はいらない　金谷武洋
テクノリテラシーとは何か　齊藤了文
どのような教育が「よい」教育か　苫野一徳
感情の政治学　吉田　徹
マーケット・デザイン　川越敏司
「社　会《コンヴィヴィアリテ》」のない国、日本　菊谷和宏
権力の空間／空間の権力　山本理顕
地図入門　今尾恵介
国際紛争を読み解く五つの視座　篠田英朗
中国外交戦略　三船恵美
易、風水、暦、養生、処世　水野杏紀
「こつ」と「スランプ」の研究　諏訪正樹
丸山眞男の敗北　伊東祐吏
新・中華街　山下清海
ノーベル経済学賞　根井雅弘編著
俗語発掘記　消えたことば辞典　米川明彦
氏神さまと鎮守さま　新谷尚紀

日本論　石川九楊
丸山眞男の憂鬱　橋爪大三郎
「幸福な日本」の経済学　石見　徹
危機の政治学　牧野雅彦
主権の二千年史　正村俊之
機械カニバリズム　久保明教
養生の智慧と気の思想　謝心範
暗号通貨の経済学　小島寛之
電鉄は聖地をめざす　鈴木勇一郎
日本語の焦点　日本語「標準形《スタンダード》」の歴史　野村剛史
ヒト、犬に会う　島　泰三
解読　ウェーバー『プロテスタンティズムの倫理と資本主義の精神』　橋本　努

講談社選書メチエ　心理・科学

MÉTIER

「私」とは何か　浜田寿美男
記号創発ロボティクス　谷口忠大
知の教科書 フランクル　諸富祥彦
もうひとつの「帝銀事件」　浜田寿美男
意思決定の心理学　阿部修士
フラットランド　エドウィン・A・アボット　竹内　薫訳
セックス・イン・ザ・シー　マラー・J・ハート　桑田　健訳
母親の孤独から回復する　村上靖彦
こころは内臓である　計見一雄
AI原論　西垣　通
魅せる自分のつくりかた　安田雅弘
「生命多元性原理」入門　太田邦史
天然知能　郡司ペギオ幸夫
事故の哲学　齊藤了文
アンコール　ジャック・ラカン　藤田博史・片山文保訳
インフラグラム　港　千尋

講談社選書メチエ　文学・芸術

MÉTIER

アメリカ音楽史　大和田俊之
ピアニストのノート　V・アファナシエフ　大野英士訳
見えない世界の物語　大澤千恵子
パンの世界　志賀勝栄
小津安二郎の喜び　前田英樹
金太郎の母を探ねて　西川照子
ニッポン エロ・グロ・ナンセンス　毛利眞人
天皇と和歌　鈴木健一
コンスタンツェ・モーツァルト　小宮正安
物語論　基礎と応用　橋本陽介
乱歩と正史　内田隆三
浮世絵細見　浅野秀剛
凱旋門と活人画の風俗史　京谷啓徳
歌麿『画本虫撰』『百千鳥狂歌合』『潮干のつと』　菊池庸介編
小論文　書き方と考え方　大堀精一
胃弱・癇癪・夏目漱石　山崎光夫
十八世紀京都画壇　辻　惟雄

小林秀雄の悲哀　橋爪大三郎
万年筆バイブル　伊東道風